ROYAL CHARMER - LUCAS

VERSIONE ITALIANA

KYLIE GILMORE

Traduzione di
MIRELLA BANFI

ISBN-10: 1-947379-70-4

ISBN-13: 978-1-947379-70-1

1

Alice

Solo una tipa dura, una guerriera, andrebbe in viaggio di nozze senza lo sposo.

È la prova che io, Alice Segal, sono una guerriera. Siete i primi a saperlo, gente. Mi buttate giù e io mi rialzo, più forte che mai. Non riesco quasi a credere di essere veramente qui, nella suite luna di miele di un autentico palazzo, sull'isola di Villroy. Scalcio via la trapunta bianca e mi siedo nel mio fantastico letto di mogano intagliato. Il baldacchino bianco trasparente aggiunge un tocco di romanticismo in più. E io conosco bene il romanticismo. Sono un'autrice di romance storici.

Afferro gli occhiali a occhi di gatto con i cuoricini d'argento dal comodino e me li infilo. Questo pisolino di due ore non ha certamente risolto il problema della mia mancanza di sonno, ma almeno il mio cervello ha ripreso a funzionare. Ho sonnecchiato solo qualche ora durante il lungo volo da Portland, Oregon. Quando sono arrivata sull'isola di Villroy, al largo della costa sud-occidentale della Francia, ho pensato che un breve pisolino mi avrebbe permesso di superare il jet-lag. Ho una giornata piena di lavoro davanti a me. Il fatto è che ho bisogno di questa vacanza per trovare l'ispirazione. La scadenza per la consegna del mio prossimo libro è, beh, ieri e non ho ancora scritto una sola parola. Prima ero troppo presa nei preparativi per il matrimonio e poi, quando Mason ha annullato le nozze, la settimana scorsa, non riuscivo nemmeno ad alzarmi dal divano. La mia fiducia nel romanticismo è a pezzi, insieme al mio cuore, alla mia anima e alla mia fede nell'umanità. Non ne voglio parlare.

Basti dire che io *amo davvero* l'amore, l'ho sempre amato e Mason l'ha ucciso per me. Probabilmente la cosa peggiore che si possa fare a un'autrice di romance con una scadenza ravvicinata (o a qualunque donna con un cuore che batte). Mi sforzo di respirare a fondo e sbatto le palpebre per respingere le lacrime che minacciano di scendere. Basta. Davvero. Mi sono disperata, ho pianto e ho voltato pagina.

Ecco i fatti:

1. Mason e io siamo stati insieme per un anno, fidanzati per sei mesi.
2. Lui mi ha tradito con Riley durante gli ultimi tre mesi, a mia insaputa, *mentre eravamo fidanzati.*
3. Riley era la mia migliore amica, fin dai tempi della scuola media.

Lei era il tipo estroverso, il mio esatto opposto, la mia fidata confidente e l'unica persona a cui potevo sempre rivolgermi. Solo, come si fa a rivolgersi alla migliore amica quando si è distrutti per un'azione fatta proprio da lei?

La buona notizia, sì c'è una buona notizia, ed è il motivo per cui non sono al momento raggomitolata a piangere, è che mi sono svegliata con un'idea fantastica in testa. La mia editor ne sarà così felice. Anche se consegnerò una bozza meno rifinita del solito, andrà tutto bene purché consegni qualcosa in tempo, tra due settimane. Non avevo certo in programma di scrivere durante la mia luna di miele, eppure eccomi qui, che sto veramente cercando di non sclerare. Sono arrivata al punto: *scrivi il maledetto libro o ti licenziano.* È il terzo attesissimo volume di una trilogia ambientata nel periodo Regency in Inghilterra. Prendo il telefono e chiamo la mia editor,

Quinn, per darle la buona notizia. Siamo molto amiche, e so che la sua eccitazione alimenterà la mia e mi ridarà la magia che mi manca. Trovo la segreteria.

Okay, nessun problema. Userò il tempo in modo produttivo. Prendo un taccuino e scribacchio l'idea prima che sparisca; poi faccio il giro della suite, prendendo appunti. Prima ero troppo stanca per vederla veramente. Non capita spesso la possibilità di stare in un palazzo vecchio di secoli. Dato che la luna di miele era stata pagata in toto, ho deciso di godermela, pensando che cambiare ambiente fosse proprio ciò di cui avevo bisogno, e finora si è dimostrato vero. Userò qualcuno dei particolari della suite per descrivere la residenza del mio eroe. È veramente bella. La camera da letto padronale è piena di mobili antichi di mogano con intagli elaborati. Applique dorate che assomigliano a candele alle pareti e ci sono due luccicanti colonne color oro pallido ai lati del letto, con degli adorabili cherubini appollaiati in cima. Annuso l'aria. Sa di lavanda, un profumo rilassante. Perfetto.

Su un tavolo rotondo c'è un vaso di cristallo pieno di rose, un secchiello con il ghiaccio e una flûte di champagne. Nel guardaroba c'è solo un morbido accappatoio bianco. Avevo chiamato, informandoli che sarei venuta da sola ed è carino non dover pensare alle coppie. Altrimenti potrei diventare pericolosa. Ah-ah. No, non preoccupatevi. Sono stabile... quasi.

Vado nel soggiorno della suite e colgo la fantastica scena marina dipinta sul soffitto, con ninfe e sirene. Riley e io ci chiedevamo sempre come facessero sesso le sirene. Ovviamente, succedeva al colmo della nostra ossessione per le creature di fantasia, quando eravamo alle medie. Guardo diritto in avanti, cercando per un momento di riprendere il controllo, ma sento il petto compresso come se Mason e Riley si fossero seduti sui miei polmoni e si guardassero teneramente negli occhi. Ho bisogno di aria fresca.

Prendo il telefono e lo ficco nella tasca del bel vestito rosa con i fiori bianchi che ho scelto per il viaggio. Mi piace questo vestito specialmente perché è particolarmente ampio, lungo e ha le tasche. Sono quella che definireste una ragazza curvy, anche se innanzi tutto non so perché la gente dovrebbe far riferimento a me parlando del mio corpo. Sfortunatamente ho visto quella descrizione in più di un articolo che mi riguardava (mi hanno definito anche formosa o taglia plus). A chi importa se faccio compere nella sezione "taglie forti"? Forti cosa? Roba comoda e di dimensioni ragionevoli? Preferirei che parlassero di me definendomi una donna interessante, o spiritosa o intelligente, cosa che sono, invece di una donna curvy o formosa. Per me, la colpa è del patriarcato, e anche di Hollywood, della moda e praticamente di tutte le riviste femminili. Uffa. Infilo i piedi nei sandali dal tacco largo e vado allo specchio per pettinarmi i capelli biondo scuro, in disordine dopo il pisolino. Mi avvicino, abbassando gli occhiali sul naso per vederci meglio e... maledizione, ho le borse sotto gli occhi. Ho ventitré anni, sono troppo giovane per le occhiaie. Rimetto a posto gli occhiali. Ho solo bisogno di una buona notte di sonno e sparirà tutto.

Piroetto e vado direttamente verso la porta della suite.

Dal nulla appare una cameriera, con i pantaloni neri e la camicia bianca button-down che portano tutti i servitori. Avevo sperato in qualcosa di più tradizionale in termini di uniformi. Avevo immaginato cameriere con abiti neri e grembiulini vezzosi, servitori con le giacche a code e un maggiordomo in smoking. Perlomeno il maggiordomo indossava un completo nero.

La ragazza sorride. «Signora, sono Christina. Posso aiutarla?»

«Salve.» Indico il corridoio. «Sto solo uscendo per prendere un po' d'aria.»

«Ah. Potrebbe piacerle il cortile del palazzo. Dà verso giardini formali.»

«Splendido. Se solo potesse puntarmi nella giusta direzione.»

Lei comincia una lunga descrizione di curve e svolte e punti di riferimento lungo la strada che diventa quasi subito rumore di fondo nel mio cervello tormentato ed esausto.

«Potrebbe semplicemente accompagnarmi, per favore?» le chiedo.

«Certo, signora.»

Cominciamo a camminare, dirette alle scale. «Com'è il suo soggiorno qui finora, signora?» C'è una traccia di compassione nella sua voce. Sembra sia stata informata che sono qui per una luna di miele in solitario.

Do immediatamente un taglio a ogni sentimento di pietà nei miei confronti. «È tutto perfetto. Potrebbe dirmi qualcosa di più della storia del palazzo?» Mi sono laureata in storia al college, e mi è stato molto utile per scrivere romance storici. Non so se Yale vorrebbe prendersi il merito di aver contribuito ai miei sexy romanzi storici, ma, ehi, io apprezzo una buona istruzione.

Christina si lancia doverosamente nella storia del palazzo. Sfortunatamente, sono troppo stanca per seguirla veramente. Sono con lei all'inizio, con i vichinghi che arrivarono qui con le loro mogli irlandesi da un precedente insediamento in Irlanda e costruirono il torrione rotondo di pietra. Mi perde da qualche parte durante il secondo incendio.

«Siamo arrivate, signora» dice, fermandosi accanto a una porta di legno in fondo a un lungo corridoio pieno di finestre. «I giardini sono subito dopo il cortile.» Lo indica attraverso una finestra. È una bella vista: un cortile erboso affiancato dalle ali est e ovest del palazzo. In distanza si vedono i giardini formali perfettamente curati.

«Grazie.»

Lei fa una piccola riverenza e se ne va. Apro la porta ed esco al sole di una bella giornata di giugno con il cielo azzurro e soffici nuvolette bianche. Mi sento già meglio. Mi dirigo verso il centro del cortile, getto indietro la testa, allargo le braccia e chiudo gli occhi. Il sole mi scalda la faccia. Non mi serve uno sposo per godermelo. In effetti, Mason probabilmente avrebbe preferito che passassimo il tempo girando l'isola in bicicletta. È un fanatico della bicicletta. Io non sono mai riuscita a sentirmi a mio agio su quei minuscoli sellini. Vabbè, adesso non devo più fare ciò che vuole lui. Sono una donna libera. Mi raddrizzo, sentendomi tutt'altro che allegra.

Suona il telefono e lo prendo dalla tasca, grata per la

distrazione. Sullo schermo appare il nome della mia editor. *Sì!* Tocco il tasto verde. «Ho il prossimo libro.»

«Sentiamo» dice Quinn. È una newyorkese, diretta e senza fronzoli.

Mi siedo su una panca di pietra lì vicino. «Negli altri due libri abbiamo visto William solo di sfuggita, quindi gli darò un passato cupo. È un mascalzone.»

«Finora mi piace.»

«Sarà un triangolo amoroso. Un mascalzone e un genti-luomo viscido che vogliono entrambi l'eroina. Lei si chiamerà Sigourney, che significa conquistatrice vittoriosa.» Sorvolo in fretta, perché sappiamo entrambe che Sigourney non è un nome da periodo Regency, ma mi piace che sia un nome così guerresco. «La farà pagare al viscido, usando il furfante per rovinarlo. Alla fine, rovinerà entrambi.» Ho il cuore che batte un po' più in fretta, eccitata all'idea di distruggere due uomini.

Silenzio.

«Quinn? Sei ancora lì?»

«Sì» dice a bassa voce. «Come ti senti?»

«Sto bene. Che c'è che non va? Non ti piace? È eccitante. Li metterà entrambi in ginocchio.»

«Forse sei troppo amareggiata per scrivere questa storia.»

«Non sono amareggiata!» La mia voce si alza di tono, fino a diventare acuta in modo allarmante, e l'abbasso, cercando di trovare un tono ragionevole. «Sto bene. La storia c'è.»

«Questa non sembra una storia di Alice Segal. È tragica.»

La mia vita è tragica. Mi asciugo una lacrima irritante e dico in fretta e a voce alta, nel tentativo di convincerla. «Trattare di un triangolo amoroso potrebbe…»

«Prenditi un po' più di tempo per superare il dolore» mi dice gentilmente Quinn. «Mandami qualcosa la settimana prossima. Non idee. Un vero capitolo. Anzi, facciamo tre, okay?» Borbotta un veloce saluto e riappende.

Sbalordita, fisso in telefono per un intero minuto. La mia idea non le è piaciuta. Era la mia unica idea. Tre capitoli entro la settimana prossima è un'offerta generosa. Dovrei conse-gnarle molto di più, però…

Chi sto cercando di imbrogliare? Non posso scrivere una storia d'amore quando non credo più nel romanticismo. Sono *finita*. La mia carriera è finita.

Ritraggo le ginocchia sotto il mio abito lungo, come una tartaruga che si ritira nel suo guscio. Poi avvolgo le braccia intorno alle gambe, nascondo la faccia tra le braccia e lascio cadere le lacrime. Non voglio perdere la carriera da scrittrice. Con la mia laurea in storia, senza esperienza di lavoro, non riuscirei mai a trovare un impiego. Ho cominciato a scrivere professionalmente subito dopo il college. Magari finirò per insegnare storia a studenti delle superiori, a cui non interessa un fico secco del passato perché sono troppo confusi dagli ormoni e dall'ansia di trovare il posto giusto per sedersi in sala mensa e di sapere chi è veramente un amico e chi invece sparla di loro alle loro spalle. Non che ne sappia qualcosa.

Fa veeeeramente schifo!

«Stai bene?» chiede una profonda voce maschile.

Alzo di scatto la testa e fisso, completamente sbalordita, con il fiato che mi esce dai polmoni con un sibilo. *È veramente lui?* Mi tolgo gli occhiali macchiati dalle lacrime, li pulisco con l'orlo del vestito, poi li rinfilo per dargli una bella occhiata. È lui. Il principe Lucas Rourke, lo scapolo reale più ambito al mondo, l'uomo che esce con le stelle del cinema e le modelle è davanti a me e mi sta chiedendo se sto bene. Risucchio il fiato. Sembra uno dei modelli delle copertine dei romance. Veramente. Non avrei nemmeno bisogno di scrivere la storia se lo avessi sulla copertina. La gente comprerebbe la mia lista della spesa ripetuta un migliaio di volte solo per poterlo guardare. Occhi acquamarina che contrastano vivacemente con i capelli scuri e folti e la barba curata. Se fosse il protagonista di una delle mie storie, lo descriverei come un metro e ottantacinque di perfezione maschile dalle spalle larghe e dalla fiera postura regale. Magari avrei anche aggiunto qualcosa sui calzoni aderenti. Ehm. Indossa una camicia nera, button-down, a maniche corte e i suoi avambracci sono abbronzati e muscolosi. Sono una fine conoscitrice di avambracci e i suoi sono particolarmente sexy. Non posso fare a meno di notare questo tipo di cose. È il mio lavoro e *non* significa che ho intenzione di fare veramente qualcosa, se non ammirarlo. Il mio cuore incenerito impedisce il flusso di sangue al di sotto dell'ombelico.

Tento di sorridere e riesco a dire: «Sto bene». Non suona convincente nemmeno alle mie orecchie. È stato gentile da parte sua venire a controllare, ma non ho intenzione di confidarmi con un estraneo.

Lui mi stupisce ancora di più sedendosi accanto a me sulla panca. «Non ho potuto fare a meno di sentire del triangolo amoroso. Sembra orribile.»

Non so se ridere o piangere perché stavo descrivendo la mia storia e solo adesso mi rendo conto che stavo raccontando la mia vita. Accidenti. Ovvio che a Quinn non sia piaciuta. La mia vita è tutt'altro che un romance.

I suoi occhi acquamarina sono compassionevoli. «Non sei obbligata a parlarne. Ti terrò solo compagna per un po'.» E resta lì.

È lì per me, un completo estraneo nel bel mezzo di un crollo epocale. Non sapevo nemmeno che passasse del tempo nel palazzo. Ho visto fotografie di lui in tutto il mondo, con molta, moltissima gente affascinante, specialmente donne. Tante donne. Nessuna delle quali sarebbe mai stata descritta come una ragazza curvy. Che cavolo ci fa qui?

Rischio un'occhiata di sottecchi, senza voltare la testa.

Lui mi sorride. «Sono Lucas.»

Sbuffo. «So chi sei. Sei lo scapolo reale più ambito al mondo.» Lui curva le labbra in un sorrisetto sghembo e sexy. «Sono Alice. Sono qui in luna di miele.»

«Oh.» Si guarda attorno, probabilmente chiedendosi dov'è andato lo sposo. «Ho frainteso. Pensavo fossi un'ospite di mia cognata, con il tuo accento americano.» Torna a guardarmi. «Devi essere nella suite luna di miele.» Quando annuisco, abbassa la voce. «Hai litigato con tuo marito?»

«No. Beh, sì.» Agito una mano, cercando di fingere indifferenza. «Lui non è qui e non siamo sposati.»

Lucas aggrotta le sopracciglia. «Perché hai detto di essere qui in luna di miele?»

Esito, chiedendomi se sia il caso di confidarmi con un

estraneo. Non mi apro facilmente con nessuno ed è ancora così doloroso parlarne.

Alzo le mani e mi sforzo di iniettare un po' di energia nella voce. «Perché sono una guerriera.» E poi mi trema il mento, distruggendo completamente la mia credibilità.

2

Lucas

«Da dove vieni, guerriera?» le chiedo, nel tentativo di impedire alle lacrime di scendere.

«Portland, Oregon, Stati Uniti» risponde lei coraggiosamente e fa un profondo respiro tremolante. Sta cercando di mantenere il controllo. Conosco i segni. Non si arriva a essere lo scapolo reale più ambito al mondo senza avere un mucchio di esperienza con le donne.

Il contrasto tra i suoi occhiali da bibliotecaria e i suoi capelli biondi e le curve seducenti mi ha colpito mentre guardavo fuori dalla finestra, qualche momento fa. La brezza aveva fatto aderire l'abito sciolto al suo seno prosperoso e la figura a clessidra. Incredibilmente sexy. Come se Marilyn Monroe indossasse occhiali da nerd. Avevo capito solo dopo aver aperto la porta che era in crisi. La sua voce, anche in quel momento di angoscia, ha un tono ricco e pastoso, innegabilmente sexy. Perché ha ritenuto giusto fare da sola un viaggio di nozze? Posso solo pensare che fosse stato pagato in anticipo e che non voleva fosse sprecato. Un tipo pratico.

Controllo la situazione delle lacrime. Ancora niente, anche se i suoi occhi azzurri sono lucidi dietro le lenti. La serietà degli occhiali dalla montatura nera è addolcita dai cuoricini d'argento agli angoli. «Allora starai nella suite degli ospiti per una settimana?» Viste le circostanze, evito apposta di chiamarla suite luna di miele.

«Due settimane.»

Cerco di parlare in tono allegro, come se due settimane di luna di miele solitaria possano essere una bella avventura. «Forse potresti andare a fare un giro turistico in Francia. Nantes è vicina e Parigi non è molto più lontana. Ovviamente potresti sempre visitare Villroy, anche se non c'è molto da vedere, oltre alla sabbia e al mare.»

Tenta anche lei di parlare in tono allegro. «Sì, era quello il mio piano. Assorbire tutto, trovare l'ispirazione e produrre magicamente il mio prossimo libro.» La voce entra in crisi alla fine della frase.

«Che cosa scrivi?»

Lei sospira. «Romanzi storici. Storie d'amore ambientate in Inghilterra, nel periodo Regency. Beh, lo facevo. Probabilmente annulleranno presto il mio contratto.» Scuote lentamente la testa. «Alla mia editor non è piaciuta l'idea di un triangolo amoroso.» Fa un sorrisino triste. «È anche la mia vita reale.»

«Mi dispiace.»

Lei si sposta sulla panca, incrociando le gambe e sistemandosi il vestito sulle ginocchia. «Basta parlare di me. Tu che cosa combini? Cosa fa un principe qui a palazzo?»

«In effetti sono stato impegnato con nostra nuova impresa. Stiamo costruendo una day-spa sul lato est dell'isola e cominciando la produzione di cosmetici usando ingredienti proveniente dall'industria della pesca.» Mi piace parlare della nostra nuova attività.

Lei si illumina. «Allora sei anche un uomo d'affari?»

L'orgoglio mi fa sedere un po' più diritto finché non ricordo le difficoltà che incontro per dimostrare di essere degno di quella posizione. Sono il terzogenito e questo significa che non sono mai stato educato per il trono e nemmeno per la maggior parte dei doveri reali, a parte qualche servizio fotografico. E ammetto sinceramente di essere un festaiolo a ruota libera che si mischia con i ricchi e famosi, ma non è tutto ciò che sono. Voglio contribuire al bene del regno, essere parte del nostro retaggio. Dovrei essere io l'AD della nuova impresa. Ho esperienza, ho investito con successo in altre start-up e faccio parte dei loro comitati consultivi. Sono un investitore informale, è il mio hobby, ma qui a casa, non riesco a farmi valere. Il re e la regina, Gabriel, il primogenito e sua moglie Anna, hanno dato il via al tutto e continuano a sovraintendere, dandomi ben poco da fare nonostante la mia assoluta dedizione all'impresa. Dovrebbero interessarsi più al governo del paese e non dividere la loro attenzione tra il regno e gli affari. Anna aspetta il primo figlio che nascerà tra due mesi e poi si prenderà del tempo per sé. Perché non lasciare che prenda io le redini?

Il problema è Gabriel. Mi intralcia a ogni passo. Metà delle volte si intromette in faccende di cui ho detto che mi sarei occupato io, poi viene continuamente distratto dai suoi doveri regali, con il risultato che le decisioni vengono prese in ritardo e le squadre devono aspettare gli ordini. Se avessi un ruolo chiaro, se ci fosse una divisione netta dei compiti, tutto scorrerebbe molto più liscio. È tutto così maledettamente frustrante.

«Sì e no» dico dopo un po'. «Sto lavorando per ottenere un ruolo maggiore nella gestione.»

Lei guarda nel vuoto. «Vorrei avere delle capacità pratiche come quelle. Non so che cosa farò ora che la mia carriera è finita.»

«Perché è finita?»

Lei alza una spalla. «Sono una scrittrice e non riesco a scrivere.»

«Perché no?»

Lei si volta a guardarmi e dice semplicemente: «Perché Mason ha ucciso la musa.» Guarda diritto davanti a sé. «Non credo più nel romanticismo, quindi non posso scriverne. Basta, meglio non parlarne.»

«Okay.»

Si sbatte una mano sulla coscia. «Fanculo Mason! Perché lui deve avere il suo lieto fine e io devo essere qui da sola in luna di miele, a guardare la carcassa della mia carriera?»

«Quindi ne stiamo parlando.»

Lei scuote enfaticamente la testa. «No, niente da fare. Non

sprecherò il mio tempo rivangando una cosa su cui ho già sprecato una settimana. Ho passato la fase del dolore, la fase delle lacrime e dei singulti, la fase *come hai potuto*; adesso basta.» Spinge le mani davanti a sé, palmo in avanti. «Volto pagina.»

«Mi sembra una cosa salutare...»

«Voglio dire, non è che adesso vorrei sposarlo, sai?» Punta il dito in aria. «Se si facesse vedere qui adesso, in ginocchio a *implorare* il perdono e mi ricoprisse di cioccolato, petali di rosa e diamanti, la mia risposta sarebbe comunque un bel *no!*»

Quasi mi metto a ridere, perché il cioccolato, per lei, viene prima dei diamanti, ma ha la faccia scura ed è chiaramente ancora angosciata. «Dimmi che cos'è successo.»

Lei fa un gesto indifferente e volta la testa dall'altra parte. «Non voglio sfogarmi con te. Ti ho appena incontrato. Senza offesa.»

«Beh, mi sento offeso.»

Lei volta di scatto la testa verso di me, con gli occhi spalancati. «Davvero?»

«Sì. Hai un uomo affascinante e attraente seduto qui, pronto ad ascoltarti e racconti solo parte della tua storia. È come un libro lasciato in sospeso e tu, come autrice, dovresti sapere che non è il caso di tenere sulle spine lo scapolo reale più ambito al mondo, senza raccontargli il finale.»

Apre la bocca mentre mi fissa. «Non so nemmeno dove cominciare con quello che hai detto. C'è un mucchio di roba da elaborare. La faccenda dell'autrice, la descrizione di te come affascinante e attraente, il fatto che...»

«Non credi che sia affascinante e attraente?» Le rivolgo il mio sorrisetto sghembo e sexy che funziona sempre con le donne.

Lei arrossisce e si mette una ciocca di capelli dietro l'orecchio. Perfino una donna angosciata non riesce a resistere a quel sorriso.

«Beh...» dice lentamente, come se stesse valutando attentamente cosa dire. Mi guarda negli occhi con un'espressione seria e mi colpisce l'intelligenza viva che brilla nei suoi. «È stato un gesto molto gentile da parte tua sederti qui con me mentre avevo la mia crisi esistenziale. È solo che qualcuno potrebbe dire... non io ma *qualcuno*, che descrivere se stesso come affascinante e attraente sfiora i limiti dell'arroganza; sarebbe diverso se fosse qualcun altro a dire le stesse cose di te.»

«Sentiti libera di dirle.»

Le sue labbra si aprono in un mezzo sorriso e gli occhi azzurri brillano divertiti. «Sei affascinante e attraente.»

«Grazie.»

«E lo sai.»

Sogghigno. «Lo sanno tutti, e tu sei intelligente e bella.»

Lei resta sorpresa, con gli occhi sgranati.

«Come mai tanta sorpresa?» Mi chino verso il suo orecchio, abbassando la voce a un tono sensuale. «Ovviamente lo sapevi già.»

Le sue guance diventano rosa acceso. Maledettamente adorabile. Poi si riprende e dice. «Certo che lo so, ma è bello sentirtelo dire. Grazie.»

Inclino la testa. «Ora, mi sembra di capire che Mason sia il cattivo in questo triangolo amoroso, ma dimmelo tu. Era *brutto* da "bruciamo la sua foto" oppure da "bruciamo il mondo"?» Mi rendo conto che continuare a piangere non l'aiuterà. Ha bisogno di azione, di qualcosa di catartico.

«Beh, non è stata colpa del mondo. Immagino che sia più da "bruciamo la sua foto".»

«Allora facciamolo. Hai delle foto sue che potremmo bruciare?»

«Solo sul telefono.»

Agito le dita per farmi dare il suo telefono. «Fammi vedere.»

«Perché?»

Sbuffo in modo esagerato. «In modo da potergli fare una fattura, ovviamente. È l'alternativa migliore, se non si può bruciare una fotografia.»

«Un uomo d'affari di stirpe regale che fa stregonerie» dice, estraendo il telefono da una tasca del vestito. «Questa *non* me l'aspettavo. Probabilmente però funzionerebbe meglio un esorcismo.» Picchietta un paio di volte lo schermo, fa scorrere velocemente le icone e fissa lo schermo.

Tiro il telefono verso di me. Un uomo alto, magrolino, con i capelli castani in disordine, occhiali dalla montatura rotonda e un pomo d'Adamo prominente fissa borioso la fotocamera.

«Sembra un geek» dico, ed è voler essere educato. Sembra uno stronzo arrogante e ho già voglia di prenderlo a schiaffi.

Lei volta il telefono a faccia in giù sulla panchina. «È un professore d'inglese allo Spire College, nell'Oregon. Ci siamo conosciuti in una libreria.»

«Continua a essere un geek.»

«Quando si toglieva gli occhiali l'effetto era molto Clark Kent-Superman. Era in forma, si allenava. Era un buon partito, te l'assicuro. Riley diceva sempre quant'ero fortunata. È la mia migliore amica.» Si ferma di colpo. «*Era* la mia migliore amica. E adesso presumo che sia lei quella fortunata, dato che sono innamorati.» La sua voce si spezza e lei volta la testa per non farsi vedere.

Ecco il triangolo amoroso. Sospetto che il tradimento della sua migliore amica sia perfino peggiore di quello dello stronzo arrogante. L'amicizia tra donne è profonda. Maledizione, un doppio tradimento. Sta cercando di mantenere il controllo, ma è tutto lì, appena sotto la superficie.

«Ciò di cui hai bisogno è di esorcizzarlo» le dico. «Ricominciare da zero.» Lascerò che ci pensi un'altra donna a esorcizzare la migliore amica. Forse mia cognata, Anna. È ferocemente leale nei confronti di mia madre e delle mie sorelle. Potere femminili e roba simile. Non so che cosa ci sia esattamente tra di loro, ma sono molto unite.

Lei mi guarda negli occhi e dice piano. «È il motivo per cui sono venuta qua, ma mi *hanno seguito.*»

«Dobbiamo distruggere qualcosa.»

Lei si raddrizza. «Davvero?»

«Assolutamente. Okay, dimentichiamo lei. È su di lui che ci dobbiamo concentrare. È lui che ti ha spezzato il cuore.»

«Riley è difficile da dimenticare. La conoscevo da più tempo, da quando avevamo undici anni e mi difendeva dai bulli. Da allora in poi siamo state inseparabili.»

Mmm. Continua a peggiorare. «Sembra orribile, ma per ora concentriamoci sull'esorcizzare il tuo ex, in modo che tu possa goderti la tua luna di miele, più come se fosse una vacanza. Che cosa te lo ricorda?»

Lei si porta un dito alla guancia. «Aveva una fossetta proprio…»

«No.»

«E un ciuffo ribelle.» Si liscia i capelli con un'espressione malinconica. «Restava sempre un po' sollevato dietro la testa.»

Gesù. «Lasciando perdere il suo tradimento, cos'altro odiavi di lui?»

Lei mi guarda sbattendo le palpebre. «Non odiavo niente di lui. Lo amavo.» Ancora con l'amore dopo quello che lo stronzo aveva fatto? Chiaramente non l'ha ancora superato e sono furioso per lei.

«Quindi era perfetto. Non c'era niente che ti irritasse.»

Lei guarda il cielo e dice sommessamente: «Mi chiedeva sempre quando avrei cominciato a scrivere qualcosa di serio. Diceva che i miei libri erano robetta.» Alza la testa. «I miei libri sono importanti per me. In effetti, non li leggeva mai. Il primo ha vinto un premio come miglior libro d'esordio; il secondo è diventato un bestseller. Il suo libro non ha mai vinto un premio né ha venduto più di qualche centinaio di copie.»

Mi butto su quello. «Era geloso. Bruciamo il suo libro.»

«Oh, non brucerei mai un libro.»

«Mi procurerò il suo libro, che senz'altro sarà pretenzioso, strapperemo la sua fotografia da sfigato dalla quarta di copertina e la bruceremo.»

Resta a bocca aperta e poi la richiude con uno scatto. «Il libro si intitola *Radici nell'aria*. È una storia che parla del sentirsi privi di radici perché non c'è più il senso di comunità nella nuova generazione di pendolari che inseguono i soldi.»

Stronzo pretenzioso. «Fammi indovinare, hai letto il suo libro anche se lui non ha mai letto i tuoi.»

«Sì, era scritto molto bene.»

«Ti è piaciuto?»

«Beh c'erano alcune buone…»

«Ti è piaciuto?» insisto.

«No. In effetti non c'era una vera e propria storia.» Agita le dita in aria, come se danzassero. «Vagava un po' qui e un po' là. Troppe frasi interminabili, che volevano essere poetiche. Un mucchio di personaggi, tantissimi punti di vista diversi che alla fine non arrivavano a niente.»

«Ah! Sembra fuffa.»

Lei ride, una risata felice, musicale che mi fa sorridere. Sono stato io. «Fuffa molto seria e intellettuale.»

Una voce dura e autoritaria risuona nel cortile. «Eccoti qui.»

Sono immediatamente all'erta e mi alzo. Diavolo. Avrei dovuto incontrare Gabriel per parlare di un problema riguardante la costruzione della spa e mi sono lasciato distrarre dal problema di Alice. «Stavo giusto per venire.»

Gabriel scuote la testa, ancora sulla porta. «È tutto a posto. Continua pure a flirtare come al solito.»

«Non stavo… lei stava…» Smetto di parlare perché è già rientrato, congedandomi.

Mi volto a guardare Alice. «Devo andare a parlare con mio fratello.»

«Certo. Grazie per avermi prestato ascolto.» Prende il telefono e fissa lo schermo, quella stupida fotografia del suo stupido ex.

Non riesco a sopportarlo. Le strappo il telefono di mano e clicco sui contatti, inserendo il mio numero. Poi glielo restituisco.

Lei mi guarda a bocca aperta.

Non so se è sorpresa o offesa per la mia presunzione. «Per l'esorcismo» le dico, prima di tornare dentro casa.

Vado nella direzione in cui è andato Gabriel, ma non lo vedo già più. Mi fermo. È probabile che non mi ascolti comunque. È convinto che non prenda niente sul serio. Che cosa ci vorrà per dimostrare il mio impegno?

3

Lucas

Cambio direzione, andando verso l'uscita laterale, con l'intenzione di andare in cantiere e controllare le cose da solo. Il mio telefono vibra con un messaggio.

Prova. Sono Alice.

Spero di non averti causato un problema con tuo fratello.

Era il re?

Fisso lo schermo, chiedendomi quanto posso dirle. Non dovrei discutere di faccende private con gli estranei, anche se il mio istinto mi dice di fidarmi di lei e so che è stata approvata in anticipo visto che risiede nel palazzo. Le mando una risposta veloce: _Tutto bene. Parleremo dopo._

Qualche minuto dopo, prendo le chiavi di una vecchia Renault dal parco macchine di servizio del palazzo e guido lungo la strada serpeggiante che scende dalla collina. Gabriel avrebbe insistito che chiamassi un autista perché mi portasse con una delle Mercedes dai vetri oscurati, dando così anche il segnale alle guardie del corpo perché mi accompagnassero, ma non ci tengo. È un tragitto breve fino al cantiere e mi sono sempre sentito al sicuro sull'isola. La gente qui è abituata a vedermi andare e venire e nessuno ha mai inteso farmi del male. A volte c'è qualcuno eccessivamente entusiasta, specialmente le donne giovani, ma non mi è mai dispiaciuto quel tipo di attenzioni. Amo le donne.

Parcheggio nel lotto di terreno ghiaioso accanto alla spa. Sono passati due mesi dall'inizio della costruzione e dovrebbe essere finita entro sei settimane. Sfortunatamente siamo in ritardo, non solo a causa delle lungaggini di Gabriel nel prendere decisioni perché ha troppe castagne sul fuoco, ma anche a causa del maltempo, che ha ritardato l'arrivo dei materiali sull'isola, nonché un'inaspettata carenza del vetro float che Anna voleva per una fila di finestre che danno sul mare.

Apro la porta a vetri della spa ed entro, afferrando un elmetto da un carrello mentre vado nell'area ricevimento. C'è una squadra di operai che sta installando il cartongesso. Gabriel e Anna sono accanto alla parete d'acqua decorativa. Gabriel mi assomiglia, stessi capelli scuri, stessi occhi verdeazzurri, stessa statura, ma lui è sempre ben rasato. Anna è alta per una donna, un metro e settantacinque, con i tacchi è poco più bassa di Gabriel, ha una massa di riccioli scuri, occhi castani e un volto a forma di cuore. È graziosa in modo non convenzionale e le si addice perché ha anche una personalità anticonformista. È stato forte lo scossone qui a Villroy quando Gabriel ha sposato una borghese americana, facendola diventare regina. Stanno fissando la parete dove scorre un filo d'acqua dovrebbe essere invece un velo continuo. Aveva funzionato bene per un po', prima di cominciare sporadicamente a schizzare sul fondo, cosa che, col tempo, lo avrebbe danneggiato. Adesso l'acqua è chiusa.

Appena li raggiungo dico: «I tecnici che hanno installato la parete d'acqua non sono disponibili a intervenire per parecchie settimane. Posso farne arrivare una nuova…»

Gabriel mi interrompe. «Il problema è la pompa. Ne ho già ordinata una nuova dal costruttore. La installerà uno dei nostri operai.»

«Va bene allora» dico con calma, cercando di frenare il nervosismo. Avevo detto che me ne sarei occupato io. Gabriel non ha intenzione di lasciarmi fare nonostante abbia riconosciuto che le mie idee sono fondate. È oltremodo frustrante. «Problema risolto.»

Anna mi sorride. «Ciao Lucas. Grazie per aver dato un'occhiata.»

Mi mordo la lingua per non dire ciò che vorrei veramente dire. Ho fatto molto più che dare un'occhiata. Vivo a palazzo da quando hanno cominciato a scavare le fondamenta in aprile, deciso a dare il mio contributo. Siamo a giugno, quindi ovviamente non ho intenzione di andare da nessuna parte. Questa spa e la linea di cosmetici associata sono la chiave per salvare la declinante economia di Villroy e assicurare posti di lavoro che terranno i giovani sull'isola. Un regno composto solo dalla vecchia generazione non potrebbe durare molto. Mi rifiuto di lasciare che accada. Villroy è il mondo per me.

Mi limito a parlare di un argomento sicuro, uno dei preferiti di Anna. «Come va la gravidanza?»

Lei sorride radiosa e si accarezza il pancione. È incinta di sette mesi. «Io e la bambina stiamo benissimo.»

«Bene.»

Gabriel le mette una mano sulla pancia. «Anna, torniamo al palazzo. Non mi piace che tu stia qui dove c'è ancora tanta polvere e confusione.»

Anna gli sorride e gli mette una mano sulla guancia. Gabriel sposta la testa per baciarle il palmo in modo quasi riverente prima di guidarla fuori, con la mano sulla schiena.

Li seguo, sentendomi molto un terzo incomodo. È la mia sensazione anche quando si tratta di affari. Loro due sono un fronte unito, che avanza allegramente senza di me.

«Sta veramente prendendo forma, vero?» chiede Anna.

«Sì, finalmente» risponde Gabriel.

«È stato un tragitto lungo e dispendioso» Mi inserisco nel loro discorso. «I ritardi nella costruzione sono stati costosi. Potremmo fare due passi e parlare di finanze?»

«Certo» dice Anna, spingendo Gabriel a borbottare il suo assenso. Con lei è sempre accondiscendente. Vedere mio fratello passare dal tipo autoritario, cupo e rigido, a questa nuova versione, un marito sorridente e devoto, mi ha aperto gli occhi. Non avevo mai pensato che l'amore di una donna potesse cambiare tanto una persona. Non era sicuramente stato il caso per me, durante la relazione più significativa.

Usciamo dall'edificio e ci incamminiamo dall'altro capo della zona pianeggiante di fronte alla spa. C'è il potenziale per altre costruzioni da questa parte, magari un ristorante, ma è tutto campato per aria finché la spa non guadagnerà a sufficienza da ripagarsi.

Entro subito in argomento. «Stavo pensando che potremmo raccogliere dei capitali, per togliere un po' di pressione dalle nostre spalle. In famiglia hanno contribuito tutti generosamente, ma adesso sta diventando un salasso per le nostre finanze e dobbiamo ancora investire nella produzione dei cosmetici.»

«Sarebbe bello avere un nuovo afflusso di capitali» dice Gabriel, «ma non vogliamo aprire agli estranei. È stato un nostro progetto fin dall'inizio. Ci sono i Rourke dietro la rivitalizzazione di Villroy. Dobbiamo essere coinvolti personalmente.»

«E lo siamo» dico pazientemente. «Sanno tutti che abbiamo messo noi i fondi.»

«Eccetto il contributo dalla mia asta degli scapoli reali» aggiunge Anna con un sorriso malizioso. «Lucas ha veramente dato un grosso aiuto. Le mie amiche sono impazzite quando hanno fatto le offerte.» Anna aveva dato il via a tutto il progetto con la raccolta fondi, più che altro per fare in modo che le clienti più ricche del suo salone di bellezza, quelle con i contatti giusti, si sentissero coinvolte, tornassero e diffondessero la voce ai loro amici. Anna era un'estetista parrucchiera. Ovviamente ero stato uno premio ambito, specialmente quando avevo slacciato la camicia e finto di slacciare i pantaloni.

Le sorrido. «Felice di essere d'aiuto, come sempre.»

Anna sorride. «È stato divertente. Sfortunatamente abbiamo raccolto solo abbastanza per i rilievi, il progetto della spa e la ricerca per la linea di cosmetici. È un progetto enorme.» Poi si rivolge a Gabriel. «Lucas ha ragione. Stiamo arrivando a un punto critico e dobbiamo ancora dare inizio alla produzione.»

Gabriel piega la testa. «Non dico che non abbia ragione, sto dicendo che non voglio estranei.»

Io insisto sulla mia idea. «Posso coordinarlo io. Contatterò le banche per avere un prestito. Alla fine lo ripagheremo e in questo modo non dovremo rinunciare a nessuna quota del progetto. Gli investitori esterni vorrebbero una partecipazione azionaria.»

«Pensi che riusciremmo a ottenere delle condizioni favorevoli, in questa economia?» chiede Anna.

«In effetti ho un contatto in una banca francese che potrebbe essere utile» dice Gabriel.

«Perfetto» dico. «Nominatemi amministratore delegato. Porterò loro la proposta e avrò la necessaria autorità per firmare.»

«Siamo Anna e io gli amministratori delegati» dice Gabriel.

Riesco a parlare civilmente nonostante la frustrazione. Non è la prima volta che abbiamo questa conversazione. «Non è inciso sulla pietra, da nessuna parte. Dovremmo gestire questo progetto come un'impresa e definire chiaramente le responsabilità e i ruoli. Finora è stato trattato più come un affare di famiglia.»

«È un affare di famiglia» dice Gabriel e il contrarsi del muscolo sulla sua mandibola mi dice che ha quasi esaurito la pazienza.

Insisto. «Se vogliamo capitali da fuori, tutta la faccenda deve essere professionale e trasparente. Mettere i puntini su tutte le I e i trattini sulle T.»

«Non ci sono *i* o *t* in Lucas» dice Anna con un sorriso. Davanti alla mia espressione, senza dubbio amareggiata, alza una mano. «Non sto dicendo che non sono d'accordo, ma il fatto è che la nostra vita è qui, Gabriel e io siamo seriamente impegnati l'uno con l'altro e quindi anche con il progetto. Tu hai passato gli ultimi dieci anni viaggiando. Gabriel dice che gli ultimi due mesi sono il periodo più lungo che passi a Villroy da quando eri un bambino.»

«Hai dei dubbi sulla serietà del mio impegno per Villroy?» le chiedo un po' seccato. «Sono cresciuto qui, la mia famiglia è qui. È casa mia, il mio retaggio, esattamente come per

Gabriel.» Solo, io ho avuto la sfortuna di essere il terzogenito invece del primogenito.

«Che cosa ti tiene qui, Lucas?» mi chiede Anna, con gentilezza.

«Voglio essere io il responsabile di questa impresa, lasciare la mia impronta e dare un vero contributo al regno.»

«Finché la prossima bella donna non ti farà girare la testa» si intromette Gabriel. «E a quel punto te ne andrai con qualche starlette e ti dimenticherai di noi.» Si riferisce alla mia ex, Nora, con la quale ho viaggiato per un breve periodo, per seguirla sui set dei suoi film.

Mi metto le mani sui fianchi. «Che cosa ci vuole per dimostrare il mio impegno? Un patto di sangue?»

«Forse potresti fidanzarti con una donna del posto» dice Anna ammiccando. «E a quel punto sapremo che non andrai da nessuna parte.»

Non riesco a mascherare la mia ripugnanza a quell'idea. Il matrimonio non fa per me. Mi piace il mio status di scapolo ambito. Che cosa non mi piace? I melodrammi associati a una relazione. La mia ex e io ci siamo resi reciprocamente la vita difficile, con parecchi litigi, rotture e riavvicinamenti. È stato stancante, doloroso e, alla fin fine, inutile.

Anna si mette a ridere. «La tua faccia dice tutto. Comunque stavo scherzando. Sposati per amore e per niente di meno.»

«Non ho nessuna intenzione di sposarmi.»

«Non si sa mai» dice Anna con la voce cantilenante.

«Io lo so.»

Gabriel mette le braccia conserte. «È uno dei tanti motivi per cui Anna e io dovremmo mantenere il controllo. Se andiamo in una banca, la nostra stabilità come coppia e come governanti del regno dimostrerà il nostro impegno a lungo termine.»

Alzo le mani. «Quindi immagino di essere destinato a restare sullo sfondo.»

«Noi ti apprezziamo.»

«Sì, ovviamente» dice Gabriel. «Quando sei presente e sei concentrato, sei di grande aiuto.»

L'insulto mascherato da complimento brucia. Chino la testa davanti al mio re e alla mia regina. «Ci vedremo più tardi. Vado al porto per controllare i test.» Sono in corso test su piccola scala della linea di cosmetici. Me ne vado prima di esplodere.

«Grazie, Lucas!» grida Anna mentre mi allontano. «Noi ti apprezziamo!»

È la seconda volta che lo dice nel giro di pochi minuti e la dice lunga sul fatto che sappia quanto, al contrario, mi senta poco apprezzato.

Prima ancora di ritornare a palazzo, mi rendo conto che mi hanno messo con le spalle al muro. Se rinuncio al mio ruolo e lascio tutto il progetto a Gabriel e ad Anna, avrò solo dimostrato che Gabriel ha ragione e non avevo intenzione di impegnarmi. Se resto, sarò costantemente ostacolato dalla mancanza di fiducia e l'assenza di autorità. Come faccio a dimostrare che ho intenzione di vivere qui a Villroy? Forse se sarò io quello che porterà i soldi. Ma non ho nemmeno l'autorità di firmare un prestito. Via, di nuovo nell'angolo.

Se veramente fossi così poco attaccato a Villroy come dice Gabriel, sarei rimasto con Nora. È il motivo per cui abbiamo rotto. Lei voleva che mi spostassi con lei da un set all'altro a tempo indeterminato e dopo qualche mese in Canada e poi in California con lei, volevo tornare a casa. Certo, viaggio parecchio, ma ho Villroy nel sangue e non l'abbandonerei mai completamente. Per nessuno. Forse ciò che c'era tra Nora e me non è mai stato amore. Certo, il sesso era fantastico, ma litigavamo come cani e gatti per metà del tempo. Avevo sempre pensato che litigare dimostrasse il nostro amore, considerando quanto erano intense le emozioni. Forse non so nemmeno che cosa sia l'amore.

A chi diavolo importa? Sono felice. Ho tutto ciò che mi serve, eccetto la fiducia di mio fratello, che non crede nella mia capacità di gestire questo progetto. E quella è l'unica cosa che voglio veramente.

4

Alice

Ho due attività in programma per domani: al mattino un tour del palazzo con la mia gentile cameriera, Christina, che mi ha aiutato a trovare la strada, e un tè nel salotto con il re e la regina. Dopo quello, ci sono parecchie alternative per il mio soggiorno di due settimane. Posso organizzarmi per farmi portare in Francia dallo yacht reale oppure restare qui e fare un picnic sulla spiaggia, o chiedere un autista o una bicicletta per fare il giro dell'isola. È una luna di miele molto tranquilla, che pensavo avrei passato per la maggior parte a letto e che poi, in uno slancio di selvaggio ottimismo, avevo deciso che avrei trascorso perlopiù scrivendo. Anche quest'ultima possibilità sta svanendo in fretta.

Premo la mano sullo stomaco che brontola. È sera e ho la cena a lume di candela nella sala da pranzo cerimoniale che avevo prenotato per la mia prima notte sull'isola. È una sala che viene usata solo nelle occasioni speciali. Faceva tutto parte del pacchetto: una cena nella sala da pranzo cerimoniale e un'udienza con il re e la regina. Sto pensando di cenare nella mia stanza, visto che sono da sola. *No. Sei una guerriera, ricordi?* Restare nella mia stanza vanifica lo scopo di essere venuta qua. Questo è il mio viaggio "posso benissimo spassarmela anche senza di te". Anche se non ho proprio voglia di ripensare alla mia luna di miele in solitario durante una cena a lume di candela, devo pur mangiare. Okay, Deciso.

Prendo il telefono e in uno slancio di folle ottimismo, mando un messaggio a Lucas. Perché no? Mi ha dato lui il suo numero. Non so perché. Forse è annoiato. Forse prova compassione per la mia solitudine. Non mi importa. Mi è stato accanto in un momento di sconforto, e adesso lo contatterò io in un momento di disagio.

Ciao, sono Alice. Ti piacerebbe bruciare della roba, fare un esorcismo oppure cenare con me?

Per favore, scegli due o più delle alternative citate.

Lucas mi aveva incoraggiato a bruciare della roba in una sorta di esorcismo dello spirito malvagio di Mason. Fisso lo schermo per un momento, chiedendomi se non sono stata troppo sfacciata. Probabilmente è occupato con una delle sue favolose ragazze. Sono sicura che non gli manchi mai la compagnia. Chi se ne frega! Andrò alla mia cena a lume di candela e la userò come ricerca per il mio libro. Dopo tutto c'erano candele dappertutto nel periodo Regency e non mi è capitato spesso di usarle. Chiamo gli alloggi della servitù per avvisare che scenderò presto per la cena.

Poi mi vesto come richiesto da questa occasione speciale. Avevo fatto shopping per la mia luna di miele, inclusi alcuni vestiti sexy adatti all'isola, completi eleganti, e lingerie. Dovrei bruciare la lingerie. Mi sento quasi malvagia al pensiero di bruciare cose così carine. In ogni caso, fare shopping per la luna di miele era solo una delle tante cose relative al matrimonio che mi avevano distratto dalla scrittura. Vorrei poter dire di aver avuto dei sospetti su Riley e Mason e che è ciò che mi impediva di scrivere, ma quando me l'ha detto sono caduta dalle nuvole. A difesa delle mie acute capacità di osservazione e in generale alla mia intelligenza, mi fidavo di entrambi e non c'erano segnali evidenti. Più tardi avevo scoperto, grazie alle dettagliate spiegazioni di Mason, così disponibile a fornirle, che si era reso conto di essere *veramente* innamorato di lei, che passavano le mattine insieme prima che lei andasse al lavoro (Riley lavora la sera, dato che è uno chef) e poi la notte tardi quando mi diceva di essere a delle riunioni di facoltà. Avevano anche passato alcuni fine settimana insieme, quando pensavo fosse andato a trovare suo fratello nello Wyoming. Così è.

Mi. Divertirò. Lo. Stesso.

Anche se dentro di me muoio un po' tutte le volte che qualcosa me lo ricorda.

Eccomi qui, vestita per l'occasione con il mio nuovo maxiabito azzurro. Qualcuno una volta mi ha detto che questa tonalità di azzurro fa risaltare quella dei miei occhi. Mi sistemo le piccole maniche che lasciano le spalle scoperte e lego la cintura in vita, senza stringere. C'è una profonda scollatura a V sul davanti, che mette in mostra il mio decolleté ed è scollato anche sulla schiena. Sexy e romantico. Mi siedo al tavolo da toletta per infilarmi i sandali dorati da gladiatore con i tacchi larghi che mi regalano un paio di centimetri. Non mi ci vuole molto tempo per sistemare i capelli, lunghi fino alle spalle, dato che di solito li porto sciolti e sono dritti come fusi. Ci metto un po' di più per truccarmi, solo perché ne ho voglia. Eyeliner, mascara, blush e un rossetto rosato. Poi mi metto gli occhiali e le lenti illuminano i miei occhi truccati. Non sono mai riuscita a portare le lenti a contatto.

All'ora convenuta, Christina ritorna per scortarmi nella sala da pranzo cerimoniale. Non posso fare a meno di chiedermi dove cenerà la famiglia reale questa sera. Dubito che muoiano dalla voglia di cenare con un'ospite pagante.

Una volta arrivate, Christina apre la porta per me. «Ecco, signora. Buona serata.»

Sbircio nella stanza vuota, illuminata dalle candele. C'è un lungo tavolo lucente di legno scuro con un posto apparecchiato moooolto in fondo. *Dai, devi mangiare. Sii una guerriera.*

«Grazie» le dico, ed entro.

Mi prendo degli appunti mentali, concentrandomi su tutto tranne che su quell'unico posto apparecchiato. C'è un enorme centrotavola con allegri fiori gialli e bianchi. È carino. La luce che proviene dai candelabri d'argento a entrambi i lati del centrotavola è scarsa, sarebbe lusinghiera per chiunque (se ci fosse qualcun altro lì a guardare) ed estremamente romantica. Immagino immediatamente scene di seduzione in un ambiente simile, che cominciano con la mia coppia che si imbocca a vicenda e che finisce con l'eroina piegata sul tavolo, con il vestito raccolto al centro della sua schiena mentre l'eroe si spinge dentro di lei, portando entrambi al culmine dell'estasi. Mi viene improvvisamente caldo. Eh, sì, la mia immaginazione è veramente superba.

È rassicurante. Ho ancora il tocco della romanziera, anche se non è proprio una storia. Cerco un interruttore lungo la parete. Ho scoperto che posso sopportare solo una determinata quantità di romanticismo in solitario. Ecco, così va meglio. La luce dal lampadario rischiara lo spazio. Okay, ricerca. La stanza è piuttosto bella. Rivestimenti di legno e (do un'occhiata più da vicino) il tavolo è sicuramente un pezzo antico. Il mio posto è apparecchiato con porcellane con lo stemma reale, lucenti posate d'argento e calici di cristallo. Faccio una fotografia col telefonino e deglutisco il groppo che mi si è formato in gola. È difficile fare la guerriera.

Forse mangerò mentre leggo sul telefono. Ho scaricato una guida di Londra. È la mia prossima tappa, per un firmacopie. Il mio editore ha pagato il biglietto aereo fin qui per il firmacopie ed è il motivo per cui sono stata in grado di permettermi la luna di miele. Sì, ho pagato io la luna di miele, usando l'anticipo per il libro che non ho ancora scritto. Mason stava ancora ripagando il prestito studentesco per la laurea magistrale e non aveva i fondi. O così diceva. A questo punto non sono più tanto propensa a credere a qualunque cosa mi abbia detto. Mi siedo, prendo il telefono e resto di sasso. C'è un messaggio vocale di Mason. Alzo il volume del telefono in modo da sentirlo suonare la prossima volta e rifiutare la chiamata *tout-court*. Si illumina la notifica di un messaggio.

Mason: *Dove sei. Voglio parlarti.*

Riley pensa che tu abbia fatto da sola il viaggio di nozze. È vero?

Sento il petto che si stringe come fa sempre quando penso a loro due insieme. Passo un dito tremante sui messaggi e li cancello. Poi cancello anche il vocale, senza nemmeno preoccuparmi di ascoltarlo. Mi ci vuole parecchio per aprirmi e fidarmi di qualcuno e lui ha tradito questa fiducia. E anche Riley. Il giorno successivo a quello in cui Mason aveva annullato il matrimonio, Riley si era presentata al mio appartamento, implorando perdono, sperando che avremmo potuto restare amiche, si, già, giusto! Le avevo detto che non volevo più parlarle. Il suo tradimento mi aveva ferita più di quello di Mason, dopo dodici anni di amicizia. Mi aveva messaggiato tre volte dopo aver chiesto perdono, chiedendomi di chiamarla. Una parte di me (quella cattiva, immagino) è felice che provi rimorso. È così che dovrebbe essere e spero che le resti appiccicato, come una ferita purulenta. Amara? Chi, io?

Giuro che da questo momento in poi frequenterò solo persone sincere al cento per cento. Farò firmare un documento alla gente nuova nella mia vita, tipo un accordo prematrimoniale (che copra l'amicizia e gli amanti), prima che la relazione diventi ufficiale.

Mi prendo la testa tra le mani. È triste. Visto a che cosa mi avete condotto? Ho bisogno di un accordo di sincerità per poter avere una qualunque tipo di rapporto.

Arriva un altro messaggio e il mio cuore batte un po' più in fretta. Lucas!

Sei tra i miei contatti adesso, quindi non hai bisogno di dire 'sono Alice' tutte le volte.

Bruciare della roba mi sembra bello. Dove sei?

Forse dovrei semplicemente saltare la cena e andare direttamente a bruciare della roba. Comunque non mi piace questa esperienza di cena in solitario. Potrei sempre andare a cercare qualcosa da mangiare più tardi. Proprio in quel momento entra un servitore, un uomo anziano con radi capelli bianchi. Ha in mano una brocca d'acqua con delle fette di limone. Gli sorrido e mando in fretta un messaggio.

Sono nella sala da pranzo cerimoniale.

Lucas: *Chi altri c'è?*

Io: *Un anziano gentiluomo. Mi sta versando dell'acqua.*

Lucas: *Stai cenando da sola con i servitori?*

Suona triste quasi come mi sento. I miei pollici volano sulla tastiera.

Sto pensando di andarmene. Questa doveva essere la cena della luna di miele. Va bene. Ho avuto solo un bicchiere d'acqua.

Lucas: *Resta lì. Ti raggiungo.*

Oh! Il mio stomaco fa un salto mortale. Oh mio Dio, e se ci fosse una foto mia e di Lucas nelle riviste di pettegolezzi e Mason e Riley la vedessero? #Guerriera #NonMiAveteSchiacciatoPerdenti

Forse, solo forse, sono leggermente vendicativa.

Ah beh, la mia immaginazione sta prendendo il largo di nuovo. Non è come se un favoloso principe mi stesse facendo il filo. L'ho invitato io a raggiungermi a cena. Non è che mi interessi, a parte l'apprezzamento per la sua gentilezza e i suoi avambracci. Ho chiuso con gli uomini, con le relazioni, tutta quella roba. Posso ovviamente apprezzare il suo aspetto favoloso, da copertina di romance, senza... ehm... aspettative. Certamente senza mosse da parte mia.

UN PRINCIPE SI UNIRÀ A ME PER LA CENA FORMALE!

Ed è il messaggio che scriverei, gridandolo a tutte maiuscole, alla mia ex migliore amica, invece rimane un urlo solo nella mia testa. Non diminuisce l'eccitazione per l'evento. In effetti, la peggiora, dato che deve restare imbottigliata nella mia testa senza uno sfogo.

Cammino avanti e indietro nella sala, troppo nervosa per restare seduta.

«Signora, vuole adesso la prima portata?» chiede l'anziano gentiluomo.

«In effetti deve arrivare il principe Lucas. Potrebbe gentilmente apparecchiare un altro posto?»

Lui si raddrizza bruscamente. «Molto bene.» Si volta e se ne va.

Qualche minuto dopo c'è un altro servitore che apparecchia un altro posto davanti al mio. Poi ne entra un altro che rimane sull'attenti lì vicino, insieme a un uomo dall'aspetto intimidatorio, vestito di nero e con l'auricolare. Sicurezza?

Ooookay. Sorrido al servitore sull'attenti e lui mi rivolge un breve cenno con il capo. Sorrido anche alla guardia, che però rimane impassibile.

«Sono innocua» dico al tipo della sicurezza. «L'unica cosa che uccido sono gli insetti e lo faccio solo quando entrano nel mio appartamento. Credo fermamente che dovrebbero restare nel loro habitat naturale e fuori dal mio.» Sto parlando a vanvera perché è veramente strano avere qui un addetto alla sicurezza, come se fossi un rischio per la sicurezza del principe. Io, un pericolo? Cavoli, piango quando c'è la pubblicità del cibo per cani. Lo farebbe chiunque guardando il cucciolo crescere e mangiare diversi livelli di cibo per cani e tu sai che morirà presto e il suo proprietario sarà così triste. Sono fortemente empatica, cosa che aveva fatto di me una brava scrittrice, ai tempi.

«Non deve preoccuparsi» dico alla guardia, invece di blaterare tutto ciò che ho pensato.

«Sì, signora» risponde lui, restando all'erta e di guardia.

Ora ci sono due servitori che aspettano sull'attenti, la guardia e io. Mi siedo sentendomi in imbarazzo. Prendo in considerazione di guardare il telefono, ma di colpo mi sembra fuori luogo ora che la cena è questa faccenda più formale con il personale aggiuntivo. Quindi sorseggio l'acqua, giocherello con il bordo del tovagliolo e aspetto. Tic-toc, tic-toc. C'è un mucchio di gente silenziosa in questa stanza che aspetta che arrivi il principe.

Imbarazzante.

Finalmente Lucas si precipita dentro la stanza con un allegro: «Sono qui! Che la festa cominci!»

Mi scappa una risata. «Ora *è* una festa.» Si è premurato di vestirsi elegantemente per la cena, con una giacca nera sopra una camicia candida e pantaloni neri, quindi lo perdono per avermi fatto aspettare a disagio con il personale e la guardia del corpo. Non che potrei mai arrabbiarmi con un principe dal cuore così tenero che ha sottratto tempo ai suoi impegni per tenermi compagnia in un momento per me difficile. Mi fa sperare che la mia luna di miele in solitario diventi ogni giorno più facile. Presto sarò veramente una guerriera.

Lucas si siede davanti a me, chiede da bere al cameriere che aleggia alle sue spalle e si rivolge alla guardia. «Arthur, puoi andare. La conosco.»

Arthur resta impassibile. «Signore, è arrivata oggi. Lei non la conosce.»

Lucas insiste. «È stata controllata e approvata dalla

regina prima del suo arrivo, e ho già passato del tempo con lei. Alice ha passato un vero calvario e la nostra conversazione toccherà temi delicati. Per favore, lasciaci la nostra privacy.»

Ben detto. È esattamente ciò che è stato: un calvario. D'ora in poi mi riferirò al disastro Mason-Riley come al Calvario. È la descrizione perfetta e si presta facilmente a essere superato, prima o poi. È più facile lasciarsi alle spalle una cosa con l'iniziale maiuscola che non districarsi da due relazioni complicate con persone in carne e ossa.

Arthur china il capo. «Sarò appena fuori dalla porta, Altezza.»

«Non è necessario, ma va bene» risponde Lucas.

Appena la guardia esce, Lucas si china sopra il tavolo e sussurra: «Mi dispiace.»

«Non è un problema. Grazie per esserti unito a me per la cena. Cominciavo ad avere dei ripensamenti, anche se ti confesso che mangiare nella mia stanza mi sarebbe sembrato un po' come arrendermi.»

«Sei una combattente. Lo ammiro.»

Sento le guance che si scaldano. «Non ho mai pensato a me stessa come a una combattente, finora.» Mi sono sempre sentita piuttosto come una persona gentile, che abbracciava il lato più dolce della vita. Certo, la maggior parte della dolcezza è nella mia immaginazione, ma mi piace passare il tempo lì. È un modo di vedere roseo che mi aiuta a scrivere storie così positive e appaganti.

Si alza solo un angolo della sua bocca. «Forse *combattente* non è la parola giusta. Sei forte. Solo una donna forte oserebbe fare il suo viaggio di nozze da sola dopo ciò che hai passato.»

Sbatto le palpebre per scacciare le lacrime. «Beh, sì. Preferirei non insistere su quello.»

«Giusto.»

Il mio telefono suona e io sobbalzo. Rifiuto in fretta la chiamata e lo metto in vibrazione. Di nuovo Mason. Che diavolo potrà volere da me? Che mi lasci in pace! Arriva un altro messaggio da lui.

Non puoi evitarmi per sempre. Per favore richiamami. È importante.

Stringo i denti e guardo gli occhi incuriositi di Lucas. «È il mio ex, è piuttosto insistente.»

«Ti sta molestando?»

«Non so che cosa vuole. Continua a ripetere che dobbiamo parlare. Oh, merda. Pensi che sia successo qualcosa? Forse è in ospedale, gravemente ferito.» Non voglio stare con lui ma non lo voglio morto. Sono stata profondamente innamorata di lui per un anno. Accidenti, questo è il motivo per cui ho bisogno di un accordo di sincerità da ora in poi. La mia naturale empatia rende il mio cuore troppo vulnerabile.

«In quel caso potrebbe prendersene cura la sua ragazza» dice Lucas, con un tono di voce tagliente.

«Giusto» mormoro. Ma se ci fosse stato un incendio o un incidente d'auto disastroso oppure se avesse contratto una malattia altamente contagiosa, di cui potrei manifestare i sintomi da un momento all'altro? Come quella malattia delle scimmie che ti mangia il cervello e ti rende folle! L'ho visto in un film. La mia immaginazione può essere una cosa terribile, perché riempie il vuoto di informazioni con tutti i possibili peggiori scenari.

«Sei ancora innamorata di lui, vero?» chiede Lucas.

«Assolutamente no!»

Lui scuote la testa.

«No, proprio no. Stai scherzando? Mi sono preoccupata per un momento e adesso è passato.»

Lucas mi rivolge un'occhiata scettica.

«Capitolo chiuso» dico con aria allegra, spegnendo il telefono.

Un cameriere si avvicina e parla a voce bassa con Lucas che risponde allo stesso modo. Quando il servitore esce, Lucas mi dice: «Gli ho appena detto che mangeremo qualunque cosa lo chef abbia programmato per la tua cena. È insalata di stagione, aragosta e soufflé al cioccolato con salsa di ciliegie. Spero che ti vada bene.»

«Oh, sì!» Il mio morale migliora di colpo. La cena sembra meravigliosa, Mason e Riley non possono raggiungermi con il telefono spento e ora che ho compagnia non mi sento più così... beh, patetica.

Qualche minuto dopo, ci servono due flûte di champagne e di colpo sembra veramente una festa.

Lucas alza il calice in un brindisi. «Brindiamo alle fiamme che bruciano la roba!»

Tocco il suo bicchiere con il mio. «Sì!» Bevo un sorso, le bollicine e il sapore dolce mi rendono decisamente allegra.

«Non ho avuto tempo di prendere il libro dello stronzo arrogante, quindi che cosa dovremmo bruciare?»

«Pensavo alla mia lingerie. Come per dire: peccato che non mi abbia mai visto con questa addosso! Era tutta roba nuova comprata apposta per la luna di miele.»

Lui inclina la testa di lato. «Sei sicura? Magari potresti indossarla per un altro.»

Alzo una mano, decisa. «Niente da fare. Ho chiuso con gli uomini, per sempre.»

Lui sogghigna e beve un po' di champagne.

«Cosa? Non mi credi?»

«No.»

«È vero.» Bevo un altro lungo sorso di champagne. «Non credo più nel lieto fine.» E la cosa mi rende così triste che tracanno il resto dello champagne. Un cameriere appare dal nulla e riempie di nuovo la flûte.

Lucas si rilassa contro lo schienale. «Lo dicono tutti, dopo una rottura. Due settimane dopo...»

«Due settimane! È così che fai tu? Perché io stavo pensando in termini di anni.»

Lui alza pigramente una mano. «Okay.»

Chiaramente non mi crede. «Hai mai avuto una rottura seria?»

«Sì.» Picchietta le dita sul tavolo. «E il modo migliore di passare oltre è passare subito a un'altra... o un altro nel tuo caso.»

Resto a bocca aperta. «Non riesco a credere che tu l'abbia detto.»

Lucas alza una spalla, indifferente. «Sono solo sincero.»

«Porco.» Mi copro in fretta la bocca con la mano. «Mi è scappato.»

Lui mi rivolge un sorrisino spavaldo. «No, non è vero. Era quello che volevi dire. Non mi scuso perché me la godo. Ma, ehi, se vuoi bruciare la tua lingerie, bruceremo la lingerie.»

«Che cosa bruci di solito dopo una rottura?»

«Io di solito non tengo niente, quindi non c'è niente da bruciare.»

«Niente?» insisto. «Nemmeno una maglietta dimenticata o un bigliettino amoroso?» Mason ha scritto delle poesie per me.

«Oh, mio Dio, lei ha tenuto i bigliettini amorosi.» Si appoggia di nuovo. «Fammi indovinare, sono brutte poesie.»

«Non erano così male.» Odio ammettere di essere stata emozionata nel riceverle. Era sembrato eccezionalmente romantico e nessuno mi aveva mai scritto niente, a parte qualche messaggio al telefono.

«Spero che le abbia bruciate.»

Trattengo un sorriso. È così bello avere un sostenitore così accanito. «Quasi. Le ho messe nel distruggi documenti. Adesso sono tante belle striscioline.»

«Peccato che non le abbia qui perché avremmo potuto gettare anche quelle nel fuoco.»

«Sì, è un peccato.»

Arriva il primo piatto, insalata per entrambi e calamari freschi. E nemmeno fritti. Vedo le loro piccole ventose sui tentacoli. Disgustoso.

Lucas comincia a mangiare con gusto.

Io sposto i tentacoli con la forchetta e cerco di non guardarli.

«Che c'è che non va?» chiede Lucas. «Non ti piacciono i calamari?»

«Sembrano così vivi e gommosi.»

Lui alza un tentacolo, me lo agita davanti e poi se lo mette in bocca, masticando con un sorriso diabolico.

Io faccio una smorfia. «Che schifo.»

«Assaggiane uno» dice, chinandosi sopra il tavolo, inforcando uno dei miei e offrendomelo mentre lo fa muovere come se fosse vivo.

Stringo forte le labbra a volto la testa.

Lucas esplode in una risata. «Ti stai perdendo molto. È fresco e delizioso. I prodotti ittici sono la nostra maggiore esportazione.»

Tengo gli occhi fissi sulla lattuga. «Sì, beh, io continuerò a esportare i tentacoli lontani nell'angolo più remoto del piatto.»

Lucas ride ancora. «Allora parlami di quello che scrivi. Hai detto storie ambientate nel periodo Regency. Quand'è?»

Per un attimo resto senza parole. Gli uomini non hanno mai voluto sapere niente del mio lavoro. Mi riprendo. «È il decennio che va dal 1811 al 1820, in Inghilterra, ed è stato un periodo fantastico per la classe superiore, quella che chiamano il *ton*. È di quella che scrivo, duchi, visconti e gente simile. Comunque, quel periodo era pieno di eventi sociali: balli e tè sono i miei preferiti, insieme alla moda, un mucchio di abiti da sera e vestiti formali.» Sospiro felice. «Era un periodo più signorile.»

«Avresti dovuto scegliere un castello in Inghilterra» dice. «Che cosa ti ha fatto decidere di venire qua?»

Sento le guance che scottano e mi sforzo di assumere un tono leggero. «Ho un firmacopie a Londra tra due settimane e non è lontano da qui. Unire i due viaggi aveva senso perché l'editore pagava il mio biglietto aereo, rendendo possibile il tutto.»

Mi fissa per un momento. «È comunque strano che tu abbia voluto stare qui e non in Inghilterra, visto ciò che scrivi. Come hai fatto a sapere di noi?»

Prendo in considerazione di dire che ho letto di Villroy su una rivista per spose, ed è vero, ma la mia attrazione nei confronti dell'isola risale a prima. In ogni caso, l'articolo della rivista non la presentava proprio come una destinazione da sogno. C'era stato un malinteso, una doppia prenotazione, e uno dei matrimoni riguardava dei furry, gente in costume da animali. Probabilmente non è il caso di parlarne. Decido di dire la verità, anche se mi fa sembrare un po' una stalker, che è il motivo per cui m'imbarazza ammettere perché sono qui. Ma lo confesso, perché la sincerità è importante.

«Ho frequentato Yale con tua sorella Silvia.»

«Davvero? Eravate amiche?»

Appoggio la forchetta. «No, era un anno avanti a me e, sai, lei è una principessa. Lei era a questo livello, sai?» Alzo la mano sopra la testa.

«È lì che sono anch'io?» le chiedo scherzando.

«Ci sei stato, forse per un attimo.»

«Ah!»

Sorrido. «Comunque la vedevo in giro per il campus e tutti sapevano chi era e ammetto che mi sono lasciata affascinare da Villroy. Ho fatto delle ricerche sull'isola e pensato che sarebbe stato un bel posto da visitare. Spero non sembri che stia seguendo Silvia. Non mi aspettavo di trovarla qui. Comunque ho sentito che ha sposato Cade e che risiede negli Stati Uniti.»

Un cameriere viene avanti e porta via il piatto di Lucas. Io faccio un cenno e toglie anche il mio.

«Vero» dice Lucas, parlando di Silvia. «Allora, che cosa hai scoperto su Villroy?»

«Un mucchio di roba, in effetti. Sono una appassionata di storia. Ho letto di tutti quelli che avevano rivendicato l'isola e del vostro tradizionale stile di vita, dedita alla pesca, che c'è ancora ma che sta morendo. È il motivo per cui Villroy si sta buttando in nuove imprese.»

Lucas raddrizza le spalle mentre dice, con orgoglio evidente: «C'è la famiglia giusta al comando da un paio di secoli. I Rourke discendono dalla tribù vichinga originale.»

«I Selvaggi.» Non riesco a trattenere il sorriso. Che nome favoloso per una tribù di ribelli. «È il motivo per cui tu e i tuoi fratelli siete noti per essere un po' selvaggi?»

Lucas piega la testa di lato. «Un po'? Io sono selvaggio fino al midollo.»

Rido. «Ancora lo scapolo giramondo che lascia una scia di cuori infranti. Ho visto le tue fotografie dappertutto. Deve essere stancante mantenere quel tipo di reputazione.»

Lui studia il suo drink, con un'espressione tesa e temo di

aver detto la cosa sbagliata. *Oh no.* Mi sento malissimo, e lui è così gentile con me.

«Lucas, stavo solo prendendoti in giro. Sono sicura che tu faccia un lavoro serio qui. Hai detto che sei impegnato con la nuova impresa, giusto?»

Lucas espelle il fiato e mi guarda negli occhi. «Almeno sto provando.»

Torna un cameriere con un vassoio con due ciotole. Zuppa fredda di melone. Immagino serva a pulire il palato. Ne prendo un cucchiaio, mi piace il sapore delicato. Alzo gli occhi e noto che Lucas non sta mangiando. «Che c'è? L'impresa non va bene?»

Lui si strofina la nuca. «È frustrante, ecco tutto. Immagino che i miei modi da scapolo giramondo mi si siano ritorti contro. Non mi danno né l'autorità né le responsabilità che voglio perché *alcuni* pensano che non sia abbastanza dedito all'impresa e che quindi non le meriti.»

Deduco chi siano gli *alcuni*. Solo il re e la regina hanno un rango superiore al suo e sulla stampa hanno parlato moltissimo del loro attivo coinvolgimento nella nuova impresa. «Allora, cosa potresti fare per dimostrare il tuo impegno?»

«Non lo so, il tempo, forse? Sono già passati un paio di mesi ma per quando avrò dimostrato il mio impegno non resterà più niente da fare. Voglio solo contribuire, lasciare la mia impronta.» Scuote la testa con le labbra strette. «Dimentica che te l'ho detto. Non avrei dovuto parlare di cose private.»

Faccio un gesto indifferente. «Consideralo dimenticato.»

«Grazie.» Raccoglie un cucchiaio di zuppa. «Che cos'altro hai in programma? Qualcosa di divertente per domani?»

Per un attimo penso che voglia fare qualcosa con me, e mi emoziono un po' al pensiero di essere un'amica e una confidente; lui lo è stato per me, certo, ma poi mi rendo conto che sta solo cambiando argomento. «Farò un tour del palazzo e nel pomeriggio prenderò il tè con il re e la regina.»

Si irrigidisce. «Davvero? Non sapevo che gli ospiti avrebbero avuto un'udienza con il re e la regina.»

«Sì, è uno dei bonus del soggiorno qui. Solo un incontro.»

Lucas borbotta un'imprecazione sottovoce. «Non dire loro una parola di quello che ti ho appena detto.»

«Giuro che non dirò niente.»

Lucas fa una smorfia, probabilmente pentito di essersi confidato con me.

«Va tutto bene, davvero. Probabilmente sarò troppo nervosa per spiccicare più di due parole.»

Un angolo della sua bocca si alza nel suo sorrisetto sghembo. Giuro che riuscirebbe a rubare l'ultima pagnotta a una vecchietta con il suo sorriso ~~disarmante~~ super sexy. (Privilegio di una scrittrice, correggo i miei stessi pensieri.) Quest'uomo trasuda completa sicurezza della propria identità sessuale.

La sua voce è come seta. «Non hai problemi a dire più di due parole a me.»

Arrossisco violentemente. «Vero, probabilmente perché oggi sei venuto in mio soccorso in più di un'occasione deprimente.» Mi scrollo di dosso il triste promemoria, decisa a godermi il presente. «Normalmente sono un'irriducibile introversa. È Riley quella…» Smetto di parlare ho un groppo in gola per l'emozione. Riley è quella che rideva alle mie battute mormorate che nessun altro sentiva. Bevo un sorso d'acqua prima di dire: «Immagino che tu mi abbia fatto sentire a mio agio con la tua gentilezza.»

Mi rivolge un sorriso strafottente. «È per quello che mi definiscono un ammaliatore.»

«Così modesto, anche.» Sto veramente sorridendo, un vero sorriso felice. Dopo il Calvario, la luna di miele solitaria, il blocco dello scrittore, Lucas ha fatto risorgere il mio sorriso.

«Non mi hanno mai accusato di quel particolare peccato.»

Mi chino in avanti. «Di quali peccati sei colpevole?»

«Non mi faccio sensi di colpa.»

Alzo le sopracciglia, aspettando una risposta.

Sogghigna, chinandosi in avanti anche lui. «Troppi per contarli. Sono il peggiore.»

Rido. «Penso che mi piacerebbe essere la peggiore. Sembra divertente.»

Lucas alza una mano. «Lieto di aver potuto avere un'influenza così positiva.»

~

Lucas

La cena con Alice è stata molto più rilassante di quanto pensavo. Avevo temuto che sarebbe stata in pessime condizioni, com'era quando l'avevo vista la prima volta, ma è resiliente e forte. Non posso fare a meno di ammirarla, specialmente dopo aver saputo l'entità del tradimento. Il suo fidanzato e la sua migliore amica che si mettono insieme? È come uno di quei film strappalacrime che piacevano alla mia ex. Piangeva a dirotto su quelle finte coppie. Alice sta affrontando quella situazione nella realtà. Piuttosto bene anche, penso, anche se non posso fare a meno di notare che il suo ex è ancora in contatto con lei, che sembra stia prendendo in considerazione di mantenere il legame. Io? Io non mi sarei mai guardato indietro. Sono sempre stato un realista. Alice è una romantica. Dev'esserlo, per scrivere storie d'amore.

Ora sto aspettando nel soggiorno della suite degli ospiti mentre Alice raccoglie la lingerie che vuole bruciare. In tasca ho i fiammiferi e le chiavi del deposito dove teniamo il braciere e attrezzi assortiti. Questa suite doveva rappresentare ciò che gli ospiti immaginano sia la vita di corte ed è opportunamente esagerata con un fantastico murale sul soffitto, colonne lucenti, cherubini, perfino applique alle pareti fatte in modo da sembrare candele. La mia suite è di un'eleganza semplice: poltrone di cuoio nel soggiorno, mobili antichi di mogano nella stanza da letto, niente di troppo elaborato o troppo dorato.

Alice esce dalla camera con una grande borsa nera di finta pelle su una spalla. «Okay, è tutto qui. Lo bruciamo in un camino o da qualche parte all'aperto?»

«Accenderemo il fuoco sulla spiaggia. C'è un grande braciere che usiamo per queste occasioni.»

«Fico! Devo portare una giacca?»

Guardo il suo vestito, che lascia scoperte le belle spalle

lisce e il fantastico decolleté e penso che sarebbe una vergogna coprirlo. No, non ho intenzione di sedurre una donna vulnerabile che è appena stata scaricata dal fidanzato. Non sono così sporcaccione ed è una situazione che potrebbe portare al tipo di melodramma che evito come la peste. Mi piace guardarla, ecco tutto. Parecchio. Diversamente dalle donne con cui esco di solito, che si allenano con il loro personal trainer per ottenere i loro corpi snelli e tonici, Alice sembra morbida, con le curve dolci. *Succulenta* è l'unica parola che sembra essere adatta a lei. Succulenta, con curve femminili, e profuma di fiori.

Indosso una giacca sopra la camicia bianca dato che ci cambiamo quando ceniamo nella sala da pranzo cerimoniale. «Ti darò la mia giacca se dovesse far freddo.»

Le sue guance si colorano di rosa. «Che gesto principesco.»

Alzo le mani. «Ti aspettavi qualcosa di meno?»

Quando sorride, i suoi occhi azzurri scintillano attraverso gli occhiali a occhi di gatto. Mi sento trionfante ogni volta che la faccio sorridere, sapendo il turbamento che sta vivendo in questo momento. «Sei all'altezza della tua reputazione di principe» dichiara.

Faccio un inchino formale prima di indicare la porta. «Andiamo?»

«Andiamo.»

Mi sfiora passando e barcolla un po'. Le afferro il gomito, rimettendola in equilibrio. Lei alza gli occhi, lucenti e mi dice con la voce sospirosa: «Grazie. Non sono abituata a questi tacchi.»

C'è qualcosa di unico nei suoi occhi, una cosa che non vedo spesso, una dolce vulnerabilità che traspare sotto l'apparente forza e capacità di recupero. Ho lo strano desiderio di proteggerla dalle asprezze della vita. Sta venendo a galla un istinto primitivo, da cavernicolo. Da dove diavolo è venuto?

Alice fissa la mia mano che le stringe ancora il gomito, solo che, non so come, le mie dita si sono allargate e adesso toccano la sua morbida pelle di seta.

Scuoto la testa, tornando alla realtà e la lascio andare. «Andiamo.»

Appena usciti dalla stanza, ci segue Arthur, la guardia di palazzo che aspettava nel corridoio. Non si fida di nessuno. È il suo lavoro, lo so, ma ciò che Alice e io stiamo per fare è un'esperienza catartica. Non potrà arrabbiarsi e lasciarsi andare se ci sono testimoni.

«Solo un momento» le dico prima di andare da Arthur. «Sei ufficialmente fuori servizio» gli dico. «Per mio ordine.»

Lui china la testa e si congeda.

Vado da Alice. Lei mi dà un'occhiata di sottecchi mentre percorriamo il corridoio. «Solo noi due, allora, eh?»

«Pensavo volessi un po' di privacy.»

Lei guarda diritto davanti a sé. «Giusto. Lingerie.»

«Non perché la stiamo bruciando. Per via dell'elemento catartico. Puoi piangere o infuriarti o ballare sulle ceneri, non lo so. Volevo darti la libertà di fare ciò di cui hai bisogno.»

Lei si ferma, guardandomi a bocca aperta.

«Che c'è?»

Alice richiude la bocca e piega la testa di lato. «Sei insolitamente in sintonia con i bisogni emotivi di una donna.»

Sento le orecchie che bruciano e riprendo a camminare. Mi ha appena detto che sono sensibile? Ogni singolo osso virile dentro di me si ribella. «Ho *parecchia* esperienza di donne.»

«E io ho parecchia esperienza con gli uomini.»

Quasi inciampo. «Davvero?»

«Come ti è sembrato, quando l'ho detto?»

«Sconcertante.»

«Detto da te sembrava una vanteria.»

«Touché.»

«Non è colpa tua» dice tranquillamente mentre scendiamo. «È il classico doppiopesismo. Gli uomini possono andare a caccia. Dalle donne ci si aspetta che siano selettive. Ma di chi vanno a caccia gli uomini, se le donne sono selettive?»

Sono affascinato ma non posso fare a meno di chiederle: «Hai veramente molta esperienza?»

Lei sbuffa.

«Che c'è?»

«Perché t'importa?» chiede in tono combattivo.

Alzo una spalla. «Non lo so. Sembri giovane. Hai detto di avere un anno meno di Silvia, quindi ero semplicemente curioso.»

Fa un gesto indifferente. «Prima di tutto, tu. Hai trent'anni, giusto e…»

«Ventinove» la correggo in fretta. «Compiuti la settimana scorsa.»

«Ohh, suscettibile. Ci stiamo aggrappando ai venti, eh?»

«No, non m'interessa. È solo una questione di accuratezza.»

«Uh-uh.»

«È così» insisto, anche se sento anch'io il tono difensivo nella mia voce. Sto invecchiando e il fatto è che me ne rendo conto. Non ho più tanta voglia di viaggiare, e ora che c'è un'opportunità per me di contribuire al benessere del regno, voglio sistemarmi qui a Villroy e lasciare il segno. Eppure la gente vede ciò che ero: il globe-trotter festaiolo.

«Quindi sei stato con un centinaio di donne, più o meno?» mi chiede.

«Non le ho mai contate.»

«Hai perso il conto?»

«Non sono così orribile.» Faccio strada, dirigendomi verso il cortile. «Sì, mi piacciono le donne. Sì, ho esperienza. Ho fatto sul serio una volta, quindi sono in grado di avere una relazione seria.» Mi ficco una mano tra i capelli. «Perché poi ne stiamo parlando?»

«Suscettibile, proprio suscettibile.» Mi indica con un sorrisetto sornione. «Voi, signore, siete un mascalzone.»

Scoppio a ridere. «Okay. E tu che cosa sei?»

«Una felice zitella.»

«In qualche modo siamo appena stati trasportati nell'Inghilterra del periodo Regency.»

«Io vivo là la maggior parte del tempo» risponde lei allegramente.

«Significa che non sei così esperta di uomini?»

«Conosco gli uomini, fidati.»

«Davvero? Che cosa sai?» Mi aspetto che dichiari che gli uomini sono tutti porci, me incluso. È così che mi ha definito a cena, ma lei mi sorprende un'altra volta.

Si picchietta una tempia. «So come pensano. Chiedilo alle mie lettrici. Catturo in modo credibile il punto di vista maschile.»

Mi fermo. «Aspetta. Mi stai dicendo che la tua esperienza con gli uomini è solo frutto di un esercizio intellettuale?»

«No!» Le sue guance diventano rosa carico.

È imbarazzata per la sua mancanza di esperienza? Si può rimediare facilmente. Ogni uomo la vorrebbe e non è poi così difficile per una donna sexy trovare un uomo che la porti a letto.

Un gentiluomo lascerebbe perdere. Io sono veramente un mascalzone. «Beh hai appena detto di chiederlo ai tuoi lettori.»

Lei prende dalla borsa uno straccetto di pizzo rosa. «Una donna senza esperienza avrebbe qualcosa di simile?»

Mi si secca la bocca. È una body di pizzo e rete con un reggiseno a balconcino che probabilmente spingerebbe verso l'alto il suo seno prosperoso. È trasparente in talmente tanti punti che la mia immaginazione lo completa con la pelle liscia e morbida, la curva dei fianchi e più giù. In fondo ci sono sottili nastri per sorreggere le calze, probabilmente bianche trasparenti. Riesco a vedere tutto in modo fin troppo vivido. Mi suda improvvisamente la fronte.

Lei lo rimette in borsa. «È quello che pensavo» dice compiaciuta.

Continuo a camminare, cercando di pensare a qualcosa che non sia la lingerie sexy. Non posso lasciarmi travolgere dall'attrazione. Elenco mentalmente i motivi…

È una donna vulnerabile che ha bisogno di una spalla su cui piangere.

È un'ospite temporanea.

Ha appena rinunciato agli uomini.

Il suo ex non è completamente fuori gioco.

E nonostante tutto, il mio cazzo si dimostra *all'altezza* della situazione. Diavolo. Sono veramente il peggiore.

5

Alice

Seguo Lucas nel cortile del palazzo, godendomi il solletico dell'erba ai lati dei piedi. «Aspetta. Voglio togliermi i saldali.» Barcollo cercando di restare in equilibrio su un piede solo e lui mi tiene saldamente afferrandomi il braccio. Sento il calore che si diffonde nel punto in cui la sua mano tocca il mio braccio. Una reazione biologica di pelle su pelle, forse una reazione chimica. Non so, non sono molto portata per la scienza. Perché questo stupido sandalo non vuole saperne di venir via? Il cinturino è troppo stretto. Devo slacciarlo. Mi do una bella sgridata, dicendomi che sono qui per far rimarginare le ferite, non per notare le reazioni chimiche con persone che sono qui semplicemente per aiutarmi. Grugnisco per la frustrazione mentre le dita cercano invano di liberare il piede.

«Ti serve aiuto?» Mi chiede Lucas.

«No, ce la faccio» dico a denti stretti. L'ultima cosa che voglio sono le sue mani in qualche altra parte del mio corpo. Sono in grado di ignorare il calore solo fino a un certo punto.

«Lascia» dice. «È la fibbia, vero?»

«Ce l'ho fatta.» Finalmente il mio piede è libero. Adesso l'altro. *Dai!* Non dovrebbe essere così difficile. Ho le guance in fiamme, solo che adesso è perché ho bisogno di mettere un po' di spazio tra di noi. Lucas ha un odore meraviglioso. E *non* importa. Non c'è modo che a uno come lui, un favoloso principe che esce con modelle e stelle del cinema, possa mai interessare una ragazza normale e un po' nerd come me. E comunque non intendo cominciare qualcosa. Ho una zavorra grande abbastanza da coprire tutto l'Atlantico, poi tutti gli Stati Uniti e fino all'Oregon. Talmente tanta zavorra da schiacciare qualunque uomo mi si avvicini. E so che anche Lucas ha i suoi problemi. Li hanno tutti e non posso occuparmene. Non posso, davvero.

Grazie al cielo il sandalo collabora e finalmente sono a piedi nudi sull'erba. Continuiamo a camminare e tengo la bocca chiusa per non finire per blaterare qualcosa di inappropriato che riveli i miei pensieri erranti. Anche Lucas sta zitto. Non posso fare a meno di immaginare che cosa stia pensando. È uno dei rischi del mestiere di scrittrice: invento dialoghi, parlati o interiori, per la gente intorno a me.

Lucas (pensiero segreto): *Questa donna è un vero disastro. Talmente fuori di testa per il Calvario che non riesce nemmeno a togliersi un sandalo.*

L'Alice sicura di sé (che reagisce telepaticamente): *Prova tu a toglierti un sandalo mentre l'uomo più sexy che abbia mai conosciuto ti tocca un braccio (sostituire donna per te stessa) e di colpo, il sesso per ripicca comincia a sembrare un'idea favolosa.*

Alice (detto in tono sorpreso e desideroso mentre lui si china a distanza di bacio): *Ch-che cosa stai facendo?*

Stringo i denti. Basta con questa pazzia!

Mio Dio. Ho una mente malata. E tutto per una mano sul braccio. Devo tornare con i piedi per terra. *Sono* un vero disastro e Lucas non si interesserebbe a me nemmeno se non lo fossi. Ehi! Lui è lo scapolo reale più ambito al mondo. Potrebbe avere chiunque e le sue preferite, come sa chiunque abbia mai visto un tabloid, la TV, una rivista o Internet, sono sempre donne stupende. A volte passa da attrici super-sexy a modelle super-sexy, ma non cerca *mai* autrici nerd dalle curve abbondanti.

Sesso per ripicca. *Giusto, Alice, come se fosse possibile.* Non sono mai stata un tipo da sesso casuale. Almeno non apposta. È stato il tizio che si è dato alla fuga subito dopo a renderlo tale. Reprimo un sospiro. Le mie aspettative romantiche non si sono quasi mai avverate.

Qualche minuto dopo abbiamo superato il cortile e andiamo verso i giardini formali. Sono talmente mozzafiato che smetto di cercare di togliermi dalla testa la mia attrazione per Lucas. I giardini sono un caleidoscopio di siepi di bosso dalle linee diritte e alberi perfettamente potati, alcuni perfettamente tondi e altri dalle forme ondulate. Ci sono quattro lunghe terrazze erbose che portano al mare. La luna è quasi piena e aggiunge un alone romantico a tutto. Peccato che io sia qui per bruciare il romanticismo. Priorità da guerriera.

«Dovrò tornare di giorno» gli dico. «Sono favolosi.»

«Sì, dovresti farlo. Il personale si dà molto da fare per la manutenzione dei giardini. Ovviamente, quando eravamo ragazzi non lo apprezzavamo. Avremmo preferito un labirinto di siepi.»

Rido. «Sì, sarebbe divertente anche quello.» Vedo una fontana di marmo con i pesci che sputano acqua in archi che si incrociano. «Carina la fontana!»

«Uno dei rari tocchi stravaganti di mia madre. L'ha aggiunta quando è arrivata a Villroy da sposa novella.»

«Mi piace. È allegra. È così anche tua madre?»

«Ohhh, no. Per niente. Anche se, in sua difesa, devo dire che era la regina e madre di sette figli, cinque dei quali maschi turbolenti. Le mie sorelle erano molto più obbedienti.»

«Forse, ora che siete tutti cresciuti, potrebbe ritrovare il suo lato giocoso.»

Lucas mi dà un'occhiata di sottecchi. «Sei un tipo ottimista, eh?»

«Certo. Devo esserlo. Le mie storie hanno sempre un lieto fine. Cioè, quando le scrivevo. Adesso…»

«Le scriverai di nuovo. Devi solo liberarti di un po' della robaccia che ha inceppato il meccanismo.»

Annuisco. «Spero sinceramente che tu abbia ragione.»

«Certo che ho ragione. Imparerai che io ho *sempre* ragione.»

«Ecco di nuovo la modestia.»

Appare il suo sorrisetto sghembo che rende difficile

trovare un difetto in qualunque frase arrogante esca da quella bocca. «Temo che la modestia non faccia parte del mio DNA. Capiresti, se incontrassi i miei fratelli. Siamo tutti simili.»

«Domani conoscerò Gabriel.»

«Ah. Lui è l'eccezione, gli manca il fascino che ha il resto di noi. Molto serio.» Fa la faccia severa, unendo le sopracciglia e stringendo le labbra. «Anche se si è ammorbidito parecchio da quando ha sposato Anna.»

«Immagino che avere il peso del regno sulle spalle potrebbe far diventare serio chiunque. È una grande responsabilità.»

Lucas si irrita e sbotta: «Una ragione in più per delegare a me la responsabilità della parte aziendale.»

Sbatto le palpebre, momentaneamente stupita dal tono duro che non mi aspettavo da un tipo così tranquillo.

Lucas si volta, borbottando mentre si allontana. «Vado a prendere il braciere.»

Io continuo a camminare, arrivando sulla spiaggia, con la sabbia finissima che si infila tra le dita dei piedi nudi. Mi rilasso. È come se avessi viaggiato fin qui per questo momento. Sabbia morbida tra le dita dei piedi, le onde che si frangono lente, la luce della luna… E come la scena di una delle mie storie, solo che è vera. Continuo a camminare, attirata dal fascino ipnotico del mare. La sabbia diventa bagnata, più fresca e continuo ad avanzare, lasciando che le ondine mi corrano sopra i piedi, sentendo il risucchio quando si ritirano. Mi invade un profondo senso di contentezza. Tutti i miei pensieri e il mio costante chiacchiericcio interiore si zittiscono e per la prima volta in una settimana sono veramente in pace.

Qualche rilassante momento dopo, Lucas mi chiama da dietro. «Ho il braciere.»

Mi volto e vedo che sta portando un recipiente di metallo che assomiglia a uno scudo vichingo. «Sembra pesante.»

«È solido acciaio. Certo che pesa.»

«Non ho bisogno di bruciare la lingerie.»

Lucas si ferma. «No?»

«No. Solo essere qui con l'acqua mi ha aiutato moltissimo.»

Lui solleva in aria il braciere, dimostrando di avere un'impressionante forza nella parte superiore del corpo. «Allora, che cosa dovrei bruciare?»

«Riporta il braciere al suo posto e resta qui tra le onde con me. È così rilassante.»

Lui brontola e torna verso il deposito, un vecchio affare di metallo parzialmente nascosto dietro una corta recinzione bianca e una duna.

Infilo gli occhiali in borsa e lascio la mia roba sulla sabbia asciutta prima di tornare al mare. Sono miope, quindi la scena prende una qualità sfocata. È una spiaggia privata e siamo gli unici qui. Alzo gli occhi, per guardare le stelle, sentendo di nuovo quella sensazione sognante che provavo prima che il mio mondo mi crollasse addosso. Passo un mucchio di tempo rintanata nella mia testa e di solito lì dentro è tranquillo. Dopo un po' mi avventuro nell'acqua un po' più alta, godendomi lo sciabordio delle ondine intorno alle caviglie. Mi volto e vedo l'immagine sfuocata di Lucas che si sta togliendo la giacca, poi le scarpe e le calze, depositandole in una pila ordinata sulla sabbia prima di arrotolare i pantaloni.

Mi raggiunge un momento dopo e fa una smorfia quando l'acqua fredda gli colpisce i piedi. «È fredda! Che ci fai nell'acqua fino alle caviglie?»

«È rinfrescante!»

Si volta. «Io torno sulla sabbia.»

Raccolgo un po' d'acqua e gliela schizzo sulla schiena. Fa un urletto e io rido. Si volta, raccoglie un bel po' d'acqua e me la schizza in faccia. Sputacchio, sentendo il sale in bocca, scosto i capelli dalla faccia e lo schizzo come una pazza, usando entrambe le mani e i piedi, scalciando l'acqua verso di lui. Lui contrattacca ed è una guerra di spruzzi a oltranza. Non riesco a smettere di ridere.

Lucas si allontana con un salto. «Okay, tregua! Sono fradicio!»

Mi guardo, il vestito quasi trasparente appicciato al corpo. «Anch'io!»

Lui fissa il mio vestito, soffermandosi sul seno, come fanno tutti gli uomini, prima di tornare di scatto a guardarmi negli occhi. Ha la voce roca. «Hai una cattiva influenza su di me.»

«Oh, grazie! È la prima volta che mi capita.»

«Dai, fuori dall'acqua.» Mi fa segno di raggiungerlo, facendo un passo indietro, ma non sono sicura se sia il caso di fidarmi di lui, che non mi schizzerà di nuovo. Sospetto che sia un tipo subdolo,

Tendo la mano, tenendolo a distanza mentre gli giro intorno e torno sulla sabbia. La brezza leggera mi raffredda e rabbrividisco.

Lucas raccoglie la sua giacca, lo scuote e poi me la mette sulle spalle. Il gesto mi sorprende anche se si era già offerto prima di farlo. È solo che siamo entrambi fradici e immagino che abbia freddo come me.

«Grazie» gli dico, sopraffatta dal bel gesto romantico. No, cancellatelo. *Bel gesto amichevole.*

Lui mi guarda negli occhi, ora serio e dice con la voce burbera: «Sei diversa senza gli occhiali.»

«Grazie?» Non so se diversa significa che sto bene o che sono strana. Ho sempre pensato che i miei occhiali fossero carini.

Si volta. «Dovremmo tornare indietro.» Raccoglie le sue cose e mi passa la borsa.

Mi infilo gli occhiali e lo seguo verso il palazzo, rilassata e felice. Non avevo pensato nemmeno per un attimo che sarei stata felice, anche solo in parte, durante questo viaggio. Avevo in programma di farmi forza, fare il mio lavoro e ricavarne il meglio che potevo. Sento il desiderio improvviso di abbracciare Lucas per aver reso la mia esperienza qui tanto più accettabile. Però non posso. Non ci conosciamo abbastanza bene e so che non è corretto toccare un membro della famiglia reale senza che sia lui a cominciare, anche se è inteso come un gesto affettuoso.

Lucas si volta verso di me. «Sicura di non volerti arrabbiare e distruggere qualcosa?»

Scuoto la testa. «Non so se sia il mare, l'isola oppure...» Non voglio dire "tu" perché sembrerebbe che sia interessata a lui, cosa non vera. Io lo *apprezzo.*

«Oppure cosa?» mi chiede.

Sorrido, veramente grata per la sua compagnia. «Oppure la tua cordialità, ma mi sento veramente rilassata. Come se fossi riuscita a lasciar andare un po' dell'angoscia cui mi stavo aggrappando. Credimi, mi sono arrabbiata e ho sparso la mia parte di lacrime a casa, praticamente giorno e notte, ma adesso, non so, qualcosa è cambiato dentro di me.» Mi fermo, di colpo seria perché mi sento molto vicina a lui. «Se potessi solo giurare di non mentirmi mai, di essere sempre sincero al cento percento, allora potremmo essere ufficialmente amici.»

Lui mi guarda stupito. «Devo fare un giuramento per essere tuo amico? La giacca non basta? Sono gelato fino al midollo, sai.» Incrocia le braccia e finge di rabbrividire.

Rido un po'. «So che sembra folle, ma ho passato *l'inferno*. E ho bisogno di rassicurazioni. Posso fidarmi di te? Sei un uomo d'onore?» I miei eroi immaginari sono uomini d'onore, ma ne ho incontrati veramente pochi nella vita reale.

Lucas si fa serio e mi fissa direttamente negli occhi. «Giuro sulla mia vita, Alice. Sono un uomo d'onore.»

Lascio andare il fiato che stavo trattenendo. «Grazie. E io prometto che sarò sempre sincera con te. Sono veramente felice che tu sia mio amico. In questo momento ne avevo veramente bisogno.»

Lucas fa un inchino formale. «Solo un altro dei miei servigi principeschi.»

Tento di fare una riverenza nel mio vestito fradicio. «Molto obbligata, Altezza.»

I nostri sguardi si incrociano mentre mi raddrizzo e l'aria tra di noi si fa elettrica. Mi manca il fiato e ho le ginocchia che di colpo cedono. È primitivo, un uomo e una donna che si incontrano a livello basilare. Sento un brivido caldo. Io scrivo di questi momenti, ma non ne ho mai sperimentato uno.

Lucas scuote la testa, sbattendo le palpebre un paio di volte prima di dire. «Hai freddo, torniamo dentro.»

6

___

Il pomeriggio seguente, la mia cameriera, Christina, mi scorta nel salotto per il tè con il re e la regina. Continuo a ripetermi che sono solo persone normali, giovani oltretutto, quindi non è che saranno severi e troppo formali, ma sembra che non riesca a liberarmi dal nervosismo. So che devo chinare la testa, fare la riverenza e chiamarli "Maestà". Dopo quello, è il buio totale. Sono terribile quando si tratta di convenevoli. Vorrei proprio che la faccenda non fosse imbarazzante. Aspettavo con gioia questo momento, quando pensavo che sarei stata qui con voi-sapete-chi, prima del Calvario. La mia conversazione migliora un po' se ho un sostegno.

La porta si chiude alle mie spalle e sono da sola nella sala. È una stanza luminosa con una parete tutta di finestre, un tavolo di legno lucente e sedie dall'aspetto antico con sedili imbottiti e coperti di velluto rosso scuro. Al centro del tavolo c'è una grossa ciotola di frutta, frutta vera, non il tipo di cera che la gente usa come decorazione. Da un lato c'è una piccola zona salotto con quattro poltrone dallo schienale alto e un tavolo rotondo. Non so se devo sedermi al tavolo grande oppure nella zona salotto.

Mi asciugo le mani sudate sul vestito e vado alla finestra

per ammirare il panorama lontano di ripide scogliere e piccole insenature sabbiose. Decido che restare in piedi è il modo migliore e più facile per poter fare una corretta riverenza. Liscio le pieghe del vestito svasato blu scuro. È carinissimo, con un semplice corpino dalle maniche corte che si stringe in vita e ci sono le tasche. Ora ho qualcosa da fare con le mani. L'ho accessoriato con una voluminosa collana blu e oro e indosso scarpe nuove con la zeppa, nere con dei fiori ricamati.

Ficco le mani in tasca e faccio un lento giro della stanza, cercando con tutte le mie forze di restare calma. Qualche momento dopo la porta si apre e il mio cuore accelera, ma è solo un servitore che spinge un carrello con il servizio da tè fino alla piccola area salotto. «Salve.»

Lui mi dà un'occhiata. «Buonasera, signora. La regina arriverà a momenti.»

Annuisco. «Bene, okay. Grazie.» Mi gratto il collo. «Buonasera anche a lei.»

Lui se ne va dopo aver chinato la testa.

Aspetto, fissando l'alzata a tre piani dall'aspetto delizioso, con mini-sandwich, mini quiche e crostatine ai frutti di bosco. Il mio stomaco brontola e vi appoggio sopra la mano, ordinandogli di smetterla.

La porta si apre di nuovo e il servitore declama: «Sua Maestà, la regina Anna.»

Fisso la regina, momentaneamente sbalordita. È così bella! Come una dea della fertilità, con i lunghi capelli ricci sciolti sulle spalle nude, in un abito di maglia blu scuro senza maniche che aderisce al pancione. In mano ha una grande borsa di pelle bianca.

«È così bello conoscerti, Alice!» esclama.

Mi riprendo di colpo, chino la testa e faccio la riverenza. «Maestà.»

Lei si ferma davanti a me con gli occhi castani che brillano. «Siano solo noi due oggi. Per favore, chiamami Anna. Gabriel aveva una riunione di lavoro e non volevo rimandare il nostro incontro. Hai fame? Io sto morendo.»

«Sì.» La seguo nella zona salotto e mi siedo davanti a lei. È una poltrona dall'imbottitura un po' rigida che mi obbliga a stare seduta eretta.

Lei versa il tè. Mi vengono in testa tante cose, non dovrebbe essere un cameriere a farlo? Dovrei forse farlo io? Siamo appaiate, entrambe in blu scuro! Come va la sua gravidanza? Dalla bocca non mi esce niente. Mi si è annodata la lingua.

«Zucchero?» mi chiede.

«Sì, grazie.» Sono emozionata perché ho ritrovato la parola e sbotto: «Non preferirebbe che la servissi io?»

Lei ride e usa le pinze d'argento per mettere un cubetto di zucchero marrone chiaro nel mio tè. «Per favore, dammi del tu. Oggi siamo informali. I servitori e le guardie restano fuori dalla sala. Siamo due donne americane, giovani, e pensavo che potremmo stare insieme come facevo con le mie amiche a casa.» Indica il cibo. «Serviti.»

E lo faccio, prendendo un minuscolo sandwich con i cetrioli e una lucida crostatina con i mirtilli, continuando a meravigliarmi che la regina di Villroy abbia voglia di passare del tempo con me. Bevo un sorso di tè e cerco qualcosa di informale di cui parlare, qualcosa di americano e amichevole. Il baseball? La torta di mele. Il quattro luglio?

Lei si china in avanti con gli occhi castani che scintillano. «Devo confessare che sono una fan.»

«Di che cosa?»

«Tua! Ho letto *L'audacia del duca* e *La vittoria del visconte*.»

Ho la bocca aperta in una O perfetta per la sorpresa. La regina di Villroy legge le mie storie? E poi lei mi stupisce ancora di più tirando fuori i libri dalla borsa e passandomi una penna. «Potresti firmarli?»

«Certo!» Prendo la penna e i libri e firmo con le dediche che uso di solito, come se fosse una normale lettrice e non la regina di Villroy. La prima, per *L'audacia del duca* è: "Anna, sii audace per arrivare oltre i limiti!" e la seconda: "La vittoria arride agli audaci!" e sotto firmo con il mio nome e uno svolazzo.

Anna riprende i libri e la penna, sorridendo mentre legge le dediche prima di rimettere tutto in borsa. «Grazie! Quando arriverà la storia di William? Stai scrivendola adesso?» È il terzo libro della trilogia. Lui è un duca, un amico degli altri due eroi.

«Quello era il piano.» Mi fiondo immediatamente sulla crostatina ai mirtilli; ho bisogno della spinta dello zucchero e do un bel morso.

«Era?»

Mastico e inghiotto. «Sto avendo qualche difficoltà a tornare a scrivere felici storie d'amore, dopo il Calvario.»

Lei capisce immediatamente. «Ti ammiro veramente per aver fatto questo viaggio da sola. Sono sicura che riprenderai a scrivere fra pochissimo. Devi solo trovare l'ispirazione, giusto?»

Annuisco. «In effetti, ieri ho avuto un'idea, la prima da mesi, ma alla mia editor non è piaciuta.»

Lei arriccia il naso. «Mi dispiace. Com'era?»

«Un triangolo amoroso dove gli uomini finivano rovinati. Ha detto che ero troppo amara.» Scrollo una spalla. «Immagino sia vero.»

I suoi occhi sono pieni di simpatia. «Chiunque avrebbe bisogno di tempo per riprendersi dopo essersi aspettata di sposarsi per poi vedere svanire tutto.»

«Sì, beh, devo consegnare tre capitoli entro la settimana prossima, una prima stesura completa entro due settimane e non ho niente. Ho già superato la proroga della scadenza che avevo chiesto per avere tempo di programmare il mio matrimonio.» Sospiro. «Sto praticamente guardando la fine della mia carriera, deludendo i miei fedeli lettori e tornerò a casa completamente sconfitta, con la coda tra le gambe.»

Anna ride, sorprendendomi. «Così melodrammatica. Non mi meraviglia che tu sia una scrittrice.»

«Anna, non sono melodrammatica. È un momento cruciale. Peggio ancora, dal punto di vista lavorativo, sono completamente inutilizzabile. Tutto ciò che ho è una laurea in storia, e nessuna capacità spendibile.»

«Ragazza, sei un'autrice bestseller. Hai visto dei premi! Tutto ciò che ti serve è una fonte di ispirazione. Forse sarà proprio Villroy a dartela.»

Le sue lodi entusiastiche mi rassicurano. A volte la voce nella mia testa è troppo forte, mi urla predizioni apocalittiche che rendono difficile andare avanti.

Mi rendo conto che sto sorridendo. «In effetti, Villroy ha già avuto un effetto positivo su di me. Ieri Lucas e io siamo andati alla spiaggia e...»

«Aspetta. Lucas Rourke?»

«Uhm, sì.»

«Come hai conosciuto Lucas?» Dà un morso a un sandwich al prosciutto, con gli occhi che scintillano come se si aspettasse di sentire un bel pettegolezzo.

Io sorseggio il tè, ricordando il momento orribile in cui ho incontrato Lucas e poi il modo meraviglioso in cui ho concluso la giornata con lui. «Ieri ero in cortile e stavo parlando a voce ferma e alta con la mia editor, cercando di convincerla che la mia idea del triangolo amoroso poteva funzionare e lui mi si è avvicinato pensando che fossi personalmente in difficoltà per via di un triangolo amoroso, e ironicamente è proprio così. È il motivo per cui il mio fidanzato e io abbiamo rotto. Un triangolo amoroso con la mia migliore amica, che, immagino, stavo ricreando con la mia orribile idea per una storia. A ogni modo, Lucas è stato veramente gentile e mi ha ascoltato. Lui è sensibile, capisce veramente i sentimenti delle donne.»

Lei spalanca gli occhi. «Lucas?» Si indica la guancia. «Quello con la barba?»

«Sì, Lucas Rourke.»

«Lui è un tipo sensibile?»

«Molto.» Do un morso al sandwich coi cetrioli, ripensando a tutti i modi in cui si è dimostrato sensibile alla mia angoscia. È stato veramente meraviglioso e, senza Riley con cui confidarmi, non ho avuto molto sostegno. Oh, i miei genitori si sono indignati per me, ma la verità è che la mia cerchia sociale è veramente piccola. A parte alcune scrittrici locali che incontro per parlare di lavoro, passavo la maggior parte del mio tempo con Riley e Mason. Ora loro hanno l'un l'altro e io sono da sola. Mi ficco le unghie nel palmo della mano, sforzandomi di rilassarmi. Quella faccenda ormai è alle mie spalle. Il Calvario è stato tremendo e adesso l'ho veramente superato.

Anna beve un sorso di tè, fissandomi da sopra il bordo della tazza. «Quindi ha parlato con te e poi?»

Mi illumino, pensando di nuovo a Lucas. «Mi ha dato il suo numero di telefono per poterci incontrare più tardi e bruciare le foto del mio ex, o qualunque altro ricordo volessi bruciare. Sai, come una specie di rituale per togliermelo dalla testa. Avevo solo la lingerie che avevo comprato per il viaggio di nozze sottomano, che ovviamente mi ricordava per che cosa avrei dovuto usarla, quindi mi era sembrata la cosa giusta da bruciare.» Mi chino in avanti. «Forse ti starai chiedendo perché l'ho portata con me e la risposta è perché è bella e pensavo che avrei potuto indossarla solo per me. Comunque, una volta arrivati sulla spiaggia ieri sera, con la sabbia soffice e le onde rilassanti, sotto un cielo stellato e la luce della luna, ho provato un tale senso di contentezza, di appagamento, che non ho sentito il bisogno di bruciare niente. Avere Lucas al mio fianco ha fatto la differenza.» Sorrido, ricordando il suo giuramento. «È un uomo d'onore.»

Lei sbatte le palpebre. «Veramente poetico. È stato, uhm…»

«Cosa?»

«Lucas è un seduttore.»

«Oh, è molto più di quello! È gentile, sensibile e comprensivo. In una sola giornata mi ha aiutato a voltar pagina e mi sento già molto meglio. Anche se forse è servito parecchio anche fare una bella nottata di sonno.»

Lei sorride radiosa. «Sono lieta di saperlo.»

«Lucas si è veramente appassionato alla nuova impresa di Villroy. Spero che tu sappia anche questo.» Non rivelo il resto di ciò che Lucas mi ha detto riguardo alla sua frustrazione nei confronti di Anna e Gabriel riguardo al suo posto nell'impresa. Accidenti, temo di aver già detto troppo.

«Dimentica che ti ho parlato della nuova attività, per favore» dico. «Sappi solo che è molto di più di uno scapolo affascinante e giramondo. È profondo ed è molto serio quando si tratta di lavoro.»

Anna nasconde un sorriso dietro la tazza di tè.

«Che c'è?»

«Sembra che ti piaccia.»

Sbuffo. «Ho rinunciato agli uomini.»

Lei piega di testa di lato con un sorriso. «Può cambiare.»

Fingo di essere occupata a sistemare in grembo il tovagliolo, cosa che avevo completamente dimenticato di fare per il nervosismo al pensiero di incontrare la regina. «Non mi illudo che un principe favoloso possa mai interessarsi a me.» *Io sono un vero e proprio disastro.* Quello lo tengo per me.

«Che cos'hai che non va? Sei intelligente, interessante e istruita.»

«Sono tutt'altro che l'ideale degli uomini per quanto riguarda l'aspetto e oltretutto sono una nerd.» Quando lei mi guarda scettica, sussurro: «E lui esce con le stelle del cinema.»

Anna fa un gesto indifferente. «Nessuna di quelle stelle del cinema è durata. E allora, anche se non sei bella come una stella del cinema? Quante di noi lo sono? Hai parecchio a tuo favore. Io ti trovo meravigliosa.»

«Grazie» riesco a dirle, nonostante il groppo in gola. C'è voluto un mucchio di tempo per arrivare al livello di sicurezza che provo oggi, dopo tutte le prepotenze da parte delle ragazze alle medie, che mi chiamavano sgualdrina e diffondevano voci crudeli su di me, solo perché mi era cresciuto molto presto un seno prosperoso. Avevo cominciato a mangiare compulsivamente a causa dello stress, peggiorando così le cose alle superiori, dove le ragazze belle e popolari mi chiamavano grassa e tarchiata. So che il mio livello di autostima ha ancora bisogno di migliorare. Un giorno ci arriverò.

Mangiamo in un silenzio amichevole per qualche momento prima che lei dica «Mi piace Lucas. È sempre stato caloroso e divertente ma, in passato, è stato incostante, partiva senza preavviso, viaggiando intorno al mondo per incontrare amici e donne. Il festaiolo giramondo, sai. Il modo in cui lo vede Gabriel è condizionato dal passato e questo lo rende scettico sulla possibilità di passargli le redini dell'impresa. Ora, dopo aver ascoltato il tuo parere su di lui, mi rendo conto di dover arrivare alle mie conclusioni su di lui come uomo oggi. Voglio dargli una possibilità.» Si picchietta sulle labbra un'unghia scarlatta con dei brillantini incastonati (o sono diamanti veri?). «Forse Lucas dovrebbe occuparsi personalmente dell'incontro con i banchieri.»

«Sono sicura che se la caverà benissimo, qualunque incarico gli affidiate.»

Anna mi rivolge un sorriso malizioso. «Ti ha fatto una notevole impressione, dopo una sola giornata.»

Arrossisco, e mi metto in bocca l'ultimo pezzo di crostatina per non dover rispondere.

Lei si china in avanti e sussurra. «Mi è appena venuta un'idea folle.»

Mastico in fretta e inghiotto prima di chinarmi anch'io verso di lei. «Quale?»

«Prima di dire di no, pensaci un momento.»

Mi raddrizzo lentamente, all'erta. «La tua idea folle riguarda anche me?»

«Sì. Ti serve una storia, no?»

«Sì» dico lentamente.

«E Lucas ha bisogno di apparire seriamente dedicato alla nostra causa.»

Sono sull'orlo della sedia. «E?»

Lei alza le braccia, trionfante. «Un finto fidanzamento! Materiale perfetto per un romanzo. Tu fingerai di essere la sua fidanzata, andrai alle riunioni con lui e farai sembrare che stia per calmarsi e mettere radici. Tutti sanno che è un uno scapolo giramondo e festaiolo impenitente. Lo farai sembrare come lui vuole che lo veda la gente: rispettabile, solido e impegnato. Sinceramente piacerebbe anche a me vederlo così.»

Comincio a respirare in fretta. «Per favore non pronunciare la parola impegnato.» Io e l'impegno non siamo più amici.

«Okay, lo farà sembrare coi piedi per terra. Come una persona di cui ci si può fidare perché le cose vengano fatte. È come prendere due piccioni con un'idea di fidanzamento.»

«E io sono il piccione?»

Lei scoppia a ridere. «No, stupidina. Tu sei l'autrice che

vive la storia. Poi, tutto ciò che ti resta da fare è scriverla. Sono una maga! Ho appena scritto per te il tuo prossimo libro. Assicurati di indicarmi nei riconoscimenti. Ooh! Forse potresti dedicarmelo. Nessuno mi ha mai dedicato un libro.» Fa le virgolette in aria con le dita: «"Da un finto fidanzamento con un principe a un romanzo". Puoi dirmi grazie.» Prende una mini quiche e mastica con un'espressione soddisfatta sul volto.

Resto completamente senza parole per un intero minuto. Alla fine dico. «Ma è una bugia.»

Anna spazza via la nozione con un gesto della mano. «È un'invenzione creativa per una buona causa. Non danneggerà nessuno e i fidanzamenti vengono mandati all'aria di continuo.» Solleva le sopracciglia, con gli occhi castani che brillano. «Potresti accompagnare Lucas nei suoi impegni di corte, non solo agli incontri con noiosi banchieri. Come un ballo o una cena di beneficenza per una raccolta fondi. Poi finirà tutto nella tua storia, solo che farai sembrare che sia successo durante il periodo Regency. È perfetto!»

Un'invenzione creativa. Pane quotidiano per una scrittrice. Di colpo riesco a vederlo chiaramente. Me come eroina, Lucas come il duca che evita le tediose attenzioni di ogni signorinella del *ton* che non vede l'ora di intrappolarlo. Potrei essere la governante della sua pupilla e poi, con l'aiuto della sua zia vedova, vengo trasformata nella bella del *ton*. Sono la sua finta fidanzata, cosa che gli dà un po' di respiro, e lui si comporterà come se fosse completamente infatuato di me, cioè di lei. Fingono per la società: i balli, i tè formali, il corteggiamento. Tutto solo di nome perché l'eroina ha i suoi motivi: vuole disperatamente tenersi stretta la casa di famiglia in campagna. Il duca le darà il denaro necessario per non perderla in cambio della loro sciarada. È tutta lì. L'inizio e la parte centrale, devo solo immaginare il finale. Forse lei finirà con il duca, o forse troveranno entrambi un altro amore, entrambi arricchiti da ciò che hanno imparato l'uno dall'altro.

Tra me e Anna c'è uno sguardo d'intesa. Potrebbe funzionare.

Proprio in quel momento la porta si spalanca di colpo ed

entra l'uomo in questione. Squittisco, quasi balzando in piedi, con le guance che bollono.

«Mi sono perso qualcosa?» chiede Lucas, venendo verso di noi a grandi passi.

«Ehi, Lucas» lo saluta allegramente Anna. «Stavamo giusto parlando di te. Siediti.»

7

Lucas

Mi siedo tra le due donne e mi guardo intorno. «Dov'è Gabriel?»

Anna sorride sorniona. Cosa sta succedendo? «Non è potuto venire.»

Alice è occupata con una crostatina alla ciliegia e la sta tagliando in quarti precisi. Ha le guance e il collo rosa carico. Che cosa ha detto di me? Le ho raccontato più di quanto avrei dovuto ieri sera, riguardo alla mia frustrazione con Gabriel e Anna, ed è il motivo per cui sono qui adesso. Per limitare i danni.

Anna mi serve una tazza di tè, sempre con quel sorrisino sornione sul volto.

Non riesco a sopportare la suspense. «Che cosa stavate dicendo di me?»

«Alice aveva *moltissimo* da dire» risponde Anna.

Alice alza di colpo la testa. Ha un pochino di ripieno alla ciliegia nell'angolo delle labbra e la lingua rosa esce per leccarlo. Non riesco a distogliere lo sguardo. «Non stavo dicendo *moltissimo*» protesta.

«Sì, invece» dice allegramente Anna. «Non essere timida. Racconta la tua idea brillante a Lucas.»

Alice resta a bocca aperta. Anna le dà un'occhiata significativa e china la testa verso di me.

«Che idea brillante?» chiedo quando nessuno sembra aver voglia di mettermi al corrente. «Alice?»

Lei si porta la mano alla gola. «Ho-ho detto che sei stato molto gentile con me.» Abbassa la mano e prende la tazza, facendo un brindisi con me. «E che mi sento già un po' meglio.» Beve un sorso di tè.

«Oh.» Mi rilasso e mi metto comodo, allungando le gambe.

«Non è tutto» dice lentamente Anna, che si sta divertendo come una pazza.

La guardo con gli occhi stretti. «Qualunque sia la cosa che ti eccita tanto, dilla e basta.»

Anna beve un sorso di tè, con gli occhi che scintillano maliziosi. «Alice ha avuto la brillante idea di un finto fidanzamento tra di voi.»

Alice scuote violentemente la testa. Dev'essere un'altra delle stravaganti idea di Anna. L'ultima, l'asta degli scapoli reali, è stata uno sballo.

Mi rivolgo a Anna. «Di che diavolo state parlando?»

Anna sorride contenta. «È perfetto. Per lei, perché le darà l'ispirazione per la storia che non è ancora stata in grado di scrivere. Sai, i finti fidanzamenti fanno furore, e per te, perché ti darebbe un'aria rispettabile e una certa legittimazione quando andrai alla riunione con i banchieri.»

Mi aggrappo all'ultima parte. La riunione con i banchieri? Mi sta affidando la raccolta di capitali? «Come amministratore delegato?» Voglio l'autorità e il potere dietro il titolo ma voglio anche che ci sia il mio nome tra quelli che portano Villroy nel futuro. Ho parecchie idee per un'ulteriore espansione.

«Per ora sarai il direttore finanziario. Mi adopererò perché l'altro titolo ti sia assegnato in futuro. Penso che le priorità di Gabriel cambieranno una volta che sarà arrivata la bambina, e sarà più disposto a delegare.» Si accarezza la pancia, guardandola sorridente.

Sono diviso. Certo, voglio questa opportunità, ma perché

dovrei aver bisogno di una fidanzata? Ovviamente Anna pensa che non possa farcela da solo. Do un'occhiata ad Alice. I suoi occhi azzurri sono spalancati e speranzosi, ha il labbro inferiore tra i denti. Diavolo. Ha bisogno di questo finto fidanzamento per la sua storia e non ho il coraggio di deluderla, dopo quello che ha passato.

Tendo la mano ad Anna. «Affare fatto.»

Lei me la stringe, con un'espressione estremamente soddisfatta.

Io lo sono un po' meno, ma mi dico che il fine giustifica i mezzi. Voglio che mi vedano come un uomo che è più della sua reputazione. Voglio essere un uomo di sostanza. La società ritiene che il matrimonio significhi rispettabilità. Non ho fatto io le regole, mi limito a sfruttarle.

E non è che stia accettando una vera relazione. Ho giurato ad Alice di essere un uomo d'onore e questo significa non superare i limiti con lei, per quanto sia tentato. Inoltre, Alice è palesemente ancora ossessionata dal suo ex, ed è la persona peggiore con cui pensare a una relazione: cuore tenero, vulnerabile, fin troppo romantica. Il mio duro realismo non andrebbe bene, e inoltre io faccio di tutto per evitare drammi e complicazioni. Possiamo comunque essere amici.

Rivolgo un sorriso ad Alice e lei ricambia con un sorrisino timido. Sento il petto che si gonfia d'orgoglio. Ogni volta che riesco a farla sorridere mi sembra un trionfo, sapendo in che stato era quand'è arrivata. Sento lo sguardo di Anna su di me, ma non riesco a distogliere gli occhi dal dolce sorriso di Alice.

«Pronta a recitare la parte della fidanzata? Facciamo questo gioco?» le chiedo.

«Sì» risponde lei dolcemente.

«Bene.»

Lei fa un respiro profondo e il suo seno si alza visibilmente nell'abito aderente.

Mi concentro sul tè, distogliendo gli occhi.

«Ci saranno dei balli?»

Alice vuole ballare con me? «Se vuoi.»

«Perfetto!» esclama. «Aiuterebbe moltissimo la mia storia.»

Le sue storie devono essere un po' diverse da come le avevo immaginate. Forse non dovrò lottare contro l'attrazione nei suoi confronti, dopo tutto. Potrebbe essere *divertente.*

Le rivolgo il mio sorriso sghembo, che tutti dicono sia sexy.

«Alice intendeva dei balli formali, principe azzurro» si inserisce Anna.

Le rivolgo un'occhiata acida, nascondendo la mia delusione. «Lo sapevo.» Guardo Alice e vedo che sta arrossendo. Si china verso di me e sussurra: «Pensavi che mi riferissi a qualcosa di diverso, tipo dirty dancing?»

«La mia mente viaggia su sentieri peccaminosi ben collaudati» le dico e mi tolgo in fretta dalla tentazione. «Niente balli formali. Probabilmente una cena. Era un requisito indispensabile?»

«Non sarebbe possibile avere un ballo?» insiste lei. «Mi piacerebbe veramente se ci fosse un ballo di corte.»

E di colpo voglio che succeda, per lei. Mi sta aiutando fingendo di essere la mia fidanzata a fini professionali e voglio fare anch'io la mia parte per aiutarla con la sua storia. «Potrei controllare. Ci potrebbe essere un ballo in qualche altro regno.»

«Eccellente» dice Alice, con un tono enormemente soddisfatto. «Dato che serve per la mia storia, potresti comportarti in modo veramente principesco?»

Anna mi dà un calcio sotto il tavolo e io le do un'occhiataccia prima di rivolgermi ad Alice. «Di che modi principeschi stiamo parlando? Fiori…?»

Alice scuote la testa. «Sai, il baciamano.» Lo dimostra portandosi il dorso della mano alla bocca e baciandolo, con gli occhi fissi nei miei. Mi sento di colpo teso ed eccitato quando increspa le labbra per il bacio. Poi lascia cadere la mano. «E anche gli inchini, e stendere il mantello su una pozzanghera per farmela attraversare. Roba del genere.»

Ma è seria? Sembra di sì.

«Mmm… mantello? Io non indosso un mantello.» Pensa che mi vesta come un cimelio dell'Inghilterra del periodo Regency? Ho paura di chiederlo.

Alice sbuffa. «Se devo insegnarti come essere un vero principe romantico allora non funzionerà.» Scuote la testa. «Manca veramente qualcosa nella tua educazione principesca.»

Nascondo un sorriso. «Forse dovresti discuterne con mia madre, la precedente regina.

«Oh! Non lo farei mai...» Arrossisce e dà un'occhiata ad Anna che sembra stia guardando un documentario affascinante dal titolo *Quanto fa schifo Lucas come fidanzato del periodo Regency*. In mia difesa, qualunque uomo farebbe schifo.

Indico la porta. «Andiamo a trovarla subito.»

Alice si china verso di me, abbastanza vicina da farmi cogliere il suo profumo floreale. «*Lucas*. Per favore. Mi stai mettendo in imbarazzo davanti alla regina.»

Anna mi porge un libro. In copertina c'è un uomo con un completo nero e una donna con un vestito rosso. Il titolo è *L'audacia del duca* scritto in caratteri svolazzanti. È il libro di Alice. «Leggilo» mi dice. «Ti dirà tutto ciò che hai bisogno di sapere sul dare il massimo in termini di impegno principesco. E non piegare le pagine e non rovinare la copertina. È la mia preziosissima copia firmata.»

Il libro sembra un po' troppo romantico e femminile. Sento lo sguardo di Alice su di me. Poi ricordo che quell'idiota del suo ex idiota aveva criticato il libro senza nemmeno leggerlo. E lei è un'autrice pluripremiata e bestseller. Lo dice proprio lì, sulla copertina. Certamente un uomo d'onore può fare meglio del suo ex e leggere questa dannata cosa. Purché i miei fratelli non mi becchino con questo libro in mano.

Lo prendo. «Grazie. Sono sicuro che sarà una lettura interessante.»

Alice mi rivolge un sorriso dolce e il mio cuore batte un po' più forte.

Anna mi dà un colpetto sulla spalla. «In ogni modo, tua madre è in viaggio verso gli Stati Uniti, quindi puoi stare tranquillo con la faccenda della scarsa educazione principesca.» Sorride. «Tua madre sta andando a trovare Silvia e poi controllerà una spa per pazienti oncologici e per la gente in via di guarigione per vedere se aggiungere i massaggi terapeutici alla nostra spa. È il tipo di cosa di cui avrebbero potuto beneficiare tuo padre e il mio.» Abbiamo entrambi perso i nostri padri a causa del cancro.

Bevo un sorso di tè, per sciogliere il groppo che sento in gola. «Sarebbe un'aggiunta grandiosa.»

Anna resta in silenzio per un momento, con gli occhi lucidi. La sua perdita è più recente. Mike era il suo padre affidatario e lei si è occupata devotamente di lui. Sorseggia il tè e appoggia la tazza. «È in onore di entrambi loro.»

«Sono d'accordo» dico.

Anna si rivolge ad Alice, cambiando argomento. «Allora, hai avuto qualche brillante idea per la tua storia?»

Alice fissa a lungo il soffitto prima di dire: «Abbiamo già incontrato un eroe con i capelli neri come l'inchiostro e scintillanti occhi azzurri. E l'eroina avrà lunghi capelli biondi, vivaci occhi verdi e una carnagione chiara con un tocco di rosa pallido. Diana è la governante della sua pupilla.»

Anna si china verso di me e sussurra. «Parla come un'inglese.»

«Shh, non interrompere» le rispondo. «Ha detto che è bloccata da un bel po'.»

Anna parla comunque, comportandosi come al solito. «Alice, non pensi che gli occhi color acquamarina di Lucas siano stupendi?»

Entrambe le donne mi fissano e io cerco di non sbattere le palpebre. E, sì, i miei occhi sono stupendi. Le donne ne parlano continuamente. Aspetto impaziente che Alice confermi, ma lei continua a fissarmi in silenzio.

Anna continua, anche lei fissandomi negli occhi. «Sappiamo che William ha gli occhi azzurri, ma non potrebbero essere più un azzurro acquamarina? Sono sempre rimasta affascinata dagli occhi di Gabriel. È un tratto di famiglia. Rispecchiano il colore del mare qui intorno.»

Alice distoglie lentamente lo sguardo dai miei occhi e dice ad Anna: «Sì, sono certamente eccezionali, ma non sto scrivendo una biografia. Dev'essere un libro originale di Alice Segal, basato su quelli precedenti e liberamente ispirato dal nostro finto fidanzamento.»

Anna mima con la bocca "inglese", rivolta a me, prima di dire a voce alta: «Okay, meglio cominciare allora.»

Alice si alza di colpo. «Hai ragione. Grazie di tutto, Anna. Ti dedicherò sicuramente questo libro.»

Anna sorride. «Eccellente.»

«E io che cosa sono? Il figlio di nessuno?» chiedo in tono falsamente offeso. «Il fidanzato non merita nemmeno un accenno?»

Alice è già a metà strada verso la porta e sta borbottando tra sé e sé. Mi congedo da Anna facendole un piccolo inchino prima di raggiungere Alice.

«Quando devi consegnare questo Alice Segal originale?» le chiede Anna a voce alta un attimo prima che arriviamo alla porta.

Alice si ferma e le cadono le spalle. Si volta. «La prima stesura entro due settimane. Il manoscritto finale entro sei.»

Anna disegna un ghirigoro in aria con una mano, come una fata madrina che stesse accordando un desiderio. «Ti concedo ufficialmente l'uso gratuito della suite degli ospiti per le prossime sei settimane.»

Alice e io ci guardiamo negli occhi. Mi sembra che l'aria venga improvvisamente risucchiata dalla stanza, mentre comincio a sentire il primo accenno di panico. Distolgo a fatica gli occhi. *Sei settimane.*

È un tempo lungo abbastanza da formare un vero legame affettivo.

Voglio dire, non per me. Assolutamente. Io non mi affeziono mai. Non dopo... È di Alice che mi preoccupo. Ha appena affrontato una brutta rottura. Riesco già a vedere il dramma che seguirebbe se dovesse affezionarsi a me e *non* voglio che succeda. Devo essere più che chiaro che si tratta di un gioco. È l'unico modo per evitare casini.

«Grazie!» esclama Alice rivolta ad Anna e poi se ne va, borbottando: «Meno male che non ho mai preso un gatto.»

Un gatto? Forse intende dire che non c'è nessuno che dia da mangiare al suo gatto immaginario se resta qui per sei settimane. La sua mente funziona in modo strano, affascinante.

Mi volto lentamente verso Anna, per la prima volta sospettoso. Forse non era un gesto semplice e diretto per mettere alla prova le mie capacità di negoziatore, ma il suo tentativo di fare da paraninfa?

Lei mi rivolge un sorriso malizioso. «Sarà meglio che ti affretti a procurarti un anello di fidanzamento.»

Apro la bocca e la richiudo. A caval donato non si guarda in bocca, o, in questo caso, meglio non tentare di capire una regina poco convenzionale e i suoi sistemi misteriosi di fare in modo che le cose si realizzino. Sono il direttore finanziario. È un passo nella giusta direzione ed è tutto ciò che conta.

Alice

La mia mente è un groviglio di governanti e duchi, Diana e William, durante i loro primi incontri. Lei, deferente con una bellezza nascosta sotto vestiti scialbi e una cuffietta. Lui, elegante e affascinante, si rende conto solo occasionalmente della governante che si occupa della sua pupilla, una bambina di sette anni che alcuni sussurrano sia una sua figlia illegittima, ma che in realtà è la figlia di un cugino defunto. A lui non interessa ciò che pensa la società ma si sta avvicinando all'età in cui si deve assicurare di avere un erede. E sta trovando insopportabile il mercato dei matrimoni della stagione londinese.

Mi fermo in fondo a un corridoio senza sbocco, dove pensavo ci fossero le scale. Accidenti. Pensavo fosse: a sinistra, corridoio lungo, destra, destra ancora per le scale. Dove sono finita? Ci dovrebbero essere dei cartelli qui in giro. Ovviamente, adesso che non vedo l'ora di arrivare al mio laptop per trascrivere il tutto, non riesco a trovare un servitore che mi aiuti. Potrei dettarlo al telefono, ma so che uscirà molto di più dalle mie dita sulla tastiera, se solo riuscirò mai ad arrivare al laptop e lasciare che le dita volino da sole. Potrei perfino avere il primo capitolo.

Prendo il telefono e mando un messaggio a Lucas. *Mi sono persa e devo tornare nella mia stanza, SUBITO.*

Sento il ping di un messaggio un attimo dopo. *Dove sei?*

Non lo so! Se lo sapessi non sarei persa. Sono andata a sinistra, poi a destra, destra.

Mi guardo intorno e mando un altro messaggio. *C'è lo scudo di un guerriero vichingo sulla parete. Sono in un corridoio cieco. Ancora al primo piano.*

Non muoverti.

Apro l'app degli appunti sul telefono e scrivo un paio di frasi per il primo capitolo, più in fretta che posso.

«Trovata!» esclama Lucas. «Sei nell'ala ovest e dovresti essere in quella est.»

«Okay, andiamo.»

Mi offre galantemente il braccio e per un momento il mio cervello va in stallo. Lo fisso, la camicia grigia che tira su un bicipite ben sviluppato, abbastanza vicino da toccarlo. Vuole che lo tocchi. I suoi occhi acquamarina si fissano nei miei, sono *veramente* stupendi, sulle labbra ha l'ombra di un sorriso. «Volevi il comportamento da principe, giusto? Come ispirazione per il tuo duca.» Sta giocando al finto fidanzamento Regency per me!

Abbasso le palpebre, sentendo il calore che si diffonde dentro di me. «Sì. Grazie.» Appoggio la mano sul suo avambraccio, sentendo immediatamente il calore attraverso il tessuto morbido della sua camicia mentre lui mi guida fuori dal corridoio senza sbocco. Mi si secca la bocca, ho il cervello completamente in pappa. Sto vivendo la mia storia ed è surreale. È un gioco. Non posso dimenticarlo.

Lucas cammina con un'aria sicura, regale, e sembra ancora più un fidanzato principesco. «Piacere mio, miss Segal.» Perfino la sua voce è più ferma e corretta, e mi ricorda il duca che ho in mente.

«Grazie, Vostra Grazia.» E poi sono così eccitata che esco dal personaggio. «Il mio cervello si è già rimesso in moto! Ho l'inizio e la parte in mezzo.» *Anche se sto rapidamente dimenticando tutto, data la tua vicinanza.* Aggiungo in silenzio.

«È un'ottima notizia, miss Segal.»

«Oh, ti prego, chiamami Alice.»

«Solo se mi chiamerai per nome.»

«Sì, certo, Lucas» sussurro e poi resto in silenzio. Sono estremamente conscia di quanto sia vicino, di quanto mi sembri caldo il suo braccio, di come il suo profumo sia fantastico, come spezie e sapone. È così che profumerà il duca nella mia storia.

«Allora, Alice, come finirà?»

«Bene» dico in tono assente. «Le mie storie hanno tutte un lieto fine.» Ma come esattamente? Non lo so.

«Intendevo dire il nostro fidanzamento, non quello nella storia.»

«Non lo so. Tu che pensi?»

«Scopriremo di non essere compatibili.»

«Ci deve essere una ragione migliore di questa.» Ci penso. «Preferirei veramente che non ci fosse un'altra donna. Le mie lettrici sanno già che ho annullato il matrimonio perché il mio fidanzato mi aveva tradito.»

Lucas alza di colpo le sopracciglia. «Lo hai detto ai tuoi lettori?»

«Avevo condiviso tutti i particolari del matrimonio sui social media. Era una cosa romantica e perfetta per il mio brand. Ho dovuto spiegare perché era stato annullato.»

«Non sembrerà brutto, che ti sia fidanzata di nuovo così presto?»

«Non ho intenzione di dirlo a nessuno. Ho detto alle mie lettrici che mi sarei presa una vacanza dai social media, per riprendermi. Ma hai ragione, realisticamente, visto chi sei, il principe Lucas Rourke, lo scapolo reale più ambito al mondo, prima o poi la notizia uscirà, quindi dovremmo sapere come finirà il fidanzamento, per poter gestire il messaggio.»

Lucas riflette per un momento. «Magari che ricevi un'offerta di lavoro dall'estero e io non voglio spostarmi perché le mie radici sono qui. Mi è già capitato nella vita reale, ed è solo un altro esempio di quanto io sia radicato qui a Villroy.»

«Funzionerebbe perfettamente, solo che lo cambierei un pochino, farlo diventare come se fosse un'avventura. Una nuova attività piuttosto lucrativa in America. Dopo la guerra del 1820 in America, c'è stata un'enorme spinta verso lo sviluppo delle manifatture e la costruzione di un sistema di trasporti.»

«Ah, miss Segal, sembra che siamo tornati al periodo Regency.»

«Devo veramente arrivare al mio laptop.» Mi tolgo le scarpe, pronta a correre. «Vedo le scale lì davanti e poi devo solo svoltare due volte a sinistra, giusto?»

«Hai intenzione di scaricare così presto il tuo nuovo fidanzato?» mi chiede Lucas in tono scherzoso.

«Devo scrivere. Grazie per il tuo aiuto. Faccio una corsa.»

«No.»

«No?»

Lui mi rivolge quel suo sorriso sghembo e sexy. «Sono sicuro che tu sappia che le donne non corrono *via* da me. Corrono *verso* di me. Io sono irresistibile.»

Esito. C'è qualcosa in quell'irriverenza affascinante che funziona per me.

Lucas continua. «Quindi, tornando all'argomento precedente, il fidanzamento finirà quando dovrai tornare negli USA per ragioni di lavoro. Forse il prossimo libro è ambientato parzialmente in America e devi immergerti nelle ricerche.»

«Libro» ripeto, con l'adrenalina in circolo. Devo andare a lavorare. «Perfetto. Devo scappare!»

Faccio un passo e mi fermo di colpo, con la faccia contro il suo torace. Mi sta bloccando. «Lucas!»

I suoi occhi scintillano di buonumore. «Alice!»

Gli corro intorno e facciamo una gara attraversando il palazzo. Riesco a malapena a tirare il fiato, esilarata.

«Eccoti qui» dice, leggermente senza fiato quando arriviamo finalmente alla mia stanza. «Tecnicamente abbiamo corso insieme, quindi la mia reputazione stellare con le donne resiste, nessuna donna è mai corsa via da me.»

Mi metto la mano sul petto ansante, *completamente* senza fiato. «Faresti di tutto per mantenere la tua reputazione.» Faccio una pausa, per riprendere fiato. «Wow! Il sangue scorre veloce e mi ha messo in moto il cervello!»

Lucas mi prende la mano e se la porta alle labbra, con gli

occhi acquamarina che bruciano nei miei. Sento il cuore che romba in petto. Oh, finirà nel mio libro! Ma poi lui non la bacia, invece alza le nostre mani unite, palmo a palmo, studiando le nostre dita e poi passa le dita fino in fondo al mio anulare in un gesto stranamente erotico.

«Che cosa stai facendo?» mormoro.

«Sto stimando la misura dell'anulare per trovare un anello di fidanzamento adatto.» La sua voce è come seta. «Dobbiamo mantenere le apparenze.»

Mi do un colpetto sul cuore. «Bene, tic-toc, queste sono state veramente mosse principesche. Grazie per l'ispirazione. Ti renderò le cose più facili. Misura dodici per l'anello, e lo so perché di recente ho dovuto far stringere il mio anello dopo aver perso peso per l'abito nuziale e...» Smetto lentamente di parlare. È stata un'idea di Mason quella che dovessi perdere peso per fare bella figura nelle fotografie del matrimonio. Aveva affrontato l'argomento il giorno dopo avermi chiesto di sposarlo. Il sottinteso che in quel momento non avessi un bell'aspetto mi aveva fatto precipitare in un ciclo vergognoso di dieta ferrea e abbuffate di cioccolato, dal quale sto uscendo solo ora. Quel pensiero mi fa riflettere. Non mi meraviglia che non riesca più a scrivere. Non era solo perché ero presa con i preparativi per il matrimonio. Avevo perso la mia identità.

«Alice?»

Espiro bruscamente. «Non c'è bisogno che mi compri un anello.»

«Certo che devo. Ogni fidanzata ha bisogno di un anello.»

Scuoto la testa e lui continua ad annuire. È abituato a ottenere ciò che vuole, un principe affascinante e stupendo con le donne che gli cadono ai piedi. Pur sapendolo, cedo. «Beh, non spendere troppo. Voglio dire, cosa succederebbe se la tua vera fidanzata non avesse il dodici di misura?»

«Lascia che me ne preoccupi io. Ti piacerebbe un anello del periodo Regency?»

Sento una stretta al cuore. «È così premuroso da parte tua. In effetti non si usava portare un anello di fidanzamento a quel tempo, anche se a volte l'uomo portava un anello-promessa, fatto con i capelli intrecciati della sua amata.»

Lucas fa una smorfia. «Preferirei evitare l'anello di capelli.»

Sollevo una ciocca dei mei capelli e gliela sventola davanti. «Sei sicuro? Sono belli e morbidi.»

«Davvero?»

C'è un attimo di tensione, mentre Lucas mi fissa negli occhi.

Il mio respiro accelera. «Sì.» Ha voglia di giocare con i miei capelli? Mi piace.

Lucas distoglie lo sguardo, borbottando. «Dovrò accettare la tua parola.» Si ficca le mani in tasca e fa un passo indietro. «In bocca al lupo per la scrittura.»

«Grazie.»

Lo osservo mentre si volta e se ne va, con la postura un po' rigida. È strano come si sia innervosito di colpo dopo il modo cordiale con cui siamo stati insieme. Non va bene. Dovremo sembrare a nostro agio l'uno con l'altro per essere una coppia credibile.

«Aspetta!» Mi affretto a rincorrerlo.

Lui si volta e sorride. «Te l'avevo detto che le donne corrono da me.»

Rido, lieta che sia tornato il solito Lucas affascinante e rilassato. «Sembra che le cose siano diventate un po' strane, quando ti ho offerto di lasciarti toccare i miei capelli, cosa che *non* è assolutamente necessaria per un finto fidanzato, ma la gente si aspetterà un certo grado di intimità tra di noi.»

Lui si irrigidisce, con gli occhi che guizzano di lato. «Che cosa intendi dire esattamente?»

Non so da dove arrivi, ma in qualche modo ha perfettamente senso. Dobbiamo superare qualunque imbarazzo per essere credibili. «Dovremmo esercitarci a baciarci in modo che sembri naturale, non credi?»

Lucas si schiarisce la voce. «Beh... in effetti, sembra...» Il suo sguardo vaga tutto intorno a me, senza mai incontrare i miei occhi.

Reprimo un sospiro. Non sta andando come speravo. Lui non è minimamente tentato da me.

Mi avvicino, a distanza di bacio, decidendo che dobbiamo

farlo e basta. «Vuoi essere credibile, vero? Devi solo baciarmi.»

«Sulla bocca?»

Sbuffo. «Dove altro vorresti baciarmi? Aspetta, non importa. Sai che cosa volevo dire. Qual è il problema? Non vuoi baciare la tua fidanzata?»

Lui deglutisce con il pomo d'Adamo che si muove su e giù. «No, cioè sì, ovviamente dovremmo esercitarci.»

Chiudo gli occhi e aspetto, impaziente.

Niente.

Apro un pochino un occhio. Lucas è ancora più rigido, ha le braccia tese lungo i fianchi e sta guardando appena oltre il mio orecchio. «Lucas!» sibilo.

Lui si china e mi dà una beccatina sulle labbra. E prima che io possa trasformarlo in un vero bacio, mi mette le mani sulle spalle, mi volta e mi dà una spintarella verso la mia stanza. «Vai a scrivere.»

Corro nella mia stanza, con le guance in fiamme, imbarazzata e delusa in ugual misura. Dovrò basarmi sulla mia immaginazione per rimpolpare la storia con le parti buone.

8

Lucas

Sono nel mio studio il pomeriggio seguente e sto memorizzando le cifre per prepararmi all'incontro con i banchieri quando sento bussare alla porta. «Avanti.»

Gabriel entra e si ferma davanti alla mia scrivania. «Un finto fidanzamento. Audace ma maldestro.»

Chiudo il laptop e sopprimo un sospiro.

Mi sembra di capire che, guarda caso, Anna non si sia presa la responsabilità dell'idea. Probabilmente si starà attenendo alla sua storia, che sia stata un'idea di Alice, e Gabriel probabilmente pensa che io abbia accettato perché ho lasciato che fosse il mio cazzo a decidere, come al solito. Ma non ho intenzione di puntare il dito su Anna. Non farò niente che possa causare un solco tra lei e Gabriel.

Mi passo una mano tra i capelli. «Guarda, non è niente di importante. Ho studiato la faccenda da tutte le angolazioni e non c'è letteralmente nessun aspetto negativo.»

Lui scuote la testa. «Capisco che tu voglia passare del tempo con Alice, ma non è questo il modo. È esagerato. La bugia verrà alla luce e poi nessuno si fiderà più di noi.» Soffia il fiato, esasperato. «Stiamo finalmente tornando alla normalità dopo la fuga di Emma dal suo matrimonio, con il suo miserabile ex che ha raccontato a chiunque volesse ascoltarlo, che la nostra famiglia è piena di bugiardi traditori. Non farai altro che ravvivare le fiamme. E le voci si spargeranno. La reputazione della nostra famiglia sarebbe rovinata per sempre. Nessuna banca accetterà di incontrarci una volta venuta a galla la menzogna.» Emma è nostra sorella, e aveva visto giusto quando si era tirata indietro da quel matrimonio.

«Non verrà alla luce. La tua reazione è esagerata. Non è per niente simile a ciò che è successo con Emma. È una piccola bugia innocua.»

Gabriel stringe i denti. «Hai ragione, non è come quando Emma è scappata spaventata. È qualcosa di peggiore. È fuorviare deliberatamente le persone. Ti sto chiedendo di fermarti. Trova un altro modo per passare del tempo con Alice.»

Come faccio a deludere Alice cancellando il nostro piano quando è così entusiasta dell'ispirazione? Solo per calmare le preoccupazioni infondate di mio fratello? No, mi rifiuto.

«Può solo aiutarci con i banchieri» dico. «Sembrerò meno un festaiolo, più serio e impegnato. E dovresti sapere che lo sono completamente. Ho solo bisogno di presentare una nuova immagine.»

«Lucas, se continuerai con questa storia, l'unica cosa che potrei fare, nel caso succedesse il peggio, con l'inevitabile conseguenza di un incubo nelle relazioni pubbliche, sarebbe di dissociarci completamente da te e dalla tua disonestà. Non potresti più avere niente a che fare con la nostra impresa. E nessuno di noi lo desidera.»

Mi sento ribollire, ma resto in silenzio, furioso per la minaccia di tagliarmi fuori in permanenza, ma non parlo, non mi fido di me stesso.

Lui si volta e va verso la porta, fermandosi con la mano sulla maniglia. «Capisco il suo fascino. Anna le si è affezionata in fretta. Tieni solo separato il lavoro e il piacere. Sono sicuro che farai una bella figura con i banchieri da solo, con tutta l'esperienza che hai fatto come investitore informale.»

«Grazie.» Apprezzo il voto di fiducia anche se non sono d'accordo sul lasciar perdere il finto fidanzamento. Migliorare la mia immagine sembrando un uomo impegnato può solo aiutarci.

Gabriel se ne va.

Io fisso la scrivania. Voglio rischiare il mio posto nell'impresa per insistere sul falso fidanzamento? Sì. Voglio che questo prestito bancario vada in porto il più presto possibile, con me come direttore finanziario. A quel punto avrò dato prova di me stesso, in vista del mio scopo finale di diventare l'amministratore delegato. Anche se Gabriel mi vede ancora come il festaiolo giramondo. È il motivo per cui non ha intenzione di darmi una vera autorità. Il fine giustifica i mezzi. E non posso deludere Alice.

Ciò che Gabriel non sa non può fargli male.

Su sua richiesta, ho cenato con Alice ieri sera, anche se all'inizio ero riluttante. La mia attrazione per lei cresce ogni volta che la vedo e non voglio avvicinarmi troppo. Ammetto che ho accettato di cenare con lei per un senso del dovere, in modo da poterci raccontare l'un l'altro le cose che una coppia di fidanzati dovrebbe sapere. Lei è sparita subito dopo per scrivere ancora un pezzo della sua storia già molto in ritardo. È un bel colpo al mio ego il fatto che preferisca il suo laptop al prolungare il tempo che passa con me, ma probabilmente è meglio così.

Il suo buonumore naturale ha reso facile dire sì alla cena di stasera. La conversazione è distesa e, purché ci sia una certa distanza tra di noi, il tempo che passiamo insieme è per puro divertimento. La guardo mentre mangia con gusto la sua mousse al cioccolato, con un'espressione rapita sul viso. Ama il cioccolato più di ogni altra cosa. Piace anche a me, ma non mi fa impazzire.

Domani sera, venerdì, incontreremo l'amico di Gabriel, il banchiere Jules Marchand e sua moglie, Celeste, a cena a Parigi. Gabriel li conosce grazie al circuito delle cene di beneficenza. Nella nostra breve telefonata, ho detto a Jules che avrei portato con me la mia fidanzata, famosa autrice, e ho scoperto che sua moglie è una sua grande fan. Questo finto fidanzamento sta funzionando ancora meglio di quanto pensassi e sono contento di non averlo cancellato. Alice sarà una manna per me a cena, quindi, per ricambiare il favore, ho programmato di passare a Parigi tutto il fine settimana, per fare un po' i turisti. Lei non c'è mai stata.

Non ho detto ad Anna che ho ancora intenzione di portare Alice con me alla riunione, dato che non voglio seminare zizzania tra lei e Gabriel. E non ho nemmeno detto ad Alice che Gabriel mi ha chiesto di non fingere di essere fidanzato con lei. È solo una riunione. Quando si accorgeranno che Alice e io siamo via insieme, l'affare sarà già stato concluso.

Bevo un sorso di brandy, pensando a che cosa succede nella mente creativa di Alice. Ho letto il suo libro, *L'audacia del duca* la stessa sera in cui Anna me l'ha dato, nel tentativo di distrarmi dal pensare al nostro bacio di prova. Mi sono trattenuto con quel bacio, cercando di mantenere le distanze, ma non ho mancato di notare com'erano morbide le sue labbra, il suo profumo sexy e le guance rosate. In ogni modo, la storia era arguta, spiritosa, piena di emozione e incredibilmente sexy. Il suo duca potrà anche aver avuto delle maniere molto formali, ma di certo non era uno sprovveduto a letto. Anche se declamava parole fiorite che nessun uomo pronuncerebbe mai al culmine della passione. Posso solo concludere che Alice non abbia mai provato la passione vera. Che cosa ci si può aspettare, visto che frequentava uomini come quel geek del suo ex?

Non sono affari miei.

Diavolo, a volte sì però. Il suo ex continua a lasciarle messaggi, scritti e vocali, implorandola di parlare con lui. Lei dice che probabilmente vorrà chiederle scusa. Come se le scuse potessero rimediare a ciò che le ha fatto. *Taglia corto e volta pagina!* Un buon promemoria del fatto che non ho bisogno della complicazione di farmi impelagare nelle sue tragedie. Ho abbastanza problemi per conto mio, mentre cerco di ottenere il posto che mi spetta nell'azienda.

Poco dopo, scorto Alice nella sua stanza, tenendo la sua mano stretta nell'incavo del mio gomito, cosa che ho imparato a fare per impedirle di correre via per arrivare al suo laptop. Ieri sera, quando è partita di corsa, ha quasi ribaltato il nostro servitore più anziano. Albert si è dovuto aggrappare al braccio di Alice per restare in piedi e poi aveva finto di essere lui ad aiutare lei, declamando: «Attenta, signora.»

La mia mente vola alla cena di lavoro di domani sera. Dovrei ripassare i conteggi ancora una volta stasera, per essere sicuro di averli memorizzati.

Alice si volta verso di me. «Sei super nervoso riguardo a domani sera o solo un po'?» Strano come possa percepirlo. È in sintonia con me. La maggior parte delle persone vede solo il mio sorriso scanzonato e crede che non ci sia niente di più profondo.

«Per quale particolare dovrei essere nervoso? Convincere il banchiere, fingere di essere fidanzato con una donna che ho conosciuto solo tre giorni fa, o dare prova di me stesso a Gabriel?»

Alice mi rivolge un sorriso gentile. «Ahi, super nervoso, allora.» Smette di camminare e mi guarda fisso negli occhi. Ho la sensazione improvvisa che riesca a vedere il vero me senza tutti gli orpelli del principe affascinante. «Ascolta, tu e io siamo perfettamente credibili come coppia. Sappiamo le cose più importanti e ho l'anello.» Alza la mano, mostrando un rubino rotondo circondato da diamanti. Viene dal caveau reale. Lei non ne conosce il valore, o che era l'anello di mia nonna. Le ho detto che me l'ero fatto consegnare in tutta fretta da una gioielleria online e che il rubino è imperfetto, ragione per cui era un affare. Era l'unico modo per convincerla a portarlo.

Viene distratta dall'anello mentre lo fa ruotare da una parte all'altra. «Ci deve volere un microscopio per vedere l'imperfezione in questo rubino. A me sembra perfetto. Non riesco a credere che tu l'abbia avuto a un prezzo scontato. Un vero furto!»

Mormoro qualcosa di evasivo.

Alice mi guarda nuovamente negli occhi, sembra ricordare qual è il problema e dice fieramente: «Sei un uomo d'affari duro e tosto. Ce la farai. Hai fatto i compiti e andrà tutto alla grande. Immagina noi due che alla fine festeggiamo con lo champagne.» Mi sorride e il mio cuore batte un po' più forte. È quello che mi fa il suo sorriso. Mi sembrava un trionfo riuscire a farla sorridere; adesso mi sembra un dono.

La guardo nei suoi brillanti occhi azzurri, momentaneamente stordito. Non è solo il suo sorriso. Il fatto è che lei riesce a vedere oltre la reputazione di festaiolo che ho coltivato. Lei *crede* in me. E questo significa qualcosa, specialmente ora che sto lavorando così duramente per dimostrare alla mia famiglia che posso essere utile all'azienda di famiglia.

Distolgo lo sguardo. «Grazie per il voto di fiducia.» Riprendo a camminare verso la sua suite, rimettendo la sua mano nell'incavo del gomito. «È tutt'altro che una cosa sicura e Gabriel poi è tutta un'altra faccenda. Non so che cosa ci vorrà per fargli vedere di che cosa sono capace.»

«Forse è un tipo devo-vederlo-per-crederci. Quindi glielo dimostrerai. Ce la farai, tigre!» Toglie la mano dal mio gomito e mi dà un pugnetto sul bicipite. Si sente a suo agio con me, nonostante ci conosciamo da poco. I membri della famiglia reale sono perlopiù intoccabili.

«Ti avverto» dice. «Non sono molto brava con le chiacchiere e i convenevoli. Seguirò semplicemente il tuo esempio e sorriderò sullo sfondo.»

«Adesso me lo dici» scherzo. «Dovrò fare io tutto il lavoro duro.»

Lei schiocca le dita davanti alla mia faccia. «Veloce: qual è il mio cibo preferito?»

«Qualunque cosa contenga cioccolato. Come si chiamano i miei fratelli?»

«Oh, questa la so! In ordine di età: Gabriel, Phillip, poi tu, Oscar, Emma, Adrian e Silvia. Adrian e Silvia sono gemelli. I figli minori sono più liberi rispetto all'erede e al secondogenito perché siete stati educati con aspettative diverse...»

«E perché siamo naturalmente meravigliosi.»

«Sì, ovviamente» dice allegramente Alice e mi viene in mente che forse pensa che io sia meraviglioso. Non ha ancora conosciuto Oscar e Adrian. Qualcosa cambia dentro di me, c'è un calore che si irradia in tutto il petto mentre lei elenca fatti a caso sulla mia famiglia. «Emma ha sposato Jackson Walker.»

Fa una pausa. «Avete un sacco di gente famosa nella vostra famiglia.»

«Solo Jackson. È una leggenda del rock. Peccato che te lo sia perso. Lui ed Emma sono partiti per la loro luna di miele il giorno prima che arrivassi tu.»

«Peccato. Ma non è solo lui che è super. Lo siete tutti voi. Sai, quel fatto di far parte di una famiglia reale.»

«Immagino che sia così, anche se quando lo vivi... beh, è meno super.»

Alice scuote la testa. «Se lo dici tu.»

Non le parlo degli svantaggi: la mancanza di privacy, l'ombra costante delle guardie del corpo, i paparazzi onnipresenti. Non è una brutta vita. Solo, non è così entusiasmante.

«Vediamo, che altro?» chiede, continuando prima che possa rispondere. «Phillip è il ricambio e l'ambasciatore delle Nazioni Unite per l'acqua pulita.» Sembra pensierosa, ha le sopracciglia aggrottate e le labbra arricciate. «I gemelli devono sentire la mancanza l'uno dell'altro. Adrian non è andato a Yale con Silvia e ora lui vive qui e lei negli USA. I gemelli hanno un legame speciale, vero?»

La mente di Alice vaga disordinatamente da un argomento all'altro. Non c'è mai un momento di noia quando si parla con lei. «Erano molto legati da bambini. Adesso sono cresciuti. Torniamo a noi: come ci siamo incontrati?»

Lei alza un dito. «Tramite amici comuni. Sono stata invitata a una cena nella casa di campagna della mia agente nel Connecticut e tu eri lì perché hai frequentato l'università con suo marito.»

«Frank Wexler» dico io, fornendo il nome del mio supposto amico. «Che università abbiamo frequentato?»

«Oxford, perché sei un genietto, e non ti hanno riservato nessun trattamento speciale solo perché eri un Rourke.»

Sogghigno. «Quella parte puoi anche dimenticarla. Non voglio che sembri che mi stia vantando.» Gliel'avevo detto solo perché non volevo che pensasse che me l'ero cavata con facilità a Oxford. Lei è incredibilmente brillante e dà molto valore all'educazione.

Alice mi dà un colpetto sul braccio con la spalla. «Io posso vantarmi di te. Sono la tua fidanzata. Hai studiato PPE, che significa filosofia, politica ed economia.»

«E tu hai studiato storia a Yale e hai scritto il tuo primo libro mentre eri ancora una studentessa, come modo per rilassarti.»

Lei sorride felice. «Corretto. Da dove vengo?»

«Portland, nell'Oregon.»

«Lì è dove vivo adesso. Sono cresciuta a…»

«Gresham, Oregon.»

«Molto bene.»

«Siamo insieme da tre mesi. E sono bastati.»

I suoi occhi azzurri scintillano dietro le lenti. «Tu sei cascato come una pera cotta. Sei caduto ai miei piedi in un attimo. Mi hai detto che ci saremmo sposati al nostro primo appuntamento.»

Scuoto la testa, mordendomi la lingua. Abbiamo fatto un po' avanti e indietro su quel punto, ma alla fine ho ceduto perché lei trovava così romantica quell'idea. «Okay, ma non c'è bisogno di insistere su quel punto, giusto? Diciamo solo che ci siamo innamorati.»

«E poi tu hai passato il mese successivo cercando di convincermi a sposarti con numerosi gesti romantici perché eri così perdutamente infatuato.» Le piace quella parola, infatuato. A me fa pensare a un idiota melenso, ma per lei vuol dire sognante e innamorato. «Una volta sei volato fino a Portland per il mio compleanno per prepararmi la mia torta preferita al doppio cioccolato, anche se sei dovuto tornare a casa subito il giorno dopo per una riunione importante con i costruttori che sorvegli quotidianamente alla Island Bliss spa.»

Sorrido. È brava a tessere un intreccio tra il mio amore per lei e la mia dedizione al progetto. «Il tuo compleanno è il primo maggio e anche tu eri infatuata, altrimenti non avresti accettato la mia proposta.»

«Sì» dice lei con un'espressione sognante. «Il tuo compleanno è il primo giugno. Ventinove anni e stai invecchiando benissimo. Non è carino che siamo entrambi nati il primo del mese? Dev'esserci qualche significo astrologico.

L'astrologia era molto popolare durante il periodo Regency...»

La interrompo perché la storia del periodo Regency può trascinarsi all'infinito. «Sembra il destino. E il matrimonio è...?»

«Non fino al prossimo giugno perché organizzare un matrimonio reale richiede un mucchio di tempo.»

Sorrido. «Sì, penso proprio che la faccenda della coppia sia a posto.»

Suona il suo telefono e lei arrossisce colpevolmente. Le ho detto parecchie volte di bloccarlo. «Sarà meglio che controlli, nel caso in cui siano i miei genitori.» Prende il telefono dalla borsettina e sorride. «È la mia editor. Probabilmente sta solo controllando a che punto sono i tre capitoli che le devo. Ci sono quasi.» Tocca il tasto, dice un allegro "pronto" e poi resta zitta, ascoltando.

Sto pensando di andare nel mio studio e ripassare ancora una volta i numeri quando mi afferra stretto il braccio, fermandomi. La sua voce è tesa. «Sì, capisco. Sì, lo farò. Grazie, Quinn. Prometto che te lo farò avere.» Altra pausa. «Okay, ciao.»

«Che cosa c'è che non va?»

Lei ritira il telefono e lascia andare rumorosamente il fiato. «Il mio editore a New York vuole vedermi. Quinn dice che vogliono annullare il contratto per via dei ritardi. Mi ha chiesto di inviare sei capitoli entro domani e che cercherà di tenerli a bada il più a lungo possibile. Ne ho quasi pronti tre, che speravo di finire domani.» Si morde il labbro. «Mi dispiace, Lucas, non so se riuscirò a venire alla tua cena a Parigi domani sera.»

La fisso allarmato. «Che cosa vuol dire? Quella cena è il motivo per tutta questa faccenda del finto fidanzamento. Ho già detto a Jules che ti avrei portato. Celeste non vede l'ora di conoscerti. È una fan del tuo lavoro.»

Alice fa una smorfia. «Perderò quel lavoro se non farò avere qualcosa di decente alla mia editor per domani. Ho bisogno di tempo.»

Mi sento stringere lo stomaco. Fino a questo momento non

mi ero reso conto di quanto avessi bisogno di lei per quella cena. Non solo perché è un'autrice famosa o per migliorare la mia immagine, ho bisogno di lei come sostegno. «Resta alzata fino a tardi stasera e finiscili.»

«Tenterò, ma mi conosco. Anche nei miei giorni migliori riesco solo a scrivere a una certa velocità.»

Stringo i denti. «Avevamo un patto.» Non mi piace dover dipendere da lei.

«Tenterò veramente, te lo prometto. Forse potremmo incontrarci là. Tu puoi andare prima e rimandare il jet per me. Hai detto che è un volo breve, giusto? E la cena non è fino alle otto.»

«Va bene» brontolo. «Ci vedremo là alle otto. A meno che tu finisca prima.»

Lei annuisce e corre nella sua suite.

Io me ne vado, dicendomi di calmarmi, ma, accidenti, è impossibile. Questo incontro è importante. L'ho resa parte integrante dei miei piani e non può incasinarli.

9

____

Lucas

Il jet comincia la discesa e il mio stomaco si stringe. Accidenti ai nervi. Sono preparatissimo per questa cena d'affari. Se va bene, probabilmente sarò invitato a una riunione formale alla banca, la settimana prossima. L'unico problema è che Alice non è con me.

Sono andato da lei nella sua suite a mezzogiorno ed era agitatissima, esausta e mortificata, poi si è fiondata di nuovo sul suo laptop, dicendomi senza nemmeno voltarsi. «Giuro che cercherò di venire!» È al quarto capitolo, ma non ne è ancora contenta. Capisco l'urgenza, c'è in ballo il suo lavoro, ma non posso fare a meno di desiderare di non aver mai accettato l'idea di questo finto fidanzamento perché adesso sono impelagato più di quanto vorrei. Ho bisogno di lei e, anche se preferirei che non fosse così, la *voglio*. Più di quanto sia ragionevole. È orribile. Non sono mai stato così preso da una donna. Di solito è l'esatto contrario.

Quando arrivo al ristorante, poco prima delle otto, sono teso come una corda di violino. Le mando un ultimo messaggio. Lei ha spento il telefono per lavorare e spero che abbia finito i suoi capitoli, che abbia riacceso il telefono e che sia per strada per venire qua. Nessuna risposta. Maledizione.

Qualche minuto dopo, un uomo sui trent'anni con i capelli

scuri e la riga da una parte si avvicina con un sorriso, salutandomi in francese e poi presentandomi sua moglie, Celeste. Rispondo in francese.

Sembrano entrambi entusiasti di conoscermi. «Ti avrei riconosciuto dappertutto» dice Jules. «Eccetto la barba, sei il ritratto di Gabriel.»

Mi costringo a sorridere. «C'è una forte somiglianza familiare tra tutti noi fratelli.»

«È straordinario» mormora Celeste. Si guarda intorno. «Alice è qui? Ho portato alcuni libri da farle firmare.» Mi mostra un borsone con almeno una dozzina di libri. «Quando ho raccontato alle mie amiche che avrei cenato con lei questa sera, mi hanno chiesto tutte di far firmare anche le loro copie. Pensi che le dispiacerà?»

«Sono sicuro che sarà felice di farlo. Arriverà un po' in ritardo. Questioni di lavoro.»

Celeste sorride, entusiasta. «È la sua prossima storia?»

«Sì.»

«Dobbiamo aspettarla?» chiede Jules.

«Lasciami controllare ancora una volta.» Scrivo il messaggio digitando furioso, chiedendole ancora una volta se è per strada. Nessuna risposta. Ha dimenticato di riaccendere il telefono o sta ancora scrivendo? Mi sta facendo impazzire.

Sospiro. «Penso che ci vorrà un po'. Entriamo.» Segnalo al maître d'hôtel e qualche minuto dopo ci scortano in una saletta privata in fondo al ristorante, dove hanno preparato per noi un tavolo d'angolo. Gli altri tre tavoli sono vuoti. Le mie due guardie restano appostate appena fuori dall'entrata della stanza.

La cena è una faccenda piacevole, parliamo di tutto eccetto che d'affari; a quello si arriverà alla fine del pasto. Faccio del mio meglio per sostenere la mia parte nella conversazione, continuando a restare all'erta e tenendo d'occhio la porta per vedere se arriva Alice.

Due ore dopo la cena è finita, la tavola sparecchiata e Alice non c'è ancora. Non cerco nemmeno di mandarle un messaggio, imbarazzato perché la mia fidanzata mi ha dato buca.

Arrivano i formaggi. Niente Alice.

Arriva il dessert. Ho perfino ordinato il soufflé al cioccolato, sperando che l'avrebbe attirata, in qualche modo cosmico. Che diavolo ho che non va? Non è quello che sono io, ossessionato da una donna.

Jules finalmente comincia a parlare di lavoro. Mi costringo a concentrarmi sulle sue domande. Non posso mandare tutto a puttane continuando a pensare ad Alice. Dopo una lunga conversazione, Jules sembra interessato, eppure non mi ha ancora chiesto un altro incontro più formale per rendere ufficiale l'accordo. Sto cercando di decidere quanto insistere ancora per arrivare al passo successivo, quando Celeste alza una mano, dicendo eccitata: «Alice, siamo qui!»

Quasi crollo per il sollievo e mi alzo per salutare la mia fidanzata estremamente in ritardo.

Alice

Ce l'ho fatta! Non c'è niente come una scadenza impossibile per far nascere le parole. Le mie dita volavano sulla tastiera, refusi dappertutto, ma non importa perché avevo la sensazione che mi era mancata per tanto tempo, il fluire profondo della creatività. La parte migliore è che Quinn mi ha appena mandato un messaggio dicendo che le piacciono i capitoli che le ho inviato e che è fiduciosa che il mio contratto resterà in vigore purché consegni la prima stesura entro la prossima settimana. Sono tornata, baby! Ha cambiato il mio titolo, però. Io l'avevo chiamato *L'accordo del duca* e lei ha deciso per *Il mascalzone e la governante*. Quelli del marketing hanno approvato il suo titolo, quindi è così che si chiamerà il libro d'ora in poi. Immagino che il duca sia un mascalzone per via del modo in cui usa la governante come scudo nei confronti delle donne del *ton*, più adatte a lui. E le ha già rubato un bacio. Ho la sensazione che diventerà sempre più un mascalzone man mano che la storia procede.

Sono esausta ma felice e sembra che sia arrivata in tempo per il dessert, la parte di un pasto che preferisco. Lascio la valigia e il laptop alla guardia che mi ha salutato al mio arrivo e vedo Lucas che viene verso di me in un completo grigio scuro. Non sembra contento. Uh-oh. Spero che l'incontro non sia andato male.

«Salve!» dico allegramente. «Ce l'ho fatta. Mi dispiace di essere in ritardo.»

Lui si china verso di me e mi bacia la guancia, recitando il ruolo del fidanzato. «Ti ho mandato parecchi messaggi.»

«Li ho visti quando ero sul jet. Ho risposto, ma probabilmente eri occupato con la cena.» Abbasso la voce. «Come sta andando?»

Lui mi prende la mano e mi guida verso il tavolo, senza dire una parola. È arrabbiato perché sono in ritardo? Ho corso tutto il giorno per riuscire a farcela.

Arriviamo al tavolo e Lucas mi mette una mano sulla schiena, distraendomi con il contatto. Mi ha toccato pochissime volte e sono terribilmente conscia del calore e della pressione della sua mano attraverso il tessuto sottile del mio vestito. «Questa è la mia fidanzata, Alice. Alice, Jules e la sua bella moglie, Celeste.»

«Salve, è un piacere conoscere entrambi.»

Mi salutano entrambi con calore. Lucas estrae una sedia per me, un gesto principesco, prima di sedersi accanto a me. Finora questo fingere di essere una coppia mi piace moltissimo. È come vivere in un romance senza tutte le stupide angosce emotive del mondo reale. Tra quello e il fatto di essere riuscita a ricominciare a scrivere, mi sento decisamente meglio.

Celeste mi sorride. «Stavamo dicendo prima quanto assomigli Lucas a Gabriel. Tranne che per la barba, potrebbero essere gemelli.»

Annuisco. «Non proprio gemelli. La fronte di Lucas non è così pronunciata e il suo naso è un po' più stretto, ed è indubbiamente il più bello dei due.» Sì, ho fatto una piccola ricerca online sui Rourke, meravigliandomi della forte somiglianza tra di loro, tutti e cinque con folti capelli scuri, zigomi alti, mandibola squadrata, labbra piene. Gli occhi color acquamarina sono un tratto di famiglia, eccetto per Adrian, che ha gli occhi nocciola.

Lucas sorride. «Detto proprio da fidanzata infatuata, eh?»

Non è arrabbiato con me. Penso.

Lo indico con il pollice. «Anche lui! Mi ha chiesto di sposarlo al nostro primo appuntamento!»

Celeste e Jules ridono. Do un'occhiata a Lucas, che ha un sorrisino mesto sulle labbra. «Le avevo detto di non dirlo in giro» dice ammiccando.

«Ah, i giovani amori» dice Celeste. «Dobbiamo ordinare qualcosa per te, Alice?»

«No, grazie. Ho mangiato a palazzo, per continuare a scrivere.»

Lucas mi passa il suo dessert. «Ho ordinato il soufflé al cioccolato. È ancora caldo.»

«Grazie! Che bella ricompensa dopo il lavoro di oggi.» Mi butto su quel paradiso di cioccolato caldo.

Lucas si rivolge a Jules e parla francese come se fosse la sua lingua madre. Sorprendendomi. In inglese ha un accento unico, più corretto e formale del mio, con un po' di cadenza. Ora mi rendo conto che è l'influsso del francese e che deve essere bilingue. Mi riprendo in fretta, riportando l'attenzione al dessert. Non ho idea di che cosa stiano parlando. Temo che dovrò appiccicarmi un finto sorriso sul volto per un bel po'. Probabilmente mi verrà un tic. Oppure potrei inserirmi nella conversazione in francese, con tutto quello che so: *éclair, crois-sant, quiche.* Impressionerebbe chiunque. O forse no?

Una volta che hanno sparecchiato i piatti del dessert, il cameriere ci versa del cognac. Lucas e Jules stanno ancora parlando in francese. Adesso sembra più serio.

Sorseggio il cognac. Wow, è forte.

Celeste si china sopra il tavolo per avvicinarsi. «Mentre gli uomini parlano di affari, devo confessare che sono una tua grande fan.»

«Oh, grazie. È così bello sentirlo dire.» E in inglese oltre a tutto!

«Ti dispiacerebbe firmare i tuoi libri per me?»

«Volentieri. Fammi vedere se ho una penna.» Frugo nella mia borsa. «Sembrano sempre finire sul fondo. Ah!» oh, conosco un'altra parola in francese. «Voilà!» mi correggo, alzando trionfante una penna e poi fisso sbalordita. Ci sono tre pile della traduzione francese del libro *L'audacia del duca* davanti a Celeste.

«Alcuni anche per le mie amiche, se non ti dispiace» dice speranzosa.

«Ne sarò felice» dico, allungando la mano verso la prima pila. «La dedica sarà in inglese, ma so come si dice buona lettura. *Bonne lecture!*»

«Meraviglioso» esclama e poi passa parecchi minuti dicendomi a chi dedicare i libri. Ci sono un mucchio di Marie nella sua cerchia di amiche.

Quando ho finito, mi ringrazia profusamente, rimettendo con attenzione i libri nella borsa.

È così bello essere apprezzati, dopo essermi fatta il mazzo scrivendo giorno e notte. «Nessun problema! Sono sempre felice di incontrare una lettrice e firmare un libro.»

Celeste si china ancora in avanti. «Devi essere molto occupata tra lo scrivere la storia e programmare il matrimonio, vero?»

Sto quasi per blaterare che il matrimonio è stata annullato quando mi rendo conto che lei intende dire il mio con Lucas. Lui coglie il mio sguardo e io inciampo nelle parole che dovrei dire. «Sì, uhm, ci sono un sacco di preparativi. Si deve preparare la cappella del palazzo e, sai, i fiori, il cibo e gli inviti. Siete invitati, ovviamente e, beh, ci vorrà un po'.»

Lei sorride. «Non vedo l'ora.»

Lucas continua a parlare di lavoro in francese, quindi immagino di non aver incasinato tutto con la spiegazione del perché del rinvio. Chiedo a Celeste di parlarmi di lei e scopro che è un avvocato.

«Un banchiere e un avvocato. Sembra una famiglia molto seria» dico senza riflettere.

Lei scoppia a ridere. «I nostri figli impediscono che diventi troppo seria.» Prende il telefono dalla borsa a mi mostra la fotografia di una coppia di ragazzini con i capelli scuri e sorrisi birichini.

«Ti terranno molto occupata.»

Lei sorride alla fotografia e poi ripone il telefono. «Oh, sì.»

Chiacchieriamo ancora un po' e poi ci salutiamo. Non so se è andata bene per Lucas perché la sua espressione non rivela nulla. Mi scuso e vado alla toilette, dicendo a Lucas che ci vedremo nel foyer.

Quanto torno, ci sono solo Lucas e le sue due muscolose guardie. Sono nuove per me e non conosco i loro nomi. In segreto le chiamo Hercules (quello con il collo taurino) e Thor (quello biondo).

«Immagino che Celeste e Jules abbiano dovuto tornare dai loro figli» dico.

«Sì» risponde lui seccamente.

Abbasso la voce. «Non è andata bene stasera?»

«Lucas!» strilla una voce femminile. «Che cosa ci fai qui, bellissimo?»

Mi volto e vedo una ragazza bruna, alta, magra e giovane con gli zigomi affilati che indossa quello che è sicuramente un abito firmato senza maniche, rosa, aderente come una seconda pelle e scarpe con il tacco a spillo nere. In parole povere, l'anti-Alice. Siamo entrambe vestite di rosa, io ho il mio vestito a pois rosa, ma il risultato è incredibilmente diverso. Lei ha un accento americano e sembra una modella.

«Bella» mormora calorosamente Lucas.

Lei lo abbraccia per un attimo, lo bacia sulla guancia e poi rimane più vicina a lui di quanto lo sia io. La sua voce scende a un mormorio sexy. «Per quanto sei in città?»

Le labbra di Lucas si curvano in un lento sorriso affascinante. «Non molto. Fammi indovinare, sei qui per una sfilata.»

Io faccio da tappezzeria.

«Ci sei andato vicino. È un servizio fotografico per una rivista.» Si guarda intorno nel foyer. «Devo incontrare qui il mio agente per un drink.» Gli passa le unghie rosa fresche di manicure sul lato del collo. «Sono al Ritz, passa stanotte.»

«Salve!» cinguetto. La carta da parati parla!

Lucas trasalisce come se avesse dimenticato che esisto. Bella spalanca gli occhi di un verde innaturale (decisamente lenti a contatto), quando si accorge di me per la prima volta. «Tu chi sei?»

Lucas finalmente si rende conto che esisto. «Uhm, sì. Ti stavo per dire che sono qui con qualcuno stasera.» Non dice fidanzata e nemmeno il mio nome. Non dovrebbe fare così male, ma è così.

Con l'orgoglio ferito, fornisco l'informazione che Lucas non è stato in grado di dare, troppo sbalordito dalla bellezza della modella. «Sono Alice, la sua fidanzata.»

Lei scoppia a ridere. «Sì, giusto. Chi sei veramente? La sua assistente?» Si rivolge a Lucas, sorridendo come se fosse uno scherzo fantastico.

Ora vorrei *affondare* nella tappezzeria.

Lucas si irrita. «Perché è così difficile da credere? Non posso avere una relazione seria?» È offeso dal possibile insulto, per sé, e non si è assolutamente reso conto della cosa più ovvia: che lei pensa che io non sia alla sua altezza.

Lei mi dà un'occhiata di traverso, il disprezzo chiaro sul volto impeccabile. «Non è il tuo solito tipo.»

«Forse volevo cambiare» dice seccamente Lucas.

E non è assolutamente un complimento. È solo riconoscere che non sono alla sua altezza. Di colpo il mio vestito mi sembra sciatto, tutto di me imbarazzante, da nerd, e sono grassa. Sono travolta dalla vergogna, e tutti gli insulti che mi hanno lanciato negli anni i bulli mi risuonano nella mente. *No! Basta con la spirale di vergogna! Sii una guerriera!*

Ritrovo la voce. «Sta passando il fine settimana con me. E il resto della vita, in effetti, quindi mi sa che dovrai passare ad altro, Becca.»

«Mi chiamo Bella» sbotta lei, buttandosi i capelli sopra la spalla.

«Ah, sì, certo» dico, prendendo il braccio di Lucas e appoggiandomi a lui come se fosse veramente mio. Anche se sono troppo incazzata con lui adesso per sentirmi affezionata, desidero ancora di più che lei se ne vada.

Lei si avvicina a Lucas. «Stanza due-zero-cinque, se vuoi qualcosa di meglio.» E se ne va verso il bar.

Lascio uscire il fiato, tremando un po'. Quella donna è diventata ognuno dei bulli che abbia mai incontrato e che non ho mai affrontato a viso aperto. *Sono* una guerriera.

Lucas abbassa lo sguardo su di me. «Allora hai gli artigli.»

«Tu sei un Neanderthal che pensa solo con la testa di sotto.»

«Che cosa ho fatto?» Sembra sinceramente perplesso.

Parlo a denti stretti. «Non riuscivi nemmeno a ricordare il mio nome davanti alla sua perfezione.»

Lui sogghigna. «Sembri gelosa.»

Lascio cadere il braccio e mi allontano un po'. «Non sono gelosa. Si tratta solo di buone maniere. Non mi hai nemmeno presentato.»

«Ero sorpreso di vederla.»

«Ovviamente sei afflitto da cecità da modella.»

Lui ride, irritandomi ancora di più. «Che cos'è la cecità da modella?»

Stringo le labbra. «Non riesci a vedere nient'altro che la modella davanti a te. È un vero problema della mente maschile. Si concentrano su una cosa e di colpo non esiste nessun'altra donna.»

«Oh, Alice, sei così carina quando sei gelosa.»

«Non sono carina. E nemmeno gelosa, quindi smettila di dirlo.» Non voglio che la gente ci guardi e pensi che lui può avere di meglio, anche se stiamo fingendo. È offensivo.

«Non sono mai stato con Bella, sai.»

«Beh, di sicuro lei vuole stare con te.» Sembro un po' stizzosa, ma non m'interessa. Sono le semplici buone maniere, la decenza comune che gli sono mancate, e adesso si sta comportando come se fossi *io* quella con i problemi.

Sto ribollendo in silenzio. Detesto sentirmi invisibile.

«Andiamo» dice Lucas e si incammina verso la porta.

«Per me va bene» dico, raggiungendolo.

Le guardie ci affiancano e ci fanno salire su una limousine che aspetta davanti al locale. Una volta seduti sul sedile posteriore, sistemo il mio vestito a pois rosa sulle gambe, lisciandolo. Il mio cervello sta sussurrando una cantilena irritata: *sprovveduto, sciocco, ingenuo.*

Thor è seduto accanto a noi, lo chaperon perfetto per la finta coppia. Hercules è sul sedile davanti con l'autista. Lucas estrae il telefono e scrive velocemente, probabilmente sta facendo rapporto ad Anna e Gabriel sulla cena di lavoro. Finalmente ripone il telefono, sospira e allunga le gambe.

«Allora, com'è andata la parte di lavoro?» chiedo, nel tentativo di superare l'irritazione. La cena d'affari era la ragione principale del nostro finto fidanzamento, dopo tutto.

Lui stringe le labbra. «Bene. Sarebbe andata meglio che tu ci fossi stata.»

«Io *c'ero*» dico a denti stretti.

«Appena.» C'è un che di tagliente nella sua voce, che mi irrita ancora di più.

«Sei arrabbiato con me perché ero in ritardo? Ho fatto del mio meglio in una situazione impossibile, e indovina, signor Fascino, io sono furiosa con *te* perché mi hai trattato come se fossi completamente invisibile mentre quella donna ti stava praticamente addosso. E non sei nemmeno intervenuto per difendermi quando mi ha insultato!»

Lucas si strofina la nuca. «Eccoci qui a litigare come una vera coppia di fidanzati. Ho tutti gli inconvenienti irritanti e nessuno dei vantaggi.»

Tiro indietro di colpo la testa. «Scusami? Pensavo di aver fatto un bel lavoro parlando con Celeste, e non è una cosa facile per me con una persona che ho appena conosciuto. Notizia flash: sono introversa. E ho avuto la pazienza di firmare un fantastiliardo di libri, ciascuno con una diversa dedica in modo che lei e le sue amiche si sentissero speciali. Quindi non dirmi che non ne hai tratto vantaggio!»

Lui inarca un sopracciglio.

Trasalisco quando capisco. Intendeva dire un altro tipo di vantaggio. «Uffa. Gli uomini sono porci. Porci senza cervello.»

Lui mi fissa per un lungo momento. «Preferisci gli uomini immaginari a quelli veri. Non è così?»

Sì! Metto le braccia conserte. «A volte sì.»

Cade il silenzio. Un silenzio spiacevole, imbarazzante.

Alla fine Lucas si decide a parlare. «Ho esagerato. Hai fatto del tuo meglio per riuscire a venire. Ti ringrazio.»

«Prego» dico con tutta la grazia che riesco a raccogliere,

dato che non ha nemmeno accennato alla faccenda della tappezzeria invisibile.

«Sei ancora arrabbiata?»

«No.» *Estremamente irritata ma non arrabbiata.*

«Non pensare più a Bella. Sarei con lei se avessi voluto. Andiamo a parecchie delle stesse feste.»

Incrocio elegantemente le caviglie. «Che piacere saperlo!»

Lui ridacchia e mi tira una ciocca di capelli. «Non essere gelosa.»

«Non lo sono.»

«Ehi, la riunione è andata bene. Jules mi ha chiesto di portare in banca la documentazione lunedì mattina. Penso di avercela fatta.»

«Davvero?»

Lui mi rivolge un sorriso così grande che mi ritrovo a sorridergli anch'io. «Sì. E anche se non sei arrivata presto come avrei voluto, è stato il fatto che credessi in me che mi ha dato la spinta giusta, quindi grazie anche per quello.»

«Certo!» So quanto lo desiderasse. Sono così felice per lui che avrei voglia di abbracciarlo. All'ultimo momento mi controllo e mi limito ad agitare le braccia in aria. Non stiamo giocando al finto fidanzamento qui nella privacy della limousine, quindi non dovrei toccarlo. «Sì! Che cos'ha detto esattamente?»

Lui mi pizzica il mento. «Era in francese, ma era un "probabile".»

«Grandioso. Sono così emozionata per te.» E lo sono davvero. Bella mi ha veramente provocato, ma, se devo essere sincera, è stata la reazione di Lucas che ha scatenato le mie insicurezze. Non dovrei essere così sconvolta. Lucas è un amico.

Mi rilasso, appoggiando la testa sul poggiatesta. «Mi hai sorpreso quando sei passato al francese. Non sapevo che lo parlassi.»

«La nostra famiglia è bilingue perché quelli al potere devono essere in contatto con la loro gente. Molti degli isolani parlano sia inglese sia francese perché l'isola è stata sotto il dominio inglese e, più recentemente, francese. Inoltre la Francia è vicina.»

«L'inglese è la tua prima lingua? Lo parli benissimo.»

Lucas annuisce. «Mia madre ci parlava in inglese perché ha imparato il francese solo dopo aver sposato mio padre e non si sente a suo agio parlandolo. Mio padre parlava in inglese per prendere parte alla conversazione. Io e i miei fratelli abbiamo avuto tutori francesi quando eravamo ancora molto giovani e andavamo spesso in Francia per far pratica della lingua.»

«È una lingua romantica. Potrei ambientare lì la mia prossima trilogia.»

«Quindi sembra che il nostro fidanzamento, alla fine, sia stato fruttuoso per entrambi.»

«Un'intera macedonia di frutta» aggiungo scherzosa.

Lui ride. «Bon appétit!"»

«Questo lo so! L'aggiungerò al mio vocabolario francese. Ehi, guarda un po', sto già uscendo dal mio breve menu.»

Lucas sorride. «Éclair e croissant?»

«E anche quiche.»

Mi prende la mano, portandosela alle labbra e sfiorandomi le nocche con un bacio. «*C'est magnifique.*»

Respiro a fatica. Siamo tornati al gioco oppure è la realtà? Mi nascondo velocemente dietro a un'indifferenza che sono ben lontana dal provare. «Mi piacciono i tuoi gesti principeschi. E io che pensavo che la tua educazione principesca fosse carente.»

Lucas fa un sorriso sghembo. «Ho preso qualche appunto leggendo *L'audacia del duca*.»

Ha letto la mia storia!

Ripasso mentalmente in fretta la storia, anche se l'ho scritta un po' di tempo fa. Il duca era estremamente cavalleresco e, per scommessa, aveva corteggiato una giovane donna nota per fare da tappezzeria. Solo che poi si era innamorato di lei e si era fatto in quattro per convincerla della sincerità del suo amore, quando lei aveva scoperto di essere oggetto di una scommessa. C'era parecchio strisciare e adorarla in ginocchio prima dei baci rubati e, alla fine, la passione. Sospiro sognante ricordando Hugh.

«Alice, dove sei andata?»

«Sono tornata da Hugh» dico sospirando. «È il mio uomo ideale.»

«È basato su qualcuno?»

«Almeno lo fosse!» sbuffo. «L'ho creato pensando a ciò che manca agli uomini. Hugh ha un posto speciale nel mio cuore. Ho passato un sacco di tempo con lui al college dopo alcune esperienze men che soddisfacenti. Diciamo che gli uomini che ho frequentato prima di trovare Hugh erano più ragazzi che uomini. Immaturi e decisamente poco sensibili.»

«Ah, penso che sia così per la maggior parte delle storie, all'università.»

Mi raddrizzo sul sedile. «Beh, è così. Pensavo fossero relazioni dopo qualche appuntamento, o almeno qualcosa con il potenziale di diventare una relazione, ma dopo il sesso non li ho mai più sentiti. In effetti, se ne andavano immediatamente dopo, con una scusa borbottata. Immagino di aver avuto aspettative troppo alte...»

«Tu meriti di più» dice. «Di essere trattata meglio di così.»

Mi addolcisco, sentendomi estremamente calorosa nei suoi confronti. «Grazie, Lucas. È bello sentirtelo dire. Eri anche tu così all'università?»

«Sì» dice, un po' imbarazzato. «Forse se avessi incontrato la donna giusta sarei cambiato.»

Guardo fuori dal finestrino, delusa per qualche strano motivo, anche se conosco la sua reputazione. «Immagino non potessi farne a meno, essendo un maschio.»

«Si cresce, sai» dice.

Gli do un'occhiata. «È veramente un peccato che le donne maturino una decina d'anni prima degli uomini. Immagino fosse per quello che mi piaceva Mason. Aveva nove anni più di me e sembrava avesse la testa a posto.»

Lucas si irrita. «No comment.»

Si infastidisce quando parlo di Mason, ma mi aspettavo di sposarlo solo una settimana fa. Non è che Mason per me non esista più. Ho ignorato i suoi messaggi e le sue chiamate che mi invitavano a parlare con lui. Non voglio avere niente a che fare con lui, ma sono anche curiosa. Forse si è reso conto di aver fatto un errore e vuole chiedermi scusa e implorarmi di tornare da lui. Sarebbe bello ricevere delle scuse, anche se la risposta sarebbe: *niente da fare, vai al diavolo e porta con te la mia ex-migliore amica.* Niente amarezza, ah-ah. In effetti mi sento molto meglio ora che la magia è tornata e riesco a scrivere. Ed è dovuto in gran parte a Lucas, che mi ha risollevato il morale. Eccetto il piccolo diverbio di stasera, la sua compagnia è stata veramente gradevole.

Quando arriviamo in albergo, Lucas mi aiuta a scendere dalla limousine e poi mi tiene per mano mentre camminiamo. Immagino che ora che siamo in pubblico, il gioco sia ripreso. Mi piace più di quanto dovrebbe. Quasi vorrei potermi innamorare di Lucas. È veramente meraviglioso e bellissimo e, beh, è Lucas. Ma non sono ancora pronta a riaprire il mio cuore.

Lui si ferma di colpo davanti a una piccola pozzanghera e finge platealmente di togliersi un immaginario mantello e stenderlo a terra per me. «Milady.»

Mi metto a ridere. «Bello! Finirà di certo nel mio libro.»

Lui sorride, mi prende la mano e mi guida intorno alla pozzanghera. Completo mentalmente la scena, sostituendo una grandiosa carrozza ducale alla limousine da cui siamo appena scesi. L'hotel di lusso è la tenuta del duca. Assegno a Thor la parte dello chaperon, la zia vedova del duca. Perfino io non riesco a immaginare Hercules dal collo taurino come zia, anche se pure Thor se la cava bene in fatto di muscoli. Lucas si è dimostrato una fonte inesauribile di ispirazione. Devo modificare solo leggermente le sue parole per dar loro una sfumatura più romantica. Il suo timbro di voce profondo è già puro territorio ducale.

Qualche momento dopo ci hanno registrato in albergo e le guardie ci scortano all'ascensore privato che serve la suite nell'attico. Quando la porta dell'ascensore si chiude alle nostre spalle, le guardie vanno nella loro stanza, al piano di sotto.

Lucas schiaccia il pulsante per salire.

Sono nervosa, ultra-conscia che Lucas è qui vicino a me, nel suo abito grigio scuro fatto su misura per la sua struttura muscolosa. La mia immaginazione fa un tuffo salace in una scena notturna di seduzione e arrossisco, sentendomi bollente.

Rifletti, Alice. Ha prenotato una suite con *due* stanze da letto il che significa che non si aspetta niente di remotamente fisico. *Giù, buona, immaginazione superattiva!* Non sono alla sua altezza, una cosa che ha riconosciuto questa sera, e anche se lo fossi, non mi impegolerei mai con qualcuno con la sua reputazione, specialmente così presto dopo aver avuto il cuore fatto a pezzi. Probabilmente non ho nemmeno la capacità di lasciare che qualcuno entri nel mio cuore incenerito. E anche se sarebbe più gradevole, vista la mia crescente attrazione per il mio falso fidanzato, non sono mai stata tipo da sesso occasionale. È una cosa che so di me. Ho bisogno di emozioni per passare al lato fisico e per quelle non sono pronta. Nemmeno per un tipo divertente come Lucas, che si è scusato per il suo passo falso, che mi fa ridere e che si è in effetti preso la briga di leggere il mio libro ed emula l'eroe con i suoi gesti cavallereschi.

Mi allontano con disinvoltura dalla tentazione. *Non* ho intenzione di farmi avanti con lui. Basta che pensi a tre giorni fa, quando ho suggerito un bacio per far pratica. Era così rigido e a disagio che mi sono sentita dissoluta solo per averlo suggerito. È stato così imbarazzante. E mi ha dato solo un bacio sulla guancia stasera, davanti a Jules e Celeste. Ovviamente il mio cervello da scrittrice di romance sta facendo gli straordinari. Sospiro. Ora che sono nel pieno della mia nuova storia, ho il sesso in testa. È una delle mie scene preferite da scrivere. Mi piace avere una bella scena sexy alla fine, piena d'amore e passione. È così soddisfacente.

Colgo lo sguardo di Lucas nella parete a specchio dell'ascensore. I suoi occhi ardono. Mi manca il fiato. Sento i peli sulla nuca che si rizzano, ogni terminazione nervosa sul chi vive.

Distolgo lo sguardo, con il cuore che accelera e il fiato corto. *Non* è più la mia immaginazione. Mi desidera.

10
______

Alice

«Sei stanca?» mi chiede Lucas, spezzando il silenzio carico di tensione sessuale all'interno dell'ascensore.

Non passare dal via. Non fare sesso con lo scapolo reale più ambito al mondo.

Annuisco violentemente e fingo di sbadigliare. «È stata una lunga giornata e quel cognac mi ha veramente rilassato.»

Lui si strofina la nuca, dandomi un'occhiata di sottecchi. «Io potrei restare alzato ancora un po'.»

«Certo. Come vuoi.»

C'è di nuovo silenzio ed è piuttosto spiacevole. È francamente imbarazzante adesso, come se avessi detto la cosa sbagliata. Forse lui si aspetta che cada ai suoi piedi come ogni altra donna sul pianeta.

«Che cosa farai?» gli chiedo, puntando su una conversazione amichevole e casuale. Io andrò direttamente a letto e resterò là. Da sola.

«Probabilmente guarderò la TV per un po'. Voglio vedere se c'è un film.»

«Che tipo di film?»

«Il tipo che danno nelle stanze d'albergo francesi» dice seccamente. «Non lo so.»

Mi irrigidisco davanti al tono seccato. «Era solo una domanda. Cavolo! Non mi interessa che cosa guardi.»

«Scusa» borbotta.

Le porte dell'ascensore si aprono e lui mi indica di precederlo. Afferro il mio trolley, ma lui dice: «Lascia. Ci penso io.»

«Grazie» mormoro e vado verso la porta della suite.

Lui usa la scheda e tiene aperta per me la porta della suite. Un altro bel gesto cavalleresco. La luce è accesa ed entro nella spaziosa sala di soggiorno arredata in stile moderno con un divano in pelle, una grande TV a schermo piatto e la moquette a disegni geometrici. In fondo alla stanza vedo una piccola cucina. Porte a vetro sulle pareti opposte della stanza danno sulle camere. Perfetto. Probabilmente non noterò nemmeno che è qui, dato che dormiremo ai lati opposti della suite.

Mi volto verso di lui per augurargli buona notte, quando va a controllare la stanza più vicina e poi va dal lato opposto a controllare l'altra.

«Prenderò quella che non vuoi tu» dico. «Non sono esigente.»

Lui torna, afferra il mio trolley e lo deposita nella stanza più lontana. Okay. Immagino che quella sia la mia. Lo raggiungo nella camera, e ammiro il letto king-size tutto bianco, con un'abbondanza di morbidi cuscini.

Lucas ha le labbra strette, le spalle rigide per la tensione. «Ti ho lasciato quella con la vista migliore.»

Ammetto di sentirmi un po' felice che mi desideri (almeno penso sia quello che sta succedendo). Sta tenendosi strettamente sotto controllo ed è irritato perché è un uomo abituato a ottenere ciò che vuole, quando lo vuole. Se si sta trattenendo, beh, è un gesto principesco. Comunque potrei sbagliarmi. Non so come spiegarmi il nostro bacio di prova, rigido come un pezzo di legno, se effettivamente mi desidera. Forse ha cominciato ad affezionarsi? Forse ha rifiutato Bella e adesso è su di giri e non ha modo di sfogarsi? Tutto ciò che so di certo è che ho intenzione di non fare assolutamente niente.

«Grazie, Lucas, per tutto. Sei stato veramente buono con me e lo apprezzo.»

«Giusto. Buonanotte.» Se ne va chiudendomi la porta in faccia prima che possa augurargli anch'io buonanotte.

«Buonanotte» dico a voce alta attraverso la porta.

Mi preparo per andare a letto, mettendomi la mia maglietta preferita, con la scritta Tanti Libri e Così Poco Tempo, e gli shorts azzurri. Sento accendersi la TV in soggiorno e mi dico di non muovermi.

Non mi ascolto, apro la porta e sporgo la testa. Lucas non c'è. La porta della sua camera è chiusa. Forse si sta preparando anche lui per andare a letto. È uno di quegli uomini che restano in boxer quando si mettono comodi per la notte? *Non ho intenzione di dare una sbirciata.*

È stupido. Sono veramente stanca e voglio essere riposata per visitare la città domani. Non tornerò qui tanto presto.

Vado a letto e spengo la luce.

~

Lucas

Sono irrequieto, teso e so esattamente perché, ma non lo ammetto nemmeno a me stesso perché allora avrei incasinato tutta questa faccenda. Doveva essere un gioco. Voglio dire, sì sono stato attratto da lei la prima volta in cui ci siamo visti, ma mi sentivo anche protettivo. Alice è vulnerabile in questo momento e non ha ancora dimenticato il suo ex. Mi ero detto di non avvicinarmi troppo ma adesso che la conosco... è brillante e spiritosa e così sexy. Non mi sono mai annoiato una sola volta con lei, e non è roba da poco. L'attrazione è più forte di quanto sia di solito con una donna, oltre il desiderio; è diventata un bisogno violento. Alice rispecchia tutto ciò che mi piace in una donna e ho avuto la maledetta sfortuna di incontrarla nel momento peggiore della sua vita.

Esco dalla camera per andare a guardare la TV, notando appena che cosa danno. L'ho accesa prima solo per smettere di ascoltare Alice mentre si preparava e immaginare come sarebbe stata nuda. Per un breve momento questa sera, quando Alice ha avuto un attacco di gelosia nei confronti di Bella, mi è veramente sembrato che questa cosa del fidanzamento fosse reale, come se Alice mi volesse tutto per sé perché le importava. Non avevo presentato Alice perché sapevo che Bella non sarebbe stata gentile. Non lo è mai con le altre donne.

Sbuffo, frustrato, troppo teso perfino per restare seduto sul divano. Fingere di essere fidanzato avrebbe dovuto essere una cosa semplice. Che cosa dovrei fare con questa smania di stare vicino a lei? Di sentire la sua morbidezza premuta contro di me? Fisso la porta chiusa della sua camera.

È così stupido. Lei è proprio qui, però tanto varrebbe che fosse ancora nell'Oregon perché non posso comportarmi da stronzo. Lei si merita di meglio e se cedo a queste pulsioni, mi scoppierà tutto in faccia. Una tragedia con la T maiuscola. Lo so. E poi attirerebbe su di noi un'attenzione indesiderata, specialmente da parte di Anna e Gabriel. Non sanno che ho portato avanti il piano del finto fidanzamento.

Spengo la TV, vado nella mia stanza e mi metto a letto.

Qualche irrequieto minuto dopo, getto indietro le coperte e vado nella doccia. È ora di avere un appuntamento con la mia mano. Ho appena cominciato quando nella mente mi passano immagini di Alice, il suo sorriso timido, la sua risata, la sua mano sul mio braccio, il suo seno fantastico. Cazzo. Pensa a chiunque altro! Cerco disperatamente nella mia testa, ma ecco lei di nuovo, solo che questa volta indossa la lingerie rosa trasparente che mi ha mostrato. È come un film nella mia testa, talmente vivido e reale che il mio respiro accelera. Il tempo rallenta e poi ho finito. L'orgasmo è un sollievo.

Ma quando appoggio la fronte contro la parete della doccia, per riprendere fiato, non sono soddisfatto, ho bisogno di più. Ho bisogno di Alice.

In che cosa mi sono cacciato?

Devo proteggerla e l'unico modo che ho di farlo è mantenere le distanze.

～

Alice

Dopo una buona notte di sonno, sono sicura di aver fatto

la cosa giusta allontanandomi dalla tentazione personificata che è Lucas. Non è il tipo d'uomo che resta e non sono pronta, anche se lo fosse lui. D'ora in poi procederò in modo amichevole. Ho bisogno di caffè per svegliare il cervello la mattina, ma sono abbastanza vanitosa da spazzolarmi i capelli arruffati dal sonno e lavarmi i denti prima di sbirciare fuori dalla mia stanza.

«Buongiorno» dice Lucas, sorprendendomi. È in soggiorno e mi guarda come se mi stesse aspettando. Ha già fatto la doccia e indossa una camicia azzurra a maniche corte, pantaloni beige e mocassini. Non credo che possieda una t-shirt o dei bermuda. È un po' sconcertante trovarlo già sveglio che mi aspetta. Da quando è lì?

«Buongiorno» dico, uscendo dalla mia camera. Annuso l'aria, sentendo la caffeina. «Hai preparato il caffè?» Guardo verso la cucina ma non ne vedo.

La sua voce è burbera. «Che cos'hai indosso?»

Guardo la mia maglietta: «Un pigiama.» È una t-shirt lunga con un paio di pantaloncini abbinati, niente di lontanamente sexy.

Lui fissa l'orlo della maglietta e indica. «Hai qualcosa sotto?»

«Sotto dove?» Sorrido, alzando la maglietta e mostrandogli gli shorts. Lui fa un passo indietro, distogliendo lo sguardo. «Rilassati, sono shorts. È tanto che mi aspetti?»

«Un po'. Ho ordinato la colazione.» Indica il tavolo rotondo davanti al sofà.

Mi avvicino e lui mi versa il caffè prima di sedersi accanto a me. «Grazie.»

È veramente servizievole, mi offre un cestino pieno di croissant e muffin. Prendo un croissant al cioccolato. C'è anche frutta già pronta, formaggio e un paio di uova sode.

«Molto premuroso da parte tua» dico. «Grazie. Hai intenzione di mangiare anche tu?»

Il suo sguardo è incollato al punto in cui finisce la maglietta e cominciano le gambe nude. «Ho già mangiato» dice con la voce roca.

Bevo un sorso fortificante di caffè, ignorando il possibile desiderio nella sua voce. «Hai dormito bene?»

«Bene, e tu?»

«Non posso lamentarmi. Sono contenta di essere riuscita a dormire un po'. Sono stata sveglia fino a tardi, a leggere.»

Mi guarda stupito. «Pensavo fossi stanca ieri sera.»

«Sì, ma leggo sempre prima di dormire. Diventa coinvolgente. Arrivi alla fine di un capitolo e devi semplicemente andare avanti per scoprire che cosa succede dopo. Ho un'intera biblioteca sul telefono, quindi ho sempre qualcosa da leggere.» Do un morso al croissant caldo ed emetto un gemito, tanto è buono.

Lucas si alza di colpo, guardandosi freneticamente intorno.

Spalanco gli occhi, svegliandomi immediatamente. «Che cosa c'è che non va?»

«Sono io quello bravo qui» borbotta prima di andare nella sua stanza.

«Certo che sei una brava persona» gli dico, rassicurante. Mi sa che Gabriel sta veramente facendo un numero alla sua autostima. «Sei grande! Guarda solo come sei stato cavalleresco e le tue maniere principesche. E sei anche premuroso.»

Silenzio.

Bevo un altro sorso del delizioso caffè e do un altro morso al croissant, osservando la sua porta per vedere che cos'altro farà di sorprendente.

Lucas appare un momento dopo, appoggiandosi in atteggiamento disinvolto allo stipite della porta. «Sono un grande.»

Sorrido, lieta che sia tornato come al solito. «Certo che lo sei. Oh no! Abbiamo dimenticato di festeggiare la tua grandiosità con lo champagne ieri sera!»

Lucas si avvicina. «La mia vittoria mi ha distratto.»

«Vieni qua. Faremo un brindisi con il succo d'arancia. Oh, aspetta, è un cocktail mimosa? Perfetto!»

Lucas torna nel soggiorno, prende il suo cocktail e resta dall'altra parte del tavolo al quale sono seduta. Mi alzo e gli propongo un brindisi. «Al nuovo direttore finanziario.»

I suoi occhi sono fissi nei miei. «Alla mia fidanzata.»

Mi soffoco con la saliva. «Sembrava reale. Non dobbiamo fingere quando siamo solo noi due. Magari puoi cambiare, fare un brindisi all'amicizia. Sinceramente non so come avrei superato questa settimana, senza di te. Ai nuovi amici.»

Lucas sembra pensieroso per un momento e penso che voglia aggiungere qualcosa di sentito sulla nostra amicizia, ma poi si limita a toccare il mio bicchiere con il suo e beve.

Mi siedo e riprendo a mangiare.

Lucas si siede accanto a me. «Come ti senti?»

Alzo la tazza di caffè, in un gesto di apprezzamento. «Sto cominciando a sentirmi di nuovo umana.»

«Hai… uhm, ancora il cuore spezzato?»

Torno seria. «Ci vorrà un po' per guarire da quello.» Tento di sorridere, ma sembra un po' incerto. «Sto veramente cercando di voltar pagina. Penso che un po' di turismo sia proprio la distrazione di cui ho bisogno.» Spilluzzico compunta uno strato del croissant burroso.

«Vuoi sapere che cos'ho organizzato o preferisci che ti sorprenda?»

Mi concentro nuovamente su di lui. I suoi occhi azzurro-verdi scintillano come se avesse qualcosa di veramente fantastico in programma. Stringo le mani quando mi viene in mente una possibilità eccitante. «Stiamo per andare a un ballo di corte?»

«Quasi. Non ce ne sono mentre saremo qui. Ho controllato, ma non sono così frequenti com'erano una volta.» Ha un sorrisino sulle labbra, come se non vedesse l'ora di dirmelo. «Potresti pensare che quello che ho organizzato sia perfino meglio. Faremo un tour privato di Versailles.»

Resto di sasso. Versailles è una tenuta sontuosa, residenza del re Luigi XIV. Il palazzo e i suoi giardini sono *leggendari*.

Lucas continua. «Saremo lì durante lo show delle fontane musicali questo pomeriggio e questa sera parteciperemo al ballo che si terrà lì, esattamente come sarebbe stato durante il periodo barocco. È il mio ringraziamento per il tuo sostegno. Spero che sarà d'ispirazione per la tua storia.»

«Sì» riesco a malapena a dire. «Non sapevo nemmeno che lì ci fosse uno spettacolo di fontane musicali o un ballo.»

Lucas sorride. «Lo fanno in estate.»

«E le fontane sono, dici, quelle originali del diciassettesimo secolo?»

«Proprio le stesse, con musica barocca in sottofondo.»

Sbatto le palpebre. È il nirvana per una nerd studiosa di storia.

Lucas si china verso di me. «Il ballo si tiene nella Galleria degli Specchi.»

«Oddio!» Gli do uno spintone con entrambe le mani e lui ride. Mi metto le mani sulla bocca. Ho visto le fotografie della Galleria degli Specchi. È ben più di una galleria. È un salone fantasticamente pieno di dorature con il soffitto a volta che ti toglie il fiato, perfino in fotografia. Il soffitto è affrescato con i racconti di vittorie militari e politiche. Da un lato c'è una serie di grandi finestre e dall'altro archi con centinaia di specchi dorati (un lusso a quel tempo). Lampadari di cristallo, dorature, statue di marmo, pavimento di legno a intarsi, oro, tanto luccicante, brillante oro. «Andremo a un ballo *lì*?»

«Sì» dice ridendo. «Allora, è una bella sorpresa?»

Mi guardo il pigiama e poi alzo gli occhi. «Non ho un abito da ballo.»

«Andremo a comprarne uno oggi. Ho sentito che ci sono parecchi negozi di abiti da donna qui a Parigi.»

Sono senza parole. Un principe mi comprerà un abito formale a Parigi e mi porterà a un ballo in un salone storico. Sono fuori di me per la gioia.

Lucas mi prende la mano, ammira l'anello di rubini che mi ha dato e dice, con la voce roca: «Forse un vestito che si intoni al tuo anello.»

«Sì. Sei così… meraviglioso.» Fisso la sua mano che tiene la mia e poi alzo gli occhi. Resto senza fiato quando vedo il calore nei suoi occhi e apro leggermente le labbra quando il desiderio si scatena dentro di me. La spinta ad avvicinarmi è troppo forte e mi sposto un pochino più vicino, incapace di resistere.

Lucas si allontana lentamente e mi lascia andare la mano.

«Sono lieto di aver scelto bene.» Intende dire la nostra uscita o me? Preferirei che si trattasse di me.

Va alla finestra e guarda fuori. Lo raggiungo con la mia tazza di caffè, e ammiro la citta dall'alto. È una magnifica giornata, col sole che brilla su un mucchio di belle case e una cattedrale in lontananza. Sono nella *Ville lumière*, la città delle luci, il posto più romantico al mondo, con un principe favoloso che sa come toccare tutte le mie corde.

La mia certezza sulla possibilità di mantenere le cose nell'ambito di un'amicizia con Lucas comincia a vacillare. Posso osare?

Che cosa farebbe una vera guerriera?

11

———

Alice

Quando sono pronta per la nostra giornata, con una tunica azzurra, carina, a maniche corte, leggings bianchi e le mie sneakers Keds preferite, nere glitterate, Lucas è tornato in partita, tutto charme e galanteria. È così divertente fingere di avere un fidanzato innamorato cotto. Devo riconoscere che il mio vero fidanzato non si è mai nemmeno avvicinato all'eroe da romanzo dei miei sogni. Probabilmente non si avvicinerebbe nemmeno Lucas, se non glielo avessi chiesto espressamente. Lo aiuta il fatto di aver praticamente studiato un manuale, leggendo *L'audacia del duca*. Quella storia è il compendio delle mie fantasie, nate in un periodo molto insoddisfacente al college, con uomini non all'altezza. Immaginate se il mio ex avesse fatto quello sforzo!

La prima incombenza è trovare un abito formale per il ballo di questa sera. Lucas apre la porta di una boutique con una splendida collezione di abiti da cocktail e vestiti lunghi. Lucas e le guardie del corpo stanno in un angolo, incredibilmente virili e fuori posto in un negozio così femminile. Non sono mai andata a fare shopping con tre uomini prima d'ora. La commessa, una bionda sulla cinquantina, con gli zigomi sporgenti e un vestito a trapezio verde, ci saluta in francese e lascia che mi guardi intorno.

Qualche minuto dopo, arrivo alla imbarazzante conclusione che le donne a Parigi devono essere molto più piccole di me, perché le misure si fermano alla 44. Sto per dire a Lucas che posso cavarmela con il vestito che ho quando la commessa mi dice categoricamente, in un inglese dall'accento pesante. «Forse dovrebbe cercare in un altro negozio per donne come lei.»

Io annuisco spasmodicamente, con le guance in fiamme.

Lucas reagisce, parlando in francese e la commessa dice qualcosa in tono sdegnoso, agitando sprezzantemente una mano verso di me.

Sento un nodo allo stomaco. Sono così imbarazzata che non riesco a pensare in modo logico. Tutto ciò che so è che devo uscire da lì. Do uno strattone al braccio di Lucas. «Andiamo, per favore.»

«Sì, cercheremo un negozio migliore» dice. «Questo è decisamente sceso di livello.» Aggiunge qualcosa in francese che suona come se stia mandandola a quel paese.

Appena usciti, dico in fretta. «Possiamo evitare lo shopping. Posso cavarmela.»

«Troppo tardi» dice, guidandomi verso un negozio due porte più avanti. «Volevi andare a un ballo, quindi ti serve un vestito.»

«Ma...»

«Smettila di discutere, tesoro. Si suppone che siamo felicemente fidanzati.»

Apre la porta del negozio, con la mano sulla schiena che mi spinge saldamente all'interno. Sono ancora rossa per l'imbarazzo e non so che cosa fare per la questione delle misure. Ci deve pur essere una donna di taglia forte a Parigi, giusto? Non riesco a trovare il coraggio di parlarne con Lucas e attirare così la sua attenzione sulla forma del mio corpo. Certo, so che apprezza il mio seno, tutti gli uomini lo trovano affascinante, ma la maggior parte degli uomini preferisce che sia uno stecchino a tenerlo su. Le guardie rimangono impassibili testimoni sullo sfondo e mi sforzo di non aggiungere anche il loro dialogo interiore a questa situazione già mortificante di suo. Sì, sono arrivata alla mortificazione. Se questo negozio non funziona, tornerò di corsa in albergo, al mio fidato laptop con il suo raffinato mondo Regency, dove gli abiti sono fatti su misura per adattarsi perfettamente a ogni figura.

Diavolo, se andrà peggio dell'ultimo posto, potrei correre direttamente fino in Oregon. Non mi interessa se c'è un oceano di mezzo.

Si avvicina una commessa, una morettina con un elegante abito bianco asimmetrico che aderisce al suo corpo smilzo. Non funzionerà mai. Faccio un passo indietro, finendo contro il corpo muscoloso di Hercules. «Scusa!»

Lui china leggermente la testa, ma per il resto, zitto e mosca.

Lucas si fa avanti e parla alla commessa in un rapido francese. Lei risponde cordialmente, dando un'occhiata al mio anello di fidanzamento con il rubino, prima di sorridere e indicarmi di seguirla.

Una scintilla di speranza mi dà la forza di tentare di nuovo. La commessa mi mostra un vestito in stile impero, rosso, scollato, con delle piccole maniche ad aletta che sembra promettente. Lo porto nel camerino e riesco a indossarlo, ma non c'è modo che possa respirare visto il modo in cui mi fascia la cassa toracica.

«Lucas?» chiamo.

Un attimo dopo, mi parla attraverso la porta. «Ti piace?»

«Sì, ma non riesco a respirare.»

«Fammi vedere.»

Stringo gli occhi, sul punto di dirgli *scordatelo*, quando mi dice con la voce roca: «Tesoro, tu potresti far sembrare un sacco un abito d'alta moda.»

Sorrido involontariamente, anche se so che sta solo recitando la sua parte. È il mio fidanzato infatuato e non mi direbbe mai una parola dura.

Apro la porta.

Lui mi guarda dalla testa ai piedi prima di tornare lentamente a guardarmi negli occhi. Cerco di non agitarmi, aspettando il verdetto. Speravo dicesse un rapido "Se piace a te, piace anche a me", che è il dialogo che avevo creato per lui. E poi io avrei detto "Sai, dopo tutto non mi interessa. Andiamocene", e tutta questa storia imbarazzante sarebbe misericordiosamente finita.

«Non importa» sbotto.

«Mi piace» dice a voce bassa e roca.

Il tono della sua voce mi fa sentire un po' meglio. È un suono sexy, proietta desiderio e controllo. «Oh. Beh. Piace anche a me, ma mi piace anche respirare.» Mi passo le mani sulla cassa toracica. «Devo fare respiri corti. Preferirei non dover aver bisogno di uno di quei divanetti dove le donne svenivano leggiadramente.»

Lui sembra serio e ignora completamente il mio tentativo di alleggerire l'atmosfera con un po' di umorismo Regency. «Ci penso io. Dammi un minuto.»

Lo guardo mentre torna dalla commessa, abbaiando in francese come se fosse Napoleone in persona (ma molto più alto). È. Veramente. Magnifico.

Un momento dopo, sono in piedi in uno spazio aperto dell'area camerini, davanti a uno specchio a tre vie, con indosso i miei vestiti mentre la commessa mi misura praticamente ovunque si possa misurare. Guardo gli occhi di Lucas nello specchio. «Stanno prendendo le misure per adattarlo a me?»

«Sì e lo consegneranno al nostro albergo questo pomeriggio.»

«Wow, dovrei portarti sempre a far compere con me.»

Lucas fa un inchino formale. Sto quasi per ridere, tanto il gesto è esagerato, ma sembra così serio quando si rialza, i suoi occhi ardenti e fissi sui miei nello specchio, che la risata svanisce in un attimo. Sento la pelle che freme. Mio Dio, non mi ha nemmeno toccato e sto bruciando.

Quando finiamo lo shopping e saliamo sulla limousine per andare a Versailles, c'è qualcosa che non va in Lucas. È teso e silenzioso. Vorrei poter pensare che sia la fatica di resistermi, ma il mio cervello inserisce pensieri molto più bui. È nervoso perché ha dovuto occuparsi del fastidio di fare shopping con me e della faccenda di far adattare il vestito. Oppure non si sta più divertendo con il gioco del finto fidanzamento. O forse non ha voglia di accontentarmi questo fine settimana, facendo tutte le mie cose storiche da nerd. È abituato a uno stile di vita molto più brillante e frenetico. Non voglio che si senta obbligato a continuare a recitare la parte del fidanzato infatuato, fare shopping con me e altre cose da secchiona. D'altro canto, non era quello il nostro accordo? Io recito la parte della fidanzata alla riunione con il banchiere e lui a sua volta reciterà la sua parte per aiutarmi con la mia storia? Questo ballo è l'esperienza perfetta da inserire nel libro. Sono divisa tra il volerlo lasciar andare e pretendere che rispetti il nostro accordo. Non riesco a sopportare tutta questa tensione e questo silenzio.

Mi chino verso di lui perché Thor è seduto accanto a noi nella limousine. «Stiamo ancora recitando la parte dei fidanzati?»

Lui parla sottovoce, guardando diritto davanti a sé. «Tu vuoi continuare?»

«Sì, ma mi chiedo se a te piaccia o no. Sembri teso.»

Lui rimane in silenzio, teso e serio.

Decido di lasciarlo libero. Non voglio che reciti la parte se finirà per essere così. «Non sei obbligato.»

Lui mi guarda negli occhi, con lo sguardo intenso. «Io voglio continuare.»

«Oh.» Ci penso per un attimo, confusa. «Allora non capisco. Che cosa c'è che non va?»

«Niente. Ho solo bisogno di un po' di tempo per entrare nello spirito del turista. Ho parecchie cose per la testa.»

Ma sembrava allegro questa mattina. Cioè, finché non siamo andati a fare shopping. Mi rilasso. «Ohhh. Agli uomini non piace fare shopping. Ecco che cos'è. Adesso ti divertirai di più.»

«Non mi è dispiaciuto. È stato bello vederti con quel vestito, anche se non riuscivi a respirare.»

«Vuoi che svenga al ballo?» chiedo, fingendomi offesa.

Lucas sorride, il suo sorrisetto sghembo. «Ti avrei afferrata.»

Gli sorrido anch'io, lieta che stiamo tornando al nostro solito sfottò. «Riesco a immaginarlo! Poi lui la porta in un'alcova privata, dove la fa rinvenire con un bacio.» Nella mia testa, la scena continua. «Lei è terribilmente compromessa.

Quando tornano al ballo, ci sono testimoni che li hanno visti allontanarsi insieme. *Devono* sposarsi, altrimenti lei sarebbe rovinata, la sua reputazione a pezzi.»

«Stai di nuovo scrivendo a voce alta» dice Lucas con la voce scherzosa. «La tua voce diventa un po' sognante e un po' britannica.»

«Cosa? Non imito l'accento inglese!»

Lui sogghigna dicendo: «Forse è solo la tua scelta di parole in stile Regency. Di certo non sembri americana.»

«Carino! Non ne avevo idea.» Perlomeno, Mason non ha mai fatto commenti al riguardo. Ovviamente non vivevamo insieme. L'avevamo in programma dopo il matrimonio, ma non gli era piaciuto nessuno dei posti che avevamo visto e alla fine aveva detto che, al momento debito, avrei potuto semplicemente trasferirmi nel suo appartamento. Mi viene da pensare che non fosse semplicemente esigente, ma che stesse cercando di decidere se procedere con il matrimonio o saltare il fosso e andare con Riley. Il fatto che tirasse in lungo avrebbe dovuto essere un segnale d'allarme. Perché non poteva essere tutto così chiaro allora? Non mi avrebbero colto così di sorpresa.

«Alice?»

«Sì?»

«Ho detto che mi piace sentirti scrivere a voce alta. È adorabile.»

Arrossisco. «Oh.»

Lucas mi prende la mano, intrecciando le dita con le mie, un gesto più intimo di quando l'aveva solo tenuta nella sua. Mi blocco, guardando diritto davanti a me, con il cuore che batte forte, perché sembra vero affetto e desiderio insieme, la mia personale causa scatenante per una relazione, e sono a tanto così dall'andare fuori di testa.

Non so che cosa fare o dire. Posso accettarlo e divertirmi quando conosco i parametri del gioco, ma le cose stanno diventando confuse e mi rendono nervosa. Non credo che Lucas voglia ferirmi, ma, alla fine, succederebbe lo stesso. Perché lui se ne andrebbe con estrema facilità, verso la prossima donna. E il mio cuore appena riappiccicato andrebbe irreparabilmente in mille pezzi.

Calmati, ti sta solo tenendo per mano.

Lucas mi guarda, studiando la mia espressione. «Che c'è?»

Io fisso le nostre dita intrecciate, e l'anello che scintilla. Abbasso la voce. «Ci stiamo tenendo per mano per via del gioco?»

«Ti sto mettendo a disagio.» Mi lascia andare la mano.

«Mi dispiace. Mi sento... non lo so. È strano e confuso. Sono sicura che sia solo perché Mason...»

«Nessun problema.» Lucas si sposta, allontanandosi da me e guarda fuori dal finestrino.

Spero di non aver incasinato tutto. Sono stata sincera e ho parlato dei miei sentimenti in un modo che raramente uso con un uomo.

Mi manca già il suo contatto.

12

Lucas

Mi sto comportando in modo strano e la metto a disagio. Ed è la prima volta che mi capita. Sono famoso per la mia signorilità e il mio fascino, eppure, con Alice, sono impacciato come un adolescente. E nemmeno allora ero così! È questa maledetta attrazione. Sarebbe molto più facile se non fossi così attratto dal suo dolce, femmineo, sexy *tutto*. Mio Dio, la sua voce, il suo profumo, il suo corpo morbido. Mi stanno letteralmente facendo impazzire. Sto seriamente prendendo in considerazione di prendere il jet e tornare a Villroy, saltando tutta la faccenda del turismo e poi tornare da solo lunedì per la riunione, ma basta una sola occhiata all'eccitazione di Alice quando arriviamo alla reggia di Versailles e mi rimangio tutto.

«Wow, wow, wow. È enorme!»

L'ho già visitata, ma cerco di vederla con i suoi occhi. È un immenso palazzo di tre piani con una serie di finestre che si ripetono sul davanti. La simmetria perfetta delle finestre è interrotta da statue e colonne ioniche. Le racconto ciò che so della reggia: «Una volta era la residenza della famiglia reale e sede del governo. È così immensa, oltre duemila stanze, che non si riesce a includerla tutta in una fotografia. Architettura barocca in tutta la sua sontuosa stravaganza.»

Alice si lascia scappare uno strillo e si affretta a scendere dalla limousine, scattando una foto dopo l'altra con il suo telefono, nonostante ciò che le ho detto sul fatto che la reggia è troppo grande per entrare in una fotografia.

La raggiungo, con le guardie che ci seguono da vicino, e la seguo attraverso il grande cortile mentre lei continua a guardare estasiata. La sua gioia mi scalda il cuore. Non riesco a credere di averla quasi piantata in asso. Che mossa di merda sarebbe stata. Ovviamente non sono tagliato per le relazioni, solo per pensare a me stesso.

Alice si volta a guardarmi, impaziente. «Andiamo a vedere l'interno adesso.»

«Da questa parte.» Indico l'ingresso dei visitatori. Una volta dentro, mi dirigo al banco informazioni, dove mi registro per il nostro tour privato.

Gli occhi azzurri di Alice sono enormi mentre sussurra: «Non riesco a credere che potrò fare una visita privata!»

«È perché sono il principe Lucas Rourke» le sussurro di rimando, con la faccia seria.

Lei sorride, il suo sorriso dolcissimo, e il mio cuore accelera. Ha lo stesso effetto tutte le volte. «So chi sei. Immagino di non essere semplicemente abituata al trattamento da VIP.»

Io sì. È grandioso, la maggior parte delle volte, e altre volte vorrei semplicemente confondermi e fare la mia vita. Ma lo tengo per me. «Spero che ti piacerà, cara» dico invece, piuttosto galantemente.

«Oh, ne sono sicura.»

Poco dopo cominciamo il nostro tour, andando verso un ingresso riservato ed entrando nello splendore degli appartamenti privati del re. Il nostro tour continua nel resto degli appartamenti reali, la loro cappella privata, gli appartamenti principali e il teatro dell'opera. Alice non sa più che cosa dire, oltre agli ooh e aah e ogni tanto mi afferra il braccio per l'eccitazione. Tutto sembra più nuovo attraverso i suoi occhi. Anche se sembra sempre esagerato, con tutti quei tessuti d'oro, il marmo e le cupole. Finiamo il tour nella Galleria degli Specchi dove, più tardi stasera, parteciperemo al ballo.

Alice si volta verso di me, con gli occhi azzurri che scintillano. «Non riesco a credere che parteciperò a un ballo qui! In questo salone!» Aggrotta le sopracciglia. «Dici che si aspettano che conosciamo qualche passo di danza barocca?»

«Non ne ho idea. Non ho mai partecipato a un ballo barocco. Penso che saremo al sicuro con il solito walzer».

Alice fa una smorfia. «Non ho mai nemmeno ballato il valzer.»

«È facile. Ti guiderò io. Tu dovrai solo seguirmi e cercare di non pestarmi i piedi.»

Lei si porta una mano alla fronte. «Perché non ci ho pensato? Avrei dovuto cercare su Google i balli d'epoca.»

«Rilassati. Ti mostrerò come si fa.» Le prendo la mano e metto l'altra al centro della sua schiena, per avere un maggiore controllo. «È un semplice passo base. Per te, piede sinistro indietro, poi il destro lo raggiunge. Poi di lato e i piedi uniti. Pronta?»

Lei arrossisce adorabilmente. «Okay.» Non so se è per la mia vicinanza o il fatto che la nostra guida e le mie guardie del corpo ci stanno osservando. Spero sia la vicinanza.

Faccio un lento basso base, usando la mano per guidarla con me. Lei mi segue con facilità, tenendo gli occhi fissi sui nostri piedi.

«Ehi, sono brava» dice, alzando gli occhi e schiacciandomi contemporaneamente l'alluce. Nascondo una smorfia, non voglio scoraggiarla. «Oops, mi dispiace.» Si stacca. «Farò pratica nella stanza prima di stasera. Andiamo a vedere i giardini.»

Sospiro, deluso. I giardini sono più invitanti che non ballare con me. Mi sa che sto perdendo il mio tocco.

I giardini sono formali, impressionanti nella loro grandiosità e comprendono un grande canale con le barche e numerose fontane. Alice è talmente eccitata che sta praticamente correndo da una sezione all'altra. Alza la brochure. «Ci sono cinquantacinque fontane e centocinquantacinque statue. Devo vederle tutte.»

Non posso fare a meno di essere felice della sua gioia. Finiamo il nostro tour a uno stand per il pranzo e lo spettacolo delle fontane musicali. Quando termina, Alice si china verso di me e mi bacia la guancia, appena sopra la barba. «Che magnifico regalo. Grazie, grazie per avermi portato qui.»

«È stato un piacere.»

«Torniamo in albergo. Voglio avere il tempo di rinfrescarmi e impratichirmi nel ballo.»

Faccio uno dei miei inchini formali. Vedete. Ho ricevuto un'educazione principesca. «Come desideri, mia cara Alice.»

Lei sorride, con le guance che si colorano di rosa. Se le copre con le mani. «Non so se sia perché hai letto il mio libro oppure per via del gioco, ma *mi piace!*»

Sfortunatamente, piace anche a me. Il suo piacere è il mio piacere. Non mi dispiace nemmeno fare la figura del fesso con gli inchini e così via, perché tutto ciò che mi importa è la sua reazione.

Alice si addormenta sulla mia spalla durante il viaggio di ritorno. Le scosto i capelli morbidi dal viso. Due cose mi colpiscono allo stesso tempo: guardo con piacere al ballo di questa sera e non vorrei che durasse all'infinito perché non credo di poter resistere per una seconda notte, dividendo una suite in albergo con lei.

～

Alice

Questa serata è magica. Non riesco quasi a credere di essere qui nel Salone degli specchi, la stanza storica più famosa al mondo con la sua esagerata opulenza, indossando un abito fatto esattamente su misura per me con un bel principe in smoking. Datemi un pizzicotto!

Ci hanno già servito un rinfresco: champagne e fragole, per essere precisi, e abbiamo fatto un brindisi al successo dell'incontro di lavoro di ieri sera. Ora stiamo ballando un valzer insieme ad altre coppie. Ci sono probabilmente un centinaio di persone in abiti formali, che sembrano apprezzare il ballo storico quanto me. È il paradiso per una nerd appassionata di storia come me. La parte migliore è che Lucas mi guida con tanta facilità che posso passare tutto il tempo a guardare la stanza e le altre coppie. Finirà tutto nel mio libro.»

Lucas ci fa piroettare, stringendomi mentre lo fa. La mia attenzione è bruscamente distolta dalla stanza lussuosa e si concentra sul fatto che non c'è più una distanza corretta tra di noi. Ora c'è uno spazio minuscolo. Il suo calore mi scalda e tutto sbiadisce. Ci siamo solo io e Lucas.

«Sei migliorata rispetto a questo pomeriggio» mi dice con quel suo sorrisino sghembo. «Non mi hai pestato i piedi più di cinque volte. È un vero progresso.»

«Ehi! Penso di averteli pestati solo due volte!»

Lucas mi fa l'occhiolino. «Dillo alle dita dei miei piedi.»

Scuoto la testa. «Scusami. Tu sei un ballerino fantastico.»

Il suo sorriso tenero mi toglie il fiato. «Grazie, mia cara.»

Mi lecco le labbra e guardo un punto sopra la sua spalla. Devo concentrarmi sullo scopo di questa sera, trovare ispirazione per la mia storia. È a quello che serviva il suo *mia cara*. Sta recitando la sua parte per me. «Sarebbe inopportuno fare qualche fotografia?»

«Fai pure.»

«Sì, appena finirà il ballo. Poi, appena finito qui, andrò direttamente al mio laptop, prima di dimenticare anche un solo particolare. Ho decisamente intenzione di ambientare la mia storia qui in Francia. Forse ci sarà qualche membro della nobiltà francese che visita di frequente Versailles.»

«Potremmo fare tardi. Ci sono dei ballerini professionisti che si esibiranno per noi in costumi storici. Ho sentito che sembra di tornare indietro nel tempo.»

«Urrah! Okay, a volte mi eccito tanto che tendo a correre. Rimanderò la scrittura a domani mattina. Poi, se non ti dispiace, vorrei fare la turista ancora un po'. E il giorno dopo c'è la tua riunione in banca. Vuoi che venga con te?»

«Non sarà necessario.»

Cerco di non fargli sentire la delusione che sto provando. «Sembra che la mia utilità come finta fidanzata sia già finita.» L'orologio batte la mezzanotte e Cenerentola torna alla sua vita monotona.

«Jules ha parlato di voler visitare la spa di Villroy e la manifattura. Dovresti partecipare, nelle vesti di fidanzata.»

«Oh, quando sarà?»

«Non lo so, spero presto.»

«Purché sia durante le prossime cinque settimane, siamo a posto.»

«Sono sicuro che sarà così. Forse anche la settimana prossima, dopo la riunione.»

La canzone finisce e Lucas si stacca, continuando a tenermi la mano e poi mettendola nell'incavo del gomito mentre mi accompagna fuori dalla pista da ballo. Un'altra coppia si avvicina immediatamente per parlare con lui, ricordandomi che è una specie di celebrità. Stanno parlando in francese e lui mi tira vicino, con la mano sulla schiena e mi presenta in inglese, dicendo che sono la sua fidanzata. Sta cercando di farmi sentire inclusa, dopo il nostro piccolo battibecco, quando non mi aveva presentato alla modella, Bella.

«Salve» dico con un sorriso. «È un piacere conoscervi.»

La coppia sorride e mi fa un cenno con la testa, mormorando in francese. Decido che si stanno congratulando per il nostro fidanzamento. Non lo so.

L'ora seguente è simile. Balliamo (e mi eccito nonostante Lucas mantenga una distanza corretta) e poi, quando il ballo finisce, la gente si avvicina. Immagino sia la prima volta in cui partecipa a un ballo qui ed è un po' una novità. Sento che mi sto richiudendo in me stessa: la disparità tra la sua vita e la sua condizione sociale e la mia è enorme. Ed è un peccato. È veramente piuttosto romantico, con le candele e il ballo. Potrei veramente apprezzarlo per quello che è, se non stessi rimuginando troppo.

Sospiro e Lucas mi guida verso un tavolo per una limonata fresca. Appena finiamo di bere, mi sorprende prendendomi la mano e tirandomi verso un'alcova nascosta in fondo alla stanza. Le sue guardie del corpo sono sempre nelle vicinanze, quindi non siamo mai completamente in privato.

«Che cosa stai facendo?» gli chiedo, senza fiato per la velocità della nostra fuga. O forse è perché sono qui con lui.

Lui si avvicina, mi mette i capelli dietro le orecchie con un gesto tenero che fa martellare il mio cuore. Mi fissa negli occhi. «Sei stanca del ballo? Possiamo andarcene.»

Respiro più in fretta. «No, mi piace.»

«Alice, non ti vedo sorridere da un'ora.»

Resto a bocca aperta. «Conti quante volte sorrido?»

«Lo noto.» Dà una tiratina a una ciocca dei miei capelli, con un sorriso fanciullesco e affascinante. «I tuoi sorrisi mi rendono felice.»

Sbatto le palpebre, sbalordita da questa frase incredibilmente romantica. «Perché ti rendono felice?»

«Perché ricordo com'eri triste quando ci siamo visti la prima volta.»

Sono un po' delusa e abbasso gli occhi. Prova compassione per me. Allora ero un disastro e lui stava solo cercando di rallegrarmi.

Mi alza il mento con un dito. «I tuoi sorrisi fanno battere più in fretta il mio cuore.»

Oh! È così poetico, così romantico. «Davvero?»

«Sì.»

«Perché?»

«Non so perché. Forse perché mi piace vederti felice.» Mi passa il pollice sul labbro inferiore e sento una scossa in tutto il corpo a quel contatto intimo. «Hai un sorriso molto dolce.»

L'aria vibra tra di noi e il sangue mi scorre veloce nelle vene.

«Sei mai stato fidanzato?» gli chiedo in fretta.

«No.»

«Sei bravissimo. Questo finto fidanzamento mi piace molto più di quello vero. Probabilmente perché stai fingendo di essere così infatuato di me.» *Dimmi che è tutto vero.*

Lucas aggrotta le sopracciglia. «Il tuo vero fidanzato non era infatuato?»

Non rido nemmeno al suo uso della parola *infatuato* perché è semplicemente deprimente. Il mio vero fidanzato non sarebbe mai stato infatuato. «All'inizio pensavo fosse così. Era molto premuroso e, sai, c'erano le poesie d'amore.»

Lucas sbuffa. «Le striscioline.»

«Sì, ma con te è... bello. Immagino che tu sia all'altezza

della tua reputazione di scapolo reale più ambito al mondo.» Lucas sbuffa di nuovo e io faccio immediatamente marcia indietro. «Non che la tua reputazione dica veramente chi sei. Sei uno dei pochi fortunati che possiedono sia fascino sia sostanza.»

Lucas si avvicina di un passo e dice, con la sua voce carezzevole: «Non tutti se ne accorgono.»

Mi sento fremere. «Io sì.»

Lucas mi abbraccia, e le sue labbra mi sfiorano l'orecchio prima che sussurri: «Grazie, Alice, perché vedi il vero me.»

Sento le ginocchia molli, e il desiderio che monta dentro di me. Riesco a sentirlo tutto, la mia morbidezza premuta contro il suo corpo duro. Il suo calore, il suo profumo virile e inebriante. Lo voglio, veramente e al mio corpo sembra non importare che i mille pezzi del mio cuore stiano ancora rimbalzando come biglie dentro il mio petto.

Devo chiederlo. «Stiamo ancora recitando?»

«No.»

Alzo lo sguardo, con il cuore in gola. «Che cosa significa?»

«Non lo so.»

Distolgo lo sguardo. Non lo so nemmeno io. Per qualche motivo, ho superato lo stadio della confusione e della frustrazione. Non so se la frustrazione sia più per lui o per me. Non stiamo più recitando una parte, eppure nessuno dei due sa che cosa significhi. Qualcuno dovrebbe saperlo. Sta diventando tutto complicato e incasinato. E non ho voglia di lasciami coinvolgere in qualcosa di complicato o incasinato in questo momento.

Faccio un passo indietro e respiro profondamente, senza riuscire a calmarmi. «Sono così tesa in questo momento.»

Lucas mi fa voltare, in modo che la mia schiena sia appoggiata al suo petto e mi scosta i capelli dal collo, sfiorando la pelle con le dita e lasciando una scia bollente. Poi appoggia le mani sulle mie spalle nude e si china verso di me, e dice, con la voce come il brontolio di un tuono: «Che ne dici di un massaggio?»

«Non è corretto» mormoro.

Sento il sorriso nella voce quando risponde: «Siamo in un punto nascosto.»

Le parole mi cadono di bocca come un sospiro ardente e fremente. «Fammi tua.»

«Cosa?»

Mi schiarisco delicatamente la voce. «Ho detto massaggiami.»

E Lucas mi obbedisce, massaggiandomi le spalle e poi la nuca. È sensuale. Quasi mi sciolgo contro di lui per il piacere quasi orgasmico. Lui finisce il massaggio, passandomi la mano lungo la spina dorsale, in una carezza che termina appena sopra il sedere. Il respiro mi esce tremante.

Lucas mi afferra la nuca e mi sussurra direttamente all'orecchio: «Come va?»

Io sono rilassata e sto vibrando per la tensione allo stesso tempo. Mi volto per guardarlo. «Ricordi quando il duca ha trovato lady Amelia sul balcone?» È nel libro *L'audacia del duca*, e voglio che anche Lucas sia audace.

I suoi occhi si accendono. «Sì.»

Ho la bocca secca. Non riesco quasi a credere alla *mia* audacia. «Forse potremo fare quel gioco.»

Lui mi rivolge quel suo sorriso sghembo e sexy. «Non ci siamo nemmeno ancora baciati.»

«Sì, invece.»

Lui scuote lentamente la testa, con una traccia di divertimento negli occhi. «Quello ero io che cercavo di resisterti.» Si china lentamente, con la mano sulla mia nuca. «Questo è un bacio.»

Smetto di respirare. Le sue labbra sfiorano le mie, dandomi la scossa. È il bacio gentile di un nobiluomo che mi fa desiderare di più. E poi lo fa di nuovo, un'altra dolce carezza con le labbra prima di tirarsi indietro, frugandomi negli occhi.

Lo fisso anch'io, stordita e sognante, con le ginocchia che tremano. Lui abbassa gli occhi sulla mia mano che stringe la sua camicia. Non mi ero nemmeno resa conto di farlo. Lo lascio andare, lisciando la camicia e poi gli passo le mani sul petto caldo. Resisto a fatica alla voglia di aprirgli a forza la camicia con entrambe le mani per vedere il torace spettacoloso che sento sotto le dita.

La mia voce esce mormorante, urgente. «Ora ci siamo baciati. Fammi tua.»

Lui si guarda intorno. «Qui?»

La musica ricomincia, più forte questa volta, insieme a un annuncio in francese. Mi blocco. Che cosa sto facendo? Chiedendo a Lucas di farmi sua in pubblico, a Versailles? Non sono l'eroina di una delle mie storie, nonostante quanto lo vorrei a volte.

Lucas mi prende la mano e dice gentilmente. «Vieni. Hanno annunciato che è arrivata la troupe di danza.»

Arriccio il naso. «Avevi capito che mi stavo tirando indietro, vero?»

Le sue labbra si curvano in un sorriso che mi entra dentro e mi strizza il cuore. «Sì.»

«Sei deluso?»

«No.»

«Perché no?» sbuffo indignata. «Ti avevo proposto qualcosa di molto carnale e adesso è fuori discussione. Un uomo non lo trova deludente?» *Sii deluso come me, maledizione! Perché non posso essere audace come una delle mie eroine?*

Lucas mi afferra per la vita, tirandomi vicina e abbassa la voce a un sussurro roco. «Perché so tutto quello che avevo bisogno di sapere. Non finisce qui.»

Rabbrividisco per l'eccitazione, spingendo in fondo alla mente l'ansia e la preoccupazione. Mi desidera e io desidero lui. È l'unica cosa che conta. Questo momento. Non c'è un domani.

13

Alice

Lucas ha chiesto a Thor di seguirci con un'altra auto, magicamente fornita dal personale al ballo. Potere della celebrità.

Salgo con Lucas sulla limousine, noto che il divisorio che separa il sedile anteriore da quello posteriore è alzato e mi butto. Lucas è altrettanto impaziente, infila le mani tra i miei capelli e mi divora la bocca. Buon Dio. È meglio che nelle mie storie, va oltre la mia salace immaginazione e non pensavo che fosse possibile.

«Alice» mormora Lucas, mentre traccia una scia bollente lungo la linea della mandibola e poi sul lato del collo, con la barba che sfrega deliziosamente contro la mia pelle sensibile. «Lo volevo, volevo te.»

«Anch'io» dico ansimante quando i suoi denti si chiudono sui tendini del mio collo.

Le sue mani scivolano sulle mie spalle nude, le braccia, i fianchi e poi tornano su per coprirmi il seno. Stuzzica con un dito i capezzoli, che si contraggono istantaneamente, pronti per lui. Lucas abbassa il corpino del vestito e mormora roco: «Bella» e io mi sento bella con lui. Mi toglie in fretta il reggiseno senza spalline e poi mi bacia il seno quasi con riverenza.

Io gli infilo una mano tra i capelli, tenendolo stretto a me con l'altra mentre Lucas chiude le labbra intorno al mio capezzolo, risucchiandolo profondamente in bocca. La conseguenza è un pulsare profondo nel basso ventre, che mi fa gemere. Sono bollente e bagnata e irrequieta, voglio disperatamente avvicinarmi, sentirlo premuto contro di me.

Lucas si sposta sull'altro seno, regalandogli lo stesso trattamento. Sento il piacere che mi invade, accendendo ogni terminazione nervosa, e i miei fianchi si muovono da soli.

«Lucas.» È quasi un gemito.

Lui solleva la testa e torna a reclamare la mia bocca in un bacio appassionato, abbassandomi sotto di lui sul lungo sedile. Interrompe il bacio solo per rialzarmi il vestito fino in vita e poi torna, sistemandosi tra le mie gambe, procurandomi un piacere intenso al contatto. È un sollievo e allo stesso tempo un forte desiderio di avere di più. L'intensità del suo bacio aumenta mentre strofina i fianchi contro di me, procurandomi ancora più piacere attraverso le mie sottili mutandine. Un'ondata di calore si incentra nel punto in cui si sta strofinando, la frizione è esattamente ciò di cui ho bisogno. Gli afferro il sedere, tenendolo vicino e poi mi irrigidisco, tutto si contrae, le mie unghie scavano. Sono così vicina. Non ci sono mai arrivata così facilmente, così in fretta. Oh Dio!

Lucas smette di baciarmi e mi sussurra all'orecchio. «Dai, lasciati andare.» E poi fa una cosa meravigliosa, si sposta quel tanto che basta perché le sue dita scivolino tra di noi. Scosta le mie mutandine e mi accarezza. L'improvviso contatto diretto mi fa volare oltre il precipizio con un grido acuto, i fianchi che si muovono ritmicamente mentre lui addolcisce progressivamente il tocco, prolungando l'orgasmo. Ssssssìììì!

Finalmente mi rilasso. Apro gli occhi e lo vedo che mi fissa. Mi sento di colpo imbarazzata. «Di solito non…»

Lucas si mette le dita in bocca, le stesse dita con cui mi stava accarezzando, e succhia. Sento la pressione che cresce tra le gambe. Gli afferro la testa e lo bacio di nuovo. Ho perso il controllo, voglio solo lui…

Cerco di slacciargli il bottone dei pantaloni, ma lui mi ferma, afferrandomi il polso. «Che c'è?» gli chiedo, confusa.

«Non sono pronto» dice roco.

Gli passo le dita sull'erezione evidente nei pantaloni, ottenendo un gemito molto soddisfacente. «A me sembri molto pronto.»

Lui si scosta e mi tira seduta. «Non sono preparato nel senso che non ho un preservativo.»

«Oh, io prendo la pillola.»

I nostri sguardi si incontrano, l'aria tra di noi è elettrica.

«Io sono pulito» dice.

«Anch'io. Il mio ex usava un preservativo con me perché non si fidava che mi ricordassi di prendere regolarmente la pillola.» Faccio spallucce. «A volte posso avere la testa tra le nuvole, quando ho un libro in scadenza.»

Lucas chiude gli occhi.

Faccio una smorfia. «Scusami. Ho rovinato tutto. Non dovevo tirare in ballo il mio ex. Volevo solo spiegarti che sono pulita anch'io. Baciami.»

Lucas mi guarda con le labbra strette. «Hai mai dimenticato una pillola?»

Gli passo le mani sul petto prima di slacciargli i bottoni della camicia. «No, in effetti no. La prendo sempre alla stessa ora ogni mattina.»

«Il tuo ex… cazzo. Perché hai continuato a prendere la pillola se usava un preservativo? Voleva una doppia protezione?»

«No.» Ho le guance in fiamme e smetto di slacciargli la camicia. Mi tolgo gli occhiali e lascio che Lucas diventi un'immagine sfuocata. «Sta diventando un discorso troppo personale.»

Lucas mi appoggia la mano sulla guancia, alzandomi il volto verso di lui ed è così vicino che riesco a vedere perfettamente l'intensità nei suoi occhi. «Lo è anche il sesso» ringhia. «So come sei quando vieni. So che sapore hai.»

Divento sempre più calda e bagnata alle sue parole. L'intensità che brucia nei suoi occhi è incandescente. Sembra che io abbia perso la voce. Non voglio parlare dei miei affari personali. Voglio solo ricominciare con il sesso.

«Rispondimi» mi ordina.

«Non ricordo che ci sia mai stata tanta conversazione

durante il sesso» dico piano. «Ma ho continuato a prendere la pillola perché riduce l'intensità dei crampi.» Mi arrischio a dargli un'occhiata. «E adesso hai troppe informazioni.» Mi rimetto gli occhiali, molto più che imbarazzata. Non credo di aver mai detto niente di così personale a un uomo in tutta la mia vita. Perfino il mio medico è una donna, quindi posso evitare queste conversazioni imbarazzanti.

Lucas infila la mano sotto i miei capelli, sulla nuca e mi bacia proprio appena dietro l'orecchio, dandomi un'altra scossa di piacere. «Okay al niente preservativo» mi mormora all'orecchio prima di tirarsi indietro e guardarmi. «Ma aspetteremo di arrivare in albergo. Ti voglio in un letto.»

Sbatto le palpebre. Tutta questa lunga discussione per precisare i particolari e poi devo aspettare? Non è giusto. «Perché in un letto?»

«Perché?» ringhia Lucas prima di prendermi il viso tra le mani, baciarmi e mordermi il labbro inferiore abbastanza forte da scuotermi con il piacere/dolore. «Perché sì.» E mi lascia andare.

Lo fisso, incuriosita dal passaggio brusco dalle maniere cavalleresche a un atteggiamento dominatore. Concludo che è abituato a comandare perché è un principe comunque, lo desidero ancora e non vedo perché debba aspettare solo "Perché". È così facile resistermi? E questo mi porta a un'altra domanda.

«Lucas?»

Ha le palpebre semi abbassate e la voce roca. «Sì?»

«Perché non sei venuto da me ieri notte? Ero solo dall'altra parte del soggiorno.»

Mi fissa con gli occhi che ardono e mi manca il fiato. «Perché mi sono detto che non avrei approfittato del tuo stato di vulnerabilità dopo ciò che hai passato.» Sembra furioso. «Detesto il tuo ex. E non l'ho mai nemmeno incontrato.»

Mi si chiude la gola per l'emozione. «Oh» riesco a malapena a dire. «Che carino.»

Lucas appoggia la testa contro lo schienale, chiudendo gli occhi e sospirando (ma in modo virile). «Ora che so che ci stai, sembra che siamo sulla stessa lunghezza d'onda, giusto? Sesso e basta, okay?»

Freno la mia reazione e riesco a dire. «Giusto.» È tutto lì, solo sesso e dovrebbe andarmi bene. Sta chiarendo che non è altro che un prurito da grattare. Semplice divertimento senza impegno.

Mi dimeno un po', ancora eccitata. Anche dopo tutto questo parlare non mi sono raffreddata a sufficienza da lasciar perdere. Non voglio più aspettare e sono abbastanza frustrata da dire: «Mi hai eccitato per bene qui in auto e adesso mi fai aspettare. Sai che cosa penso? Che tu sia un-un provocatore.»

I suoi occhi lampeggiano e io mi affretto a dire «Sto solo scherzan…» ed è tutto ciò che riesco a dire. Mi strattona prendendomi per i fianchi, facendomi atterrare lunga e distesa sulla schiena, mi spinge la gonna fin sopra la vita e mi toglie le mutandine.

Ho il cuore che tambureggia in petto e il respiro corto. Poi Lucas si sposta, abbassando la testa e passando la lingua diritto lì, al centro. Smetto di respirare.

«Gesù, hai un così buon sapore» dice quasi gemendo e si tuffa di nuovo.

Sono persa in un piacere al calor bianco che non ho mai provato prima d'ora. Il mio cervello si spegne, dalla gola mi sfuggono gemiti rochi mentre mi porta su, sempre più in alto, e poi vengo, sussultando violentemente contro di lui, e il mondo intorno a me sbiadisce.

Quando torno in me, non ci sono solo gli occhi di Lucas che brillano con un'intensità che mi dice che è finito il momento di scherzare. Il mio corpo vibra, il sangue scorre forte nelle vene. Ho scatenato la belva. Spero solo di riuscire a sopravvivere alla giostra con il cuore intatto.

Lucas

Si è lanciata lei su di me. Io *non* avrei preso l'iniziativa. Mi ero detto che doveva essere Alice a volerlo, che doveva essere il suo desiderio a farci superare quel confine, per quanto la desiderassi. Ora non posso più negarmi ciò che vuole il mio corpo. Le sue richieste sexy avrebbero convinto un uomo con meno forza di volontà, in quella limousine. Lei si merita più di una sveltina sul sedile posteriore di un'auto.

Posso ancora sentire il suo sapore sulla lingua. Stiamo andando verso l'ascensore per l'attico nel nostro albergo e sto morendo dalla voglia di arrivare in camera ed essere dentro di lei.

«Rallenta» dice Alice ridendo, mentre la tiro con me.

Rallento il passo, continuando a tenerla per mano per farle fretta. Le guardie ci stanno seguendo da vicino. Solo Alice e io entriamo nell'ascensore mentre le guardie osservano le porte chiudersi. Andranno nella loro stanza sotto la nostra, una volta controllato che stiamo salendo.

Appena le porte di chiudono siamo appiccicati. Premo in fretta il tasto per il nostro piano e poi le mie mani sono dappertutto, come la mia bocca, famelica. La desidero come non ho mai desiderato una donna prima d'ora. Lei mi sta tirando i capelli, con le dita dell'altra mano che stringono la mia camicia sulla schiena. I suoi gemiti esasperano il mio desiderio.

Le porte si aprono e io mi stacco a forza, afferro la sua mano e corro verso la porta lungo il corridoio. Poi siamo dentro e la tiro direttamente nella mia stanza, chiudo la porta e la inchiodo lì, premendo tutto il corpo contro la sua morbidezza, divorandole la bocca. L'eccitazione è al massimo e fatico a controllarmi. Voglio che provi piacere anche lei.

Interrompo il bacio e la volto, abbassandole la cerniera mentre respiro a fatica. *Rallenta.* Le bacio il collo e lei si appoggia a me, piegando di lato la testa per permettermi di arrivarci meglio. Profuma di fiori e donna sexy e non so ancora per quanto potrò aspettare. La giro verso di me e abbasso il vestito, che scende fino in vita. Colgo una breve occhiata di pelle liscia e vellutata e seni pieni e rotondi con le punte rosate che si contraggono in duri boccioli sotto il mio sguardo, prima che lei afferri il vestito e lo tiri sul petto, coprendosi.

«Perché non spegniamo le luci?» dice in tono allegro e le spegne.

Buio completo.

Le riaccendo. «Voglio vederti. Che c'è che non va? Ti ho già visto nella limousine.»

Lei abbassa le ciglia. «Lì la luce era scarsa e favorevole. Vediamo se riesco a regolarle...» Abbassa talmente l'intensità che riesco a malapena a vedere il suo contorno.

«Fai sempre l'amore con le luci spente?»

Lei ridacchia. «Fai l'amore...»

Grugnisco, e sento il collo che si scalda. Eccomi qui, che cerco di comportarmi da principe, non essere volgare e lei ride. Riporto le luci al massimo dell'intensità. «Scopi» dico, ringhiando e lei sussulta. «Scopi sempre con le luci spente?»

«S-sì.»

Addolcisco la voce e abbasso a metà l'intensità delle luci. «Ecco.» Poi decido che abbiamo parlato abbastanza. «Togliti il vestito, *subito*.» Poi, perché sono un gentiluomo, mi spoglio anch'io.

Alice

Lucas si spoglia davanti a me. Lo spettacolo è talmente eccezionale che perdo la presa sul vestito, che mi ricade sui fianchi. Dimentico le luci, dimentico chi sono, dimentico tutto. Via la giacca, via la fascia, via la camicia.

Allungo entrambe le mani, tracciando la curva delle sue spalle. «Ti alleni tutti i giorni?»

Lui mi tira il vestito sopra la testa e lo getta da parte. «È la prima cosa che faccio al mattino, per un'ora.»

«Come ci riesci, con la tua vita notturna?»

Lui mi tira contro di lui, con il suo calore che mi brucia. «Faccio un pisolino.»

«Tu fai un pisolino?» ripeto, sorpresa.

«Oh, è un breve pisolino ristoratore, molto virile.»

«Quindi ottieni questi risultati con una sola ora di allenamento?» Mi tiro indietro e traccio gli avvallamenti e le creste lungo il torso, dai pettorali agli addominali fino alla profonda V in vita.

«Ti piace?» dice sornione prima di slacciare lentamente la fibbia della cintura, il bottone e la cerniera. Mi si secca la bocca quando abbassa i pantaloni e i boxer di maglia e poi se li toglie.

Do un'occhiata al suo pene, deglutisco e poi alzo gli occhi sui suoi acquamarina. È la definizione di bellezza maschile e io sono in soggezione.

Gli metto le braccia intorno alla vita e gli passo le mani sulla schiena, esplorando altri fantastici muscoli.

Lui si volta per permettermi di vederlo meglio, ammiccando da sopra la spalla.

Pare che lo stia fissando come un'ebete. «Sforzi ben ripagati.» Non riesco a smettere di ammirare lo spettacolo. «Sei così bello che vorrei farti una fotografia per contemplarla dopo.» Lo guardo speranzosa, nel caso sia fattibile.

«In modo che tu possa masturbarti guardandola? Niente da fare. Puoi venire solo con me.»

Mi afferra per la nuca, intrecciando le dita tra i capelli. Mi manca il fiato. Mi dà una tiratina ai capelli, alzandomi il viso verso di lui. «Basta guardare» dice, poi mi bacia. Ed è un bacio selvaggio, pieno di puro desiderio. Non posso fare altro che aggrapparmi a lui, sopraffatta da un tipo di passione che ho solo sognato. L'altra mano scende sul mio sedere e mi preme contro di lui, aumentando la mia eccitazione. Il mondo sparisce. Non c'è altro che il suo sapore, il suo odore, il suo corpo duro premuto contro di me.

Le mie mani sono dappertutto, sono altrettanto smaniosa e mi premo più forte. Ho bisogno di sentirlo vicino, ho bisogno di sentirlo dentro di me.

Mi stacco e scalcio via le scarpe. «Ti voglio, tantissimo.»

Lui mi libera in fretta del reggiseno e delle mutandine e io aspetto impaziente che riprenda a baciarmi.

I suoi occhi si scuriscono, ardenti, mentre guarda il mio corpo nudo, apprezzandolo apertamente. Mi mette la mano sulla guancia e mi bacia. «Sei così maledettamente sexy, Alice.»

«Ohhh» dico sospirando piano. «Anche tu.»

Lucas si piega un po' e credo stia per baciarmi il seno. I capezzoli si contraggono in previsione, poi mi sorprende. Squittisco quando mi prende in braccio e mi porta a letto.

«Lucas! Che cosa stia facendo?»

«Sto cercando di essere romantico.»

«Non voglio che ti faccia male la schiena.»

Lui sbuffa, pieno di orgoglio virile. «Perché mi alleno, se non per portare a letto una donna sexy?»

«Perché ti piace che le donne sbavino per te.»

Lui sogghigna e mi deposita gentilmente sul materasso. «Mi piace che *tu* sbavi per me. Mi piace portarti a letto.»

Non posso fare a meno di sorridere. In qualche modo ha capito che avevo bisogno di quella piccola correzione da "una donna sexy" a un "tu" più specifico.

Si unisce a me, scostandomi i capelli dal volto e baciandomi teneramente. «Quel tuo sorriso dolce mi prende tutte le volte.»

Sono nuovamente sorpresa, ma prima di riuscire a formulare una risposta appropriata, Lucas comincia a baciarmi, ad allargarmi le gambe, sistemandosi in mezzo. Il suo peso è così piacevole, il suo calore così soddisfacente. Gli passo le mani sulla schiena, scendendo fino al sedere, tirandolo più vicino. Lui capisce l'antifona e smette di baciarmi, guidandosi dentro di me.

Lucas emette un gemito, tirando indietro la testa quando arriva fino in fondo. Il suo evidente piacere mi eccita ancora di più.

Ansimo quando comincia a spingere. Si tira indietro lentamente e io alzo i fianchi, volendo di più. Le sue spinte sono forti e veloci ed è c-o-o-o-sì bello. Non riesco a frenare i miei gemiti e poi lui si sposta, trova l'angolazione perfetta e innesca qualcosa di potente dentro di me. Cazzo. Questo dev'essere il punto G di cui ho sentito parlare. È... oh mio Dio.

«Lucas!» grido.

Mi copre la bocca con la sua, la sua lingua mi invade, le sue spinte sono perfette. Mi irrigidisco e poi esplodo, le mie grida attutite dalla sua bocca. Lui alza la testa, guardandomi mentre continua a spingere, regalandomi un'ondata dopo l'altra di piacere. Sto annegando nelle sensazioni, sbattendo la testa da una parte e dall'altra. È troppo, troppo intenso. «Lucas! Basta!»

«No. Apri gli occhi, Alice.»

Li apro e mi manca il fiato vedendo il suo sguardo bollente. Lui continua a spingere, più lentamente adesso, prolungando il piacere. Tremo sotto di lui, sopraffatta, con il respiro corto. Lui spinge più forte, facendomi ansimare, poi si china per sussurrarmi all'orecchio: «Adesso è il tuo turno.»

Si tira fuori e rotola sulla schiena, tirandomi con lui.

Cerco di riprendere il fiato, ancora tremante mentre Lucas mi sistema sopra di lui, sollevandomi per i fianchi e impalandomi lentamente. Gemo, afferrandogli le spalle, quasi sul punto di venire un'altra volta. Penso di non avere mai smesso. Mi muovo istintivamente più in fretta, correndo verso l'orgasmo.

Lucas mi afferra i fianchi, fermandomi e protesto piano. Voglio, voglio… ohhh. Lucas mi sposta, mettendomi più diritta, con le mani sul mio seno, che lo accarezzano e lo strizzano. Ricomincio a muovermi, esitando, cercando di esaminare questa nuova sensazione. È tutto così bello. Lo guardo in viso. Ha gli occhi chiusi, le mascelle contratte quasi come se provasse dolore.

Mi fermo. «Ti faccio male?»

Lui spalanca gli occhi, fissandomi. «No, cazzo. Mi piace.» Abbassa una mano sul mio sedere, stringendo, spingendomi con mano ferma a ricominciare a muovermi.

Capisco e ondulo i fianchi mentre lui continua a stringermi. E poi mi lascio andare, continuando a spingermi a fondo. Lui mi sta fissando e poi entrambe le mani salgono a coprirmi il seno, chiudendo le dita e pizzicandomi i capezzoli. Il piacere intenso mi fa chiudere gli occhi. Comincio a muovermi selvaggiamente, fuori controllo, appena cosciente della sua voce profonda che mi invita a continuare. L'orgasmo mi travolge insieme al suo «Ssssììì» sibilato.

Continuo a muovermi senza pensare e poi mi fermo, svuotata. Lucas mi afferra i fianchi e guida i miei movimenti per ottenere qualcosa di più. Dalla gola mi sfuggono piccoli gemiti, colta in quella marea infinita di piacere e poi lui si spinge a fondo, facendomi esplodere di nuovo. Questa volta mi segue anche lui, con la testa buttata indietro, i tendini del collo tirati mentre geme il suo piacere. Le mie labbra si curvano in un sorriso a quella splendida visione. Arcuo di nuovo i fianchi, voglio dargli altro piacere, ma lui mi afferra i fianchi, immobilizzandomi.

«Basta» dice roco.

Mi chino in avanti e lo bacio. «Mi dici perché quando io dico basta, tu dici non è finita, ma quando lo dici tu è game over?»

Lucas sorride. «Perché sei tu quella multi-orgasmica.»

Gli bacio il collo, dandogli un piccolo morso. «Adesso sì.»

Lui geme e poi ride. «Oh, so già che mi divertirò con te.»

14

Lucas

Un po' dopo, tiro Alice verso di me e sistemo le coperte. Di solito non passo la notte con le mie compagne occasionali, ma questa non è una scopata e via. Le lascio credere che sia una cosa da niente e occasionale, solo per renderle più facile accettarlo. Voglio di più e so che lei non è ancora pronta.

Alice mi traccia un cerchio sul petto. «È la prima volta.»

«La prima volta con un dio del sesso come me?»

Lei alza la testa di colpo e mi guarda. «Anche quello. Ci sono state un sacco di prime volte.»

La fisso. *Un sacco?* «Quale parte?»

Lei riappoggia la testa sul mio petto. «La prima volta con le luci accese, la prima volta in cui non ero sotto, la prima volta in cui trovano il punto G, la prima volta in cui ho avuto un orgasmo durante il sesso, la prima volta in cui ne ho avuti più di uno.» Mi strizza abbracciandomi la vita. «Sei meraviglioso!»

Non so che cosa dire, né che cosa pensare. Sì, è un complimento ma è anche uno stato di cose deplorevole per una donna appassionata come Alice.

Lei continua, aggiungendo i tasselli mancanti. «Ho sempre pensato che tenere le luci spente fosse più lusinghiero per tutti, sai. Ma mi è piaciuto vederti in tutta la tua gloria virile.»

Sorrido, non posso farne a meno. «Grazie.»

«E mi hai fatto sentire bella» sussurra.

La stringo più forte tra le braccia. Odio chiunque l'abbia fatta sentire meno che bella. «È perché lo sei.»

Alice mi bacia il petto. «Grazie. E mi è effettivamente piaciuto stare sopra. Di solito sono sotto.»

«Per tua scelta?»

«Beh, sì, così non mi devo preoccupare di schiacciarti con il mio peso o che le mie tette rimbalzino troppo.»

Non so che cosa dire, in parte sorpreso che pensi di potermi veramente schiacciare e in parte eccitato al pensiero delle sue tette che rimbalzano. Sono magnifiche. Lei è magnifica.

«È stato carino da parte tua tenere ferme le mie tette rimbalzanti.»

Non so come riesca a non ridere. «Sì, beh, cerco di piacere.» Mi concentro di nuovo sulla sua deprimente mancanza di orgasmi. «Non hai mai avuto un orgasmo durante il sesso prima d'ora? Come hai fatto a sopportare di essere lasciata insoddisfatta?»

«Beh, alla fine ero soddisfatta. Sai, dopo.»

«Dopo il sesso?»

«Dopo. Quando si addormentava.»

Esplodo in una risata. Non riesco a farne a meno.

Lei mi guarda irritata. «Che cosa c'è di così divertente?»

Cerco di contenermi. «Niente. Almeno so che il sesso ti piace. Semplicemente non avevi ancora avuto l'amante giusto.»

Lei sbuffa, ma poi ammette: «Hai ragione e mi merito del sesso favoloso. Sono una donna sana, con una libido decente e un'immaginazione indecente.»

La bacio. «Posso accettarlo.»

«Completamente» dice con un sospiro. «Ti ho schiacciato quando ero sopra? Non sono un peso piuma.» Sposta di lato lo sguardo. «Eufemismo del secolo.»

Le prendo il volto con la mano e la giro verso di me. Voglio che veda la verità nei miei occhi. «Non potresti mai schiaccarmi. Sono un metro e ottantacinque di solidi muscoli e tu sei un cosino.»

Alice aggrotta la fronte; la sua vulnerabilità è in agguato nei suoi occhi. «Non sono piccola. Un metro e sessantacinque è una statura media, ma sono anche quella che si chiama una ragazza formosa. Sono sicura che l'abbia notato. Non avevano nemmeno la mia taglia in negozio.»

Passo la mano sulla curva della sua schiena e sopra il sedere rotondo, strizzandolo. «Non mi interessa che taglia di vestito indossi, e ho cominciato a sbavare sulle tue curve voluttuose dal primo momento in cui ti ho visto. Lo so, sono un porco. Puoi odiarmi, se vuoi, solo lasciamele godere.»

Alice sorride, quel sorriso che si avvolge intorno al mio cuore. «Sei un dolce porcellino. E sembri sincero, ma ho visto le tue fotografie con molte donne grissino con seni finti giganteschi, niente fianchi e lunghe gambe stecchino.»

«Io desidero *te*, Alice. Ho bisogno di te più di quanto abbia mai avuto bisogno di qualcuno prima d'ora.»

Lei si immobilizza e mi innervosisco, temendo di avere incasinato tutto con questo immenso desiderio.

«Vuoi dire...» Alice pronuncia le parole lentamente, «Che forse non sapevi che cosa ti stavi perdendo con quelle altre donne?»

«Sì.» L'ha detto molto meglio di come sarei riuscito a fare io.

Alice mi abbraccia, appiccicandosi a me. Sento il calore che si irradia nel petto, insieme a un senso di profonda soddisfazione. Alice prova del vero affetto per me ed è un fantastico inizio.

Le accarezzo i capelli morbidi. «Mentre stiamo discutendo di tutte le cose sexy, ecco qualcosa per migliorare le tue scene dal punto di vista maschile: gli uomini sono creature legate al senso della vista. Per l'uomo è importante vedere e poi sentire sotto le mani le curve sexy, è un bisogno primitivo. Ecco tutto. Nessun uomo blatererebbe mai parole poetiche in un momento di passione.»

«Ma è molto più romantico in quel modo» dice Alice facendo il broncio.

Le mordicchio il labbro. «Non lo farebbe nessun uomo al mondo. Non dovrebbe nemmeno essere in grado di pensare a una parola qualsiasi a parte *scopare* e *ancora*, almeno se prova qualcosa per quella donna.»

Alice mi accarezza la barba, pensierosa. «La prossima volta mi racconterai l'esperienza del sesso da tuo punto di vista maschile?»

«No.»

La bacio e poi non riesco a resistere e la bacio ancora, più a lungo questa volta. Rotolo sopra di lei, strofinando il naso contro il suo collo, respirando il suo sensuale profumo di fiori; la voglio ancora.

È lunedì mattina e sto andando alla riunione ufficiale alla banca per incontrare Jules. È la prima volta che lascio Alice da quando siamo arrivati e la cosa strana è quanto sia risentito perché ho dovuto lasciarla in albergo. Lei sta bene, è felice perfino, perché quando non la sto istruendo sui piaceri che in precedenza ha goduto solo nella sua immaginazione (e ha un'immaginazione erotica veramente fantastica) scrive freneticamente. Sto cercando di prenderlo come complimento, nel senso che la ispiro continuamente, ma temo che ciò che sono sia una distrazione dalla sua principale ossessione, il suo libro, mentre lei è la *mia* ossessione principale. Diavolo. Doveva essere una cosa temporanea, per uno scopo specifico che si è quasi concluso, e non voglio che finisca. Non che voglia veramente essere fidanzato. Voglio solo godermela più a lungo, vedere come va. Potrebbe non essere nemmeno una vera possibilità, dato che Alice sta già parlando di tornare a Villroy, finire il suo manoscritto atteso da tempo e consegnarlo personalmente alla sua editor a New York city nel suo "glorioso momento di trionfo". Ha menzionato due volte il suo futuro ritorno trionfale. E nemmeno una volta ha incluso me in quel futuro.

Forse è tutto ciò che sono: la sua ispirazione.

Forse è il karma che mi sta prendendo a schiaffi per essere sempre stato così menefreghista con le donne nella mia vita.

Forse sono innamorato.

Mi fermo di colpo sul marciapiede. È così? Questo stato di agitazione dove niente sembra giusto a meno che lei sia tra le mie braccia? È *orribile*. E se è così, allora odio l'amore, specialmente perché lei non mi ricambia. Se mi amasse non avrebbe tanta voglia di tornare a lavorare e negli USA. Troverebbe un modo per prolungare il nostro tempo insieme. Come ho fatto a innamorarmi dell'unica donna cui non interessa affatto innamorarsi? Perché ho scelto qualcuno così emotivamente indisponibile? Sapevo che era un disastro visto che era uscita da un fidanzamento fallito. È come se mi fossi sabotato apposta. Forse ho veramente paura di impegnarmi e questa è la prova. Posso solo amare qualcuno che non mi ricambia.

Mi strofino il volto con la mano. Forse dovrei dirle che cosa provo. Forse non sono solo io. Mi volto e vedo le espressioni impassibili delle mie guardie, Louis e Michael. Probabilmente si staranno chiedendo perché sono lì fermo sul marciapiede invece di andare all'appuntamento. «Sto pensando» dico, anche se nessuno dei due ha formulato la domanda.

Louis china leggermente la testa. Michael resta impassibile.

Mi volto e vado verso la banca. Sono qui per fare un lavoro: assicurarmi un prestito per Villroy. Sono il direttore finanziario, accidenti. Non posso permettermi di lasciarmi coinvolgere in una caotica relazione che promette di essere la palude emotiva che ho cercato di evitare fin dall'inizio.

È colpa tua, sei tu che l'hai sedotta.

No, è stata lei a sedurre me.

Hai superato i limiti, e lo sai. Puoi solo biasimare te stesso.

Sto impazzendo, sto discutendo con me stesso. Apro la porta della banca ed entro, dirigendomi direttamente alla reception per far sapere a Jules che sono arrivato.

Qualche minuto dopo mi riceve nel suo ufficio e si unisce a noi un altro uomo: David.

David sembra sulla cinquantina, capelli castani che si

stanno diradando e un'espressione che sembra corrucciata da sempre, a giudicare dalle rughe profonde sul suo volto. È lui il responsabile dei prestiti per le costruzioni. Jules lavora nel settore dei prestiti industriali e non sapevo che fossero settori separati. Sembra che non sia così vicino al traguardo come pensavo. Ci serve un finanziamento per ampliare gli impianti di produzione, anche se non sarebbe male avere del capitale extra anche per aumentare il numero degli addetti.

Dopo i soliti convenevoli, consegno la mia proposta e ripasso le cifre, sperando che capiscano che i nostri programmi per la nuova attività a Villroy sono una cosa relativamente sicura. Abbiamo già un'industria ittica consolidata. Stiamo solo utilizzando ciò che abbiamo spostandolo su un altro prodotto. I pescatori saranno sempre coinvolti, continueranno anche a pescare, anche se la pesca sarà mirata a un diverso tipo di prede. Ingredienti locali presi dal mare, incluso l'olio di pesce, spugne e sale marino, da utilizzare per la manifattura di una linea cosmetica che sarà utilizzata e pubblicizzata nella day-spa. Potremmo anche espanderci e vendere i cosmetici sul mercato globale. Inoltre c'è posto per altre costruzioni sul terreno accanto alla spa, forse un esclusivo ristorante di pesce.

«Sembra tutto in ordine» dice Jules. «Penso che abbia spiegato bene il caso.» Si rivolge a David: «Tu che ne pensi?»

David aggrotta ulteriormente la fronte e unisce le mani sullo stomaco prominente. «Jules, so che sei amico del re di Villroy, il che ti rende favorevole verso la loro causa, ma vorrei avere più informazioni. Mi piacerebbe vedere che cosa stanno facendo là.»

Mi intrometto immediatamente. «Ovviamente sarete i benvenuti, in qualsiasi momento. Una visita al cantiere non è un problema. Vedrete che la spa è quasi completata e posso mostrarvi dove speriamo di ampliare gli impianti di produzione.»

Jules e David parlano per un momento tra di loro di date possibili, prima di decidere per mercoledì.

«Mercoledì va benissimo» dico, alzandomi per stringere loro la mano. Si alzano entrambi per ricambiare il gesto.

«Grazie per la vostra fiducia. Sono sicuro che sarete ancora più tranquilli dopo la visita.»

«Sono sicuro di sì» dice Jules con un sorriso. «Come sta la tua fidanzata? Celeste era entusiasta. Dice che è un gioiello.»

Mi si gonfia il petto per l'orgoglio. Ho scelto bene. Aspettate, non l'ho scelta io. È stata Anna a mettere in piedi tutta questa storia. Io sono solo quello che c'è cascato. Il pensiero raffredda un po' il mio entusiasmo, smorzando la mia voce. «Sì, è un gioiello, grazie»

«Ci sarà anche lei durante la visita in cantiere?» chiede Jules.

«Potrei chiederle di unirsi a noi.»

«Splendido, non vedo l'ora.»

David mi rivolge un cenno con il capo e si congeda.

Io esco, non vedo l'ora di tornare da Alice e riferirle le buone notizie dalla banca. Poi mi rendo conto che dovrei innanzitutto fare rapporto a Gabriel e Anna. Lo chiamo e trovo la segreteria.

«Sono Lucas. Sembra che ci possa essere un via libera per il prestito. Jules ci è stato d'aiuto. Vuole solo visitare il cantiere con un altro responsabile e poi dovrebbe essere a posto. Sto tornando a casa.»

Appena torno nella suite, vado nella stanza di Alice. Ha installato il suo laptop su una piccola scrivania che guarda la finestra e ha le cuffie anti-rumore. Non voglio spaventarla. Non sta muovendo le dita, il che significa che sta pensando. Mi metto in modo che mi veda con la vista periferica e aspetto che mi noti.

«Oh, sei già tornato!» Si toglie le cuffie e le appoggia sulla scrivania, salvando il documento. È maniacale riguardo al salvataggio. «È un fatto positivo o negativo?»

Non posso fare a meno di toccarla. Le metto una ciocca dei morbidi capelli biondi dietro l'orecchio, mi chino e la bacio. «Positivo. Verranno a Villroy per un'ispezione mercoledì, poi dovremmo avere l'ok.»

Lei fa un saltello e mi mette le braccia intorno al collo. «Meraviglioso! Sono così felice per te.»

Respiro per un momento il suo profumo di fiori. «Sei stata

una parte importante. Hanno capito che ero serio e non solo un giramondo.»

Alice si tira indietro, rivolgendomi il suo sorriso dolce. Il mio cuore batte più in fretta. «È facile fingere di essere la tua fidanzata. Se allora fossi stato tu il mio vero fidanzato, probabilmente non avrei avuto il blocco dello scrittore. Non ero poi così occupata a organizzare il matrimonio, cioè, sì, ero presa, ma c'era anche il fatto che non ero sincera con me stessa. Mi sono resa conto che cercavo di snaturarmi per essere quella che Mason si aspettava e voleva che fossi. Ad esempio, a lui piaceva andare in bicicletta, quindi andavo anch'io, anche se lo odiavo e mi facevano male le parti basse.» Soffoco una risata; a volte le frasi che usa sono veramente buffe. «O il fatto di aver cominciato una dieta drastica quando mi ha chiesto di sposarlo, perché diceva che dovevo apparire al meglio nelle foto del matrimonio.»

Mi infurio. «Quello stronzo! Ti ha insultato, ha fatto sì che ti privassi del cibo e nel frattempo ti stava tradendo!» Giuro che se mai incontrerò il suo ex gli darò un pugno in bocca.

Alice arrossisce. «È bello che tu prenda le mie difese.»

«Lo farebbe chiunque. È stato un completo coglione e tu meriti molto di più.»

Alice mi guarda negli occhi. «Mi vorresti ancora se pesassi undici chili in più? Questa sono io dopo la dieta. E pesavo ancora di più alle superiori.»

Mi si stringe lo stomaco, furioso con tutti quelli che l'hanno fatta sentire a disagio con se stessa. «Beh, non sei più alle superiori» dico in tono leggero, passandole il pollice sulla guancia. «E quello ero un numero stranamente specifico.»

Lei si guarda e si passa la mano sulla pancia morbida.

Le afferro la mano e le bacio il palmo. «Sì, ti avrei voluto in ogni modo, perché sei sexy da morire e avresti avuto più curve.»

Sembra scettica. «Più di me da amare, eh?»

Ho la bocca secca. Devo dire qualcosa sulla faccenda dell'amore? Potrebbe essere l'appiglio che mi serve. Potrei dire: "No, non più di te, solo tu. Penso di amarti, Alice." Ma lo penso o lo so? Come faccio a saperlo di sicuro?

«Non devi rispondere» dice a voce bassa. «Gli uomini sono creature "visuali". Lo hai spiegato.»

La mia esitazione le ha fatto riempire gli spazi vuoti con la cosa sbagliata. A volte lo fa, non è sicura del suo fascino. Chi potrebbe biasimarla, visto il modo in cui l'ha trattata il suo ex?

Mantengo il tono leggero. «Mi vorresti ancora se fossi calvo all'undici percento?» Tiro indietro i capelli dalla fronte, coprendoli con entrambe le mani. Nessun problema per me da quel punto di vista. I miei capelli folti sono destinati a durare.

Alice ride e io sorrido. «I calvi sono sexy.» Mi bacia, e accarezza la barba con le dita. «Quanto tempo abbiamo prima di dover tornare a Villroy?»

«Tutto il tempo che vuoi» rispondo con la voce roca, già pensando alle nude possibilità.

«Grandioso!» Poi si siede alla scrivania, si rimette le cuffie e comincia a scrivere.

Io resto lì, lasciato da parte per il suo libro e guardo le parole che si formano sulla pagina. Il mascalzone colpisce ancora. Una volta mi ha chiamato mascalzone. Sono io l'eroe di questa storia?

Alice volta la testa, sollevando un auricolare. «Non guardare, okay?»

«Immagino sia un complimento che tu riesca a scrivere con me intorno, visto che il tuo ex ti aveva fatto venire il blocco.» *Non è un insulto che continui a tornare alla tua storia perché è così facile dimenticarmi,* aggiungo in silenzio.

Lei mi rivolge il suo sorriso più dolce e sento il cuore che manca un battito. Ho bisogno di quel sorriso nella mia vita. «Significa che va tutto bene nel mio mondo.»

Non riesco a evitare di sorridere come un ebete. Sono stato io. Ho fatto in modo che tutto vada bene nel suo mondo e, non so come, lei ha fatto lo stesso per me. Ora devo solo capire come fare a trasformare questa relazione da finta a vera.

Alice

Torniamo a Villroy in tempo per cenare con la famiglia di Lucas nella sala da pranzo formale. Voleva che fossero tutti lì per dare loro le buone notizie riguardo ai banchieri. Mi innervosisce un po' il pensiero di incontrare Gabriel, il re, per non parlare poi di conoscere gli altri fratelli, il principe Oscar e il principe Adrian. Un sacco di titoli tutti in una stanza. Almeno mi sento a mio agio con Anna. È una Alice-fan. Ah-ah.

Lucas è stato molto cavalleresco, anche in privato. Immagino che tutto quel sesso gli abbia fatto venire voglia di fare delle cose carine per me. Voglio anch'io fare delle cose carine per lui. Mi ha fatto sentire così bene e, specialmente dopo essere stata a un punto così infimo della mia vita, non posso fare a meno di provare affetto per lui. Non mi aspetto niente dal punto di vista relazionale. So chi è, e so anche che non sono pronta per una relazione. Non significa che non ne approfitterò finché posso.

Siamo nel corridoio appena fuori dalla sala da pranzo quando suona il mio telefono, facendomi sobbalzare. Accidenti, ho dimenticato di metterlo sul silenzioso. Avrebbe potuto essere un grosso passo falso. Lo tolgo dalla borsetta e vedo l'avviso di un messaggio vocale da parte di Mason. Ci sono anche quattro messaggi. Li apro in fretta, nel caso in cui siano della mia editor o dei miei genitori, ma è un messaggio dal tono urgente di Mason.

Dove sei? Per favore richiamami.

Dobbiamo veramente parlare.

Alice, è importante. Chiamami.

Almeno mandami un messaggio. Dove sei?

Metto il telefono sul silenzioso e lo rimetto in borsa.

Lucas sbuffa, abbastanza forte da sentire il fiato sull'orecchio. «Non merita la tua attenzione.»

Lo guardo. «Lo so. Penso che abbia cominciato a strisciare. Più messaggi e vocali ricevo, più immagino le scuse che si accumulano. E poi, quando alla fine smetteranno, so che avrà rinunciato, desolato e deluso. È la mia vendetta silenziosa.»

Lucas sogghigna. «Purché sia per perfidi motivi.»

Quando arriviamo nella sala da pranzo, Lucas mi mette la

mano sulla schiena e mi guida al mio posto. Ci siamo cambiati per la cena, Lucas con un completo blu scuro, senza cravatta e io in un abito bordò con le maniche corte e una gonna che si allarga se faccio una piroetta, cosa che, ovviamente, ho dovuto fare parecchie volte in camera mia. Due uomini che devono essere i suoi fratelli sono già seduti ai due lati del tavolo con camicie button-down, senza giacca, e stanno scherzando tra di loro. Scommetto che Lucas si sia vestito elegantemente perché ha bisogno di impressionare Gabriel con il suo successo. Vuole far vedere di essere all'altezza di diventare l'amministratore delegato. Devo dire che, vedendo i suoi fratelli dal vivo per la prima volta, la somiglianza scorre potente nella famiglia (le mie scuse al signor Skywalker). Stessi capelli castano scuro, stessi zigomi alti, labbra piene e sensuali, spalle larghe. Comunque, secondo la mia opinione, ovviamente assolutamente imparziale, Lucas è il più bello.

«Salve» dice Lucas ai fratelli. «Sono lieto che ci siate entrambi. Questa è Alice.»

Entrambi si alzano per salutarmi mentre Lucas dice: «I miei fratelli, Oscar e Adrian.»

«Io sono Oscar» dice uno dei due, girando intorno al tavolo e offrendomi la mano.

Così da vicino è talmente stupendo che sento una botta di caldo dalla testa ai piedi. *Scusami, Lucas.* Non so che cos'abbia Oscar di speciale. I suoi occhi sono simili a quelli azzurro-verdi di Lucas. Ha un velo di barba ma per il resto è simile a Lucas, c'è solo una minima differenza. Un po' in ritardo, tendo la mano e lui se la porta alle labbra baciando il dorso, con lo sguardo caldo fisso nei miei occhi. Come se sapesse che effetto ha sulle donne.

«Smettila!» sbotta Lucas.

Oscar sorride sornione, mormorandomi: «Sei adorabile.» Mi lascia andare la mano e poi la riprende, esaminando l'anello. «Questo anello è meraviglioso.» Si rivolge a Lucas. «È quello della nonna?»

Io rido, ritirando la mano e ammirando l'anello. «Oh no!

Sembra vero ma in effetti era un affare in una gioielleria online, per via di un difetto.»

Oscar e Lucas si scambiano un'occhiata.

Aspettate, cosa?! Si tratta veramente di un cimelio di famiglia? Oh mio Dio. Portavo l'anello mentre avevo la mano avvolta intorno all'uccello di Lucas e mentre gli afferravo il sedere! Certo, si trattava di un anello regale su un cazzo regale e un culo regale, ma, dai... *Smettila di pensare ai cazzi e ai culi!* Sono rosso pomodoro per l'imbarazzo. Ho perfino fatto la doccia con l'anello al dito, con il sapone e lo shampoo che scorrevano bellamente su un rubino perfetto e sui diamanti. Questa cosa dovrebbe stare in un caveau di massima sicurezza e in aria purificata, senza luce o qualunque cosa facciano per i gioielli preziosi. E pensare che ogni volta in cui mi sono meravigliata di quanto fosse bello, Lucas non ha mai reagito. Perché mi ha detto che era un gioiello comprato online?

«È la mia fidanzata. Doveva avere un anello» dice seccamente Lucas.

«Oh!» esclamo io. «Abbiamo recitato, fingendo di essere fidanzati. L'ha aiutato a sembrare più serio per questioni d'affari e mi ha dato l'ispirazione per la mia storia. Sono una scrittrice di romance e i finti fidanzamenti sono molto popolari tra i lettori.»

Oscar fissa Lucas. «Sei fidanzato per finta?»

«Sì, e non dire una parola davanti a Gabriel.»

Tocca a me fissare Lucas. «Perché?»

Lucas scuote la testa. «Ne parliamo dopo.»

Qui c'è qualcosa che non va.

Oscar alza un sopracciglio. «Oh-kay.» Poi si rivolge a me. «Sei un'amica di Anna?»

Apro la bocca per rispondere quando Lucas dice in tono belligerante, come se la curiosità di Oscar fosse un affronto personale: «Sì, ci siamo incontrati tramite Anna.» Forse Lucas sta cercando di proteggermi, per evitare che debba raccontare della mia luna di miele in solitario. Immagino che sia il mio accento americano che l'abbia fatto credere a Oscar. Comunque mi piacerebbe essere amica di Anna.

Gli occhi di Oscar scintillano, pieni di buon umore. «Congratulazioni per il vostro finto fidanzamento.»

Adrian ci raggiunge, dando un'occhiata all'anello prima di guardarmi negli occhi come per valutarmi. Ha gli occhi nocciola, diversamente dai suoi fratelli, e ha solo un accenno di barba, come se si fosse dimenticato di radersi. O forse se la sta facendo crescere. «Piacere di conoscerti, Alice.»

«Grazie» dico. «È un piacere anche per me.»

Adrian e Oscar tornano alle loro sedie. Lucas mi rimette la mano sulla schiena, guidandomi verso la mia sedia, che estrae per me e poi spinge verso il tavolo mentre mi siedo. «Grazie» mormoro.

«Piacere mio» dice lui e si siede accanto a me.

Oscar tira teatralmente indietro la sedia di Adrian.

«Piantala» sbotta Lucas.

«Ho forse detto qualcosa?» chiede Oscar ridendo e si siede, dicendo ad Adrian: «Sembra che Lucas abbia imparato qualcosa durante le lezioni obbligatorie di etichetta.»

«Ci voleva solo la motivazione giusta» dice Adrian con un sorriso.

«Ignorali, per favore» mi dice Lucas.

«Da quanto tempo state insieme?» chiede Oscar.

«State insieme?» chiede Adrian.

«Ovviamente sì» dice Oscar. «Osserva come la guarda. E lo hai mai effettivamente visto usare anche solo una delle buone maniere che ci hanno inculcato a forza?»

«Alice sembra a disagio» osserva Adrian. «Forse è solo un gioco.»

«Con l'anello di nostra nonna?» chiede Oscar, incredulo.

Mi dimeno sulla sedia. Non stiamo insieme. O sì? Sono confusa. Siamo amici con degli spettacolosi vantaggi collaterali o qualcosa di più?

Lucas chiude la mano sulla mia sotto il tavolo, stringendola. «Stiamo insieme.»

Mi volto verso di lui, nervosissima, senza sapere esattamente che cosa intende dire.

Lui mi mette la mano sulla nuca, mi tira vicino e mi

sussurra direttamente all'orecchio: «Tu sei mia e non voglio che si mettano in testa delle idee.»

Il senso di possesso nella sua voce mi dà i brividi. Quando è successo? Sono finita per caso in una relazione seria? Sudo freddo. Non sono pronta.

E quant'è folle che Lucas pensi che i suoi favolosi fratelli possano interessarsi a me? Io, la stessa donna che ha ricevuto solo una manciata di tiepide offerte da parte degli uomini in tutti i miei ventitré anni, adesso avrebbe tre stupendi principi che competono per me? La scrittrice che c'è in me considera questa possibilità per il prossimo libro. Tutto è foraggio per il mio prossimo libro. Almeno adesso ho delle cose più interessanti da scrivere che non un triangolo amoroso con la distruzione finale dei protagonisti maschili.

«Alice?»

Mi riscuoto di colpo, guardando Oscar e Adrian, senza sapere chi dei due ha parlato. «Sì.»?

«Dato che stai con mio fratello» dice Oscar con un sorriso diabolico sulle labbra, «Dovresti sapere che Lucas una volta è corso da nostra madre, *la regina*, nudo dalla vita in giù, durante un suo garden party.»

Sorrido, immaginando la scena nella mia mente. Un vero e proprio garden party tra aristocratici. Lucas, nudo. Aspettate. «Quanti anni avevi?» gli chiedo.

«Sette» risponde lui seccamente.

«Durante la visita della regina di Alvilda» aggiunge Oscar, con gli occhi che brillano divertiti.

Ridacchio, inserendo nella mia immagine mentale un Lucas di sette anni che passa di corsa tra gli invitati, mostrando a tutti i suoi gioielli. Le correttissime regine, con le tazze ferme a metà strada verso la bocca.

«Stavo scappando dall'ago del medico» dice Lucas in sua difesa.

«Io avevo cinque anni e aspettavo il mio turno con dignità» ribatte Oscar.

Lucas lo indica con il dito. «Quando era piccolo confondeva le F e le V. Tutte le volte che si parlava di inverno diventava un inferno.»

«Fa freddo in inferno» dice Oscar, con una vocina da ragazzino.

Ridiamo tutti. I fratelli continuano a sfottersi, spifferando i loro segreti con le loro storie divertenti. Erano veramente scatenati. Sto ridendo così forte che ho dimenticato di preoccuparmi per la faccenda della relazione. Arrivano i camerieri, ci servono da bere e poi se ne vanno in silenzio, lasciandoci alla nostra conversazione.

Sto bevendo il vino, sentendomi sorprendentemente rilassata in compagnia di gente tanto aristocratica quando entra un servitore e declama: «Le loro maestà, re Gabriel e la regina Anna.»

Mi raddrizzo, pensando che dovrei alzarmi e fare la riverenza, ma tutti gli altri restano seduti, quindi chino semplicemente la testa. Gabriel è vestito formalmente con un abito grigio scuro e la cravatta, le labbra strette e l'espressione cupa mentre accompagna Anna a capotavola con la mano sulla schiena.

«Salve a tutti» dice Anna, raggiante. È vestita con stile in un abito rosa chiaro a maniche corte con una profonda scollatura a V davanti e un fiocco carino sul fianco. La gravidanza le dona veramente.

Segue un coro di salve. Lei mi stringe la spalla mentre passa. «È bello rivederti, Alice.»

Sorrido, voltandomi a guardarla. «È bello rivedere anche te.» Lei si ferma di colpo, fissando la mia mano in quella di Lucas, appoggiata sulla sua coscia. È dove l'ha messa lui. Tiro indietro la mano e il rubino coglie la luce, scintillando. Infilo in fretta la mano sotto la gamba.

Anna mi guarda negli occhi, sembra contenta. Dopo tutto è stata lei a inventare il piano del finto fidanzamento.

«La gravidanza ti dona veramente, sei luminosa.»

Lei passa la mano sul pancione, abbassando gli occhi e sorridendo. «Grazie.»

«Gabriel, questa è Alice» dice Lucas.

Mi volto, vedendo Gabriel con un'espressione torva che incombe su di me mi innervosisco. Chino la testa, scossa. «È un piacere conoscerla, Maestà.»

«È un piacere anche per me» risponde lui formalmente.

C'è qualcosa in ballo e temo di essere sul punto di essere testimone di uno scontro tra lui e Lucas, che, per quanto ne so, è quello che ce l'ha con lui. Guardo Lucas, ma la sua espressione è impassibile.

Gabriel adesso è seduto a capotavola, con Anna accanto a lui. I fratelli sono tutti seri e zitti. Gabriel è un guastafeste? C'è decisamente tensione nell'aria. Gabriel fa segno a un servitore e l'uomo corre a versare l'acqua per Anna e poi per lui. Sospetto che l'abbia chiesto Gabriel, per rispetto verso la gravidanza di sua moglie. Di certo, la calorosa, amichevole Anna non avrebbe scelto di sposare Gabriel se fosse sempre torvo e intimidatorio, no?

Qualche momento dopo, entrano due servitori con i vassoi della prima portata, una zuppa fredda.

«Spero che ti piaccia il gazpacho» dice Anna. «Mi era venuta una voglia.»

«Tutto quello che vuole la bambina» dice Oscar.

Anna sogghigna. «Attento, a volte la signorinella desidera maccheroni al formaggio con il ketchup.»

I fratelli gemono disgustati. Gabriel resta in silenzio, con lo sguardo fisso su Lucas e me. Non sembra contento.

Mi concentro sulla zuppa. Penso che forse Lucas dovrebbe riferire a Gabriel le buone notizie per abbassare un po' il livello di tensione nella stanza, ma resto zitta, nel caso in cui Lucas stia aspettando un momento particolare.

C'è silenzio a tavola mentre tutti mangiano la zuppa, l'unico suono l'occasionale tintinnio di un cucchiaio. Poi Gabriel dice bruscamente: «Ho parlato con Jules.»

Lucas smette di mangiare, appoggiando il cucchiaio sul piatto. «Sì. Sembra vada tutto bene. Ve lo avrei comunicato dopo la cena. Credo che potremo firmare per il prestito dopo la visita in cantiere di mercoledì. Vogliono solo vedere che cosa stiamo facendo.»

«Fantastico!» esclama Anna.

«Bel lavoro» dice Oscar. Adrian sorride e continua a mangiare.

Gabriel resta serio. «Lucas, hai agito alle mie spalle con la tua ridicola idea del fidanzamento, dopo che ti avevo espressamente detto di non farlo. Jules ne ha parlato, cogliendomi di sorpresa.»

Risucchio il fiato. Non sapevo che il re si fosse opposto all'idea. Perché Lucas non me l'ha detto? Non avrei mai accettato di farlo se avessi saputo che il re era contrario.

Lucas mi ha mentito.

Sento lo stomaco che si annoda e la bile che risale in gola. È stata una bugia per omissione, ma comunque una bugia. Dopo aver giurato sulla sua vita che sarebbe sempre stato sincero al cento percento con me. Ha detto di essere un uomo d'onore e gli ho creduto. Dopo tutto quello che ho passato, sa quanto è importante la sincerità per me. Mi fidavo di lui.

Lucas non è l'uomo che credevo che fosse. Io ho bisogno di un uomo integerrimo. Non qualcuno che mente perché gli conviene. Non posso stare con qualcuno così, specialmente dopo la girandola di bugie di Mason e Riley. Sento il disperato bisogno di scappare, ma mi sento troppo scossa per riuscirci.

«Ha funzionato» dice Lucas con indifferenza.

Mi innervosisco. Perfino io che sono l'ultima arrivata so che il suo tono indifferente infastidirà il re. Che cosa succede quanto vai contro i desideri del re? La mia mente è piena di orribili possibilità: scomunica, esilio, marcire in una segreta per tutta la vita.

Anna si intromette. «Sono d'accordo con Lucas. Ha funzionato.»

Io sono pietrificata al mio posto, con lo stomaco in subbuglio, senza sapere che cosa fare o dire.

Gabriel si rivolge ad Anna. «Sapevi che Lucas aveva continuato con la sua idea del fidanzamento, dopo che glielo avevo proibito?»

«No» dice lei solennemente. Si volta a guardare me e Lucas e poi torna a guardare suo marito. «Ma lo speravo.»

«Lo speravi?» ripete lui a bassa voce, ed è più minaccioso che se avesse urlato.

«Sì!» esclama Anna, indicando me e Lucas. «È romantico! E Alice aveva bisogno di ispirazione per la sua storia.»

«Beh, certo, se Alice ha bisogno di ispirazione, allora...» Sembra che gli esca il fumo dalle orecchie.

«Basta!» grida rabbiosamente Lucas, attirando l'attenzione di tutti. «Lasciate Alice fuori da questa storia!»

«È quello che farò!» ribatte Gabriel. «La colpa è solamente tua e quando questa storia ti scoppierà in faccia, cosa che succederà, non voglio averci niente a che fare, e tu non avrai più alcun ruolo nella nostra attività.»

Sto male. Lucas ha portato avanti il finto fidanzamento pur sapendo che avrebbe potuto essere tagliato fuori dall'attività che significa tanto per lui? Perché l'ha fatto? L'unico motivo cui riesco a pensare è che farebbe qualunque cosa per raggiungere il suo scopo, utilizzando ogni mezzo necessario. Io non credo che il fine giustifichi i mezzi. Onore e integrità sono importanti.

«Gabriel» dice Anna a voce bassa e poi gli sussurra qualcosa all'orecchio.

Lui le mette una mano sul volto, passandole il pollice sulla guancia in un gesto tenero. «Tesoro, tu sei esente da colpe, dato che il tuo avanzato di gravidanza ti rende particolarmente sentimentale.»

«Non tutto è dovuto agli ormoni!» protesta lei.

Entrano i servitori e restano tutti in silenzio mentre riempiono i bicchieri. Io svuoto in fretta il mio e ne accetto un altro.

Lucas riprende a parlare appena escono i servitori. «I banchieri tradizionalisti danno valore all'istituzione del matrimonio. Dobbiamo continuare così.»

Mi si stringe la gola e ho gli occhi bollenti. Perché fa tanto male sapere che mi sta usando per ripulire la sua immagine? In fondo ci stiamo usando a vicenda.

L'ho lasciato avvicinare troppo, questo è il problema. Altrimenti perché sarei così sconvolta?

«La verità verrà alla luce» dice Gabriel, «ed è il motivo per cui ero contrario fin dall'inizio.»

«La gente ci crede» dice Lucas. «Nessuno lo metterà in dubbio.»

«E perché sei così maledettamente sicuro?»

«Perché Alice è mia» dice Lucas con una voce ferma e sicura che non tollera obiezioni.

Nella stanza scende un silenzio di tomba. Tutti fissano Lucas, me inclusa.

Stringo il tovagliolo che ho in grembo e parlo con voce chiara e forte: «Lucas, io non sono tua.»

Lucas stringe le labbra, senza parlare.

Mi rivolgo a Gabriel, parlando in fretta. «Volevo solo essere d'aiuto, Maestà. Non sarò presente alla visita in cantiere. Mi dispiace. Non sapevo che lei si fosse opposto all'idea del finto fidanzamento e confesso che ho accettato in particolar modo per aiutarmi a scrivere la storia, perché avevo un serio blocco dello scrittore e il libro è già terribilmente in ritardo. Se Jules lo chiede, potete semplicemente dire che il fidanzamento è stato annullato di comune accordo.»

Gabriel inclina regalmente la testa. «Alice, grazie. Sarebbe meglio porre fine alla sciarada come suggerisce. Se solo Lucas avesse un po' del suo buon senso. Non incolpo lei. Da quanto so, era in uno stato particolarmente vulnerabile. Mi dispiace che quel vagabondo di mio fratello se ne sia approfittato.»

Do un'occhiata a Lucas, che ha un'espressione temporalesca sul volto e poi torno a parlare con Gabriel, con il cuore in gola. «Nessuno si è approfittato di me.» Sono io quella che gli si è buttata addosso nella limousine, stupidamente pensando che la nostra solida amicizia potesse rendere possibile il sesso senza impegni. Solo che adesso sto troppo male per pensare che fosse solo quello. Sono un tale disastro. Volevo un'avventura, terrorizzata da una relazione e solo adesso mi rendo conto che è una specie di relazione, e deve finire. Ha tradito la mia fiducia, non ha mantenuto la parola.

«Stato vulnerabile?» chiede Oscar, guardando i commensali. «Per favore, qualcuno può spiegare?»

Anna lo zittisce, con un'occhiata significativa a Gabriel.

«Non puoi tirarti indietro» dice Lucas rivolto a me. «A Jules piaci. Gli piace chi sono io quando sono con te.»

Sbatto rapidamente le palpebre, lottando per non piangere. Devo allontanarmi per proteggere il mio cuore vulnerabile. Ero appena riuscita a rimettere insieme in pezzi.

«Vuoi dire le maniere principesche?» chiede Oscar. Si rivolge ad Anna: «Ha perfino estratto la sedia dal tavolo per lei.»

«Sono curiosa anch'io» dice Anna. «Chi sei quando sei con lei?»

«Sono io, solo più radicato. Rispettabile» le risponde Lucas.

Non riesco più a sopportarlo. Mi alzo. «Scusatemi tutti. Dopo tutto non ho molta fame.» Spingo indietro la sedia e Lucas mi afferra il polso. «Lasciami andare» sbotto.

«Vengo con te.»

Mi chino e sussurro. «No. In questo momento ho bisogno di stare da sola.» Lucas mi lascia andare e auguro a tutti la buonanotte. Sono appena fuori dalla porta quando sento l'esclamazione di Anna.

«Accidenti. L'hai spaventata talmente che è scappata.»

Scuoto la testa e continuo a camminare. Non sono spaventata. Sto solo comportandomi in modo intelligente. Il segnale d'allarme è impossibile da ignorare. Lucas ha mentito. Game over.

15

Lucas

Le do un po' di tempo per calmarsi prima di andare nella suite di Alice nell'ala est. Immagino che stia scrivendo furiosamente sul suo laptop, con gli auricolari, chiudendo fuori il mondo come fa di solito. È agitata perché sono andato contro i desideri di Gabriel, ma sapevo che sarebbe andato tutto bene. E una parte di me sapeva che l'attrazione era troppo forte per stare lontano da lei. Volevo recitare il ruolo del fidanzato e farla sorridere con tutti i gesti principeschi che aveva sognato. Tutto ciò che devo fare è spiegarglielo. È un tipo sentimentale e le piacerà ascoltare le mie intenzioni romantiche.

Busso, nel caso riesca a sentirmi, ma non risponde. Apro la porta e la trovo seduta sul divano del soggiorno, con il laptop, le cuffie e le dita che si muovono furiosamente. Probabilmente sta dando a un mascalzone (me), la giusta punizione. Devo leggere la sua storia. Se la gente collegasse me e il mascalzone nella sua storia, e il fatto che Alice e io stiamo insieme, potrebbe danneggiare ulteriormente la reputazione della mia famiglia. La mia è già traballante. Potrebbe mettersi male, specialmente se qualcuno scoprisse che abbiamo mentito riguardo al fidanzamento.

Mi faccio vedere e lei sobbalza, togliendosi le cuffie. Fa una smorfia. «Avresti dovuto bussare.»

«L'ho fatto.» Mi siedo accanto a lei sul divano. «Vorrei leggere la tua storia.»

Alice stringe le labbra, ribellandosi. «Dovrai aspettare finché sarà pubblicata. No, ripensandoci non puoi leggerla. Oh, aspetta. A te non interessa se ti dicono di no. Fai solamente quello che vuoi…» dice agitando le dita per aria, «e pensi che il tuo fascino e il tuo sorriso sghembo ti permetteranno di farla franca.» Salva il documento, chiude il laptop con più forza del dovuto e lo mette sul tavolino. «Scusami, sono molto stanca.»

«Alice.»

Lei continua a fissare davanti a sé. «Che c'è?»

«Mi dispiace che tu sia stata coinvolta nella sfuriata di Gabriel.»

I suoi occhi lampeggiano. «Non scusarti per tuo fratello. Qui non si tratta di lui. Tu hai disobbedito al tuo re, decidendo di nascondermelo. È questo che mi ha trascinata nella mischia.»

«È quello che cercavo di dire. Non voglio che tu sia trascinata nella mischia.»

Lei mi guarda, con un'espressione ferita. «Perché non mi hai detto che era contrario? Non avrei mai accettato di continuare. Me l'hai deliberatamente nascosto.» La sua voce diventa soffocata. «Una bugia per omissione è comunque una bugia. Avevi giurato sulla tua vita di essere sempre sincero con me.»

Le prendo la mano e lei la tira via con forza. Sospiro. «Ho continuato perché mi piaceva essere il fidanzato dei tuoi sogni. Te lo meriti.»

Gli occhi le si riempiono di lacrime. «Avresti potuto dirmelo. Sai quanto ho bisogno di sincerità dopo quello che ho passato.»

Parlo con il cuore. «Non te l'ho detto perché pensavo che ti saresti tirata indietro e volevo stare con te. Renderlo un gioco era il modo più facile per restarti vicino.»

Alice scuote la testa e si asciuga una lacrima. «Smettila di fare il tenero. Sei andato fino in fondo solo per consolidare l'accordo con i banchieri. Mi hai usato.»

Indico il suo laptop. «E tu hai usato me. Lo sapevamo entrambi quando abbiamo cominciato, ma adesso le cose sono cambiate.»

«Questa volta devo esser furba» sussurra. «Tu hai avuto ciò che volevi e io anche. Quindi adesso…»

«Cosa?»

Lei scuote la testa fissando il pavimento. «Immagino che sia ora di smettere di giocare.»

Abbasso la testa, cercando di guardarla negli occhi. «Non è più un gioco. Ormai devi averlo capito.»

Lei alza la testa, con le labbra che tremano. Mi sento male vedendo il suo evidente disagio. Anche la voce trema. «Ti stavo solo usando per la mia storia, quindi attento a come mi tratti da ora in poi perché finirà tutto lì.» Indica con il dito il laptop, distogliendo la sguardo da me.

«Sarebbe un onore. E ti tratterò bene.»

«Non ti sei comportato in modo onorevole» dice a denti stretti. «Non mi fido più di te.»

«Le mie intenzioni erano romantiche.»

«Penso che fossero tutt'al più confuse. Non sei nemmeno romantico. Quella sono io.»

«Alice, se avessi la possibilità di ricominciare da capo, non ti direi comunque che Gabriel si opponeva al fidanzamento, perché allora non avrei potuto conoscerti, mi sarei perso la dolce, gentile Alice con un'enorme forza avvolta intorno a una tenera vulnerabilità. E questa è la verità, al cento percento. Per favore, non chiudermi fuori solo perché volevo stare con te.»

Lei alza lo sguardo, frugandomi negli occhi, forse per capire se sono serio. Sospira. «Lucas, non credo…»

«Tu sei mia.» Le parole escono brusche perché, per la prima volta, ho paura di essere sul punto di perderla.

«Io non sono tua. Io sono *mia*. Sono una donna indipendente.»

Le metto una ciocca di capelli dietro l'orecchio e abbasso la voce. «Sì, sei una donna indipendente.» Le sfioro il collo con le dita e lei socchiude gli occhi. Le piace quando la tocco come piace a me toccarla. Sposto la mano sulla guancia, e le dico: «Sei ancora mia» con la voce bassa e sicura, fissandola negli occhi.

Lei sospira, con gli occhi che lampeggiano. «Non ce la faccio. Tu pensi di poter continuare a giocare con la gente per i tuoi scopi!» Si accascia e dice piano: «Non voglio litigare con te.»

Se questo significa litigare con Alice, allora non mi importa. Tutto ciò che dice, tutto ciò che fa, serve solo ad attirarmi di più. Non posso fare a meno di pensare che provi veramente qualcosa per me. Altrimenti non si sentirebbe così ferita da quello che ritiene un tradimento della sua fiducia. È scettica per via della sua recente rottura. Le dimostrerò che non è così. Non la tradirei mai.

«Nemmeno io voglio litigare, dolce Alice.»

Lei sbatte un paio di volte le palpebre, apparentemente colpita dal vezzeggiativo.

Sfrutto il vantaggio, pizzicandole il mento mentre mi chino e le do un bacio tenero all'angolo della bocca. Il suo sospiro mi sfiora le labbra. Bacio l'altro angolo e lei si sposta, cercando di più. Mi tiro indietro, fissandola nei dolci occhi azzurri.

«Voglio stare con te, Alice, e non importa come lo chiamiamo. Non escludermi.» avvolgo i suoi capelli intorno al polso e tiro, alzandole la testa, mettendo in mostra la sua gola. Alice deglutisce. Mi chino lentamente, baciando il punto sensibile dietro l'orecchio, passando il naso lungo il lato del collo, baciandola e assaggiandola lungo il collo.

Sollevo la testa e le nostre labbra sono a un soffio; aspetto, con l'aria elettrica tra di noi. Ho ancora la mano nei suoi capelli; lei tiene le mani lungo i fianchi.

Le sue parole sono bollenti sulle mie labbra. «Ci stiamo usando a vicenda, Lucas.»

Mi sposto appena un po', sfiorandole il labbro inferiore con un bacio. Lei mi segue, cercando di più, ma io mi tiro indietro. «Okay, allora usiamoci a vicenda.»

Alice alza una mano, accarezzandomi gentilmente la

barba. Chiudo gli occhi, il suo tocco mi calma come nient'altro. Grazie a Dio mi sta toccando.

«Penso che sia una pessima idea» dice proprio prima di baciarmi. E non è gentile. Il suo bacio è esigente, mi tira i capelli, mi mordicchia il labbro. È così il sesso arrabbiato con Alice? Ci metto la firma!

Mi afferra la camicia e tenta di strapparla. Si tira indietro e la fissa. «I bottoni avrebbero dovuto volar via.»

«È fatta troppo bene perché succeda.» Anche se probabilmente lei non sarebbe comunque abbastanza forte. «Comunque non dobbiamo preoccuparci della mia camicia» dico, infilando la mano sotto il suo vestito e tra le sue gambe. Una mossa audace. Finora sono stato molto attento con lei.

Lei sussulta, spalancando gli occhi e poi mi afferra la testa baciandomi appassionatamente. *Siìì.* È un bacio violento, tutto labbra e lingua e denti, le sue mani sono dappertutto. È pronta per il resto. Spingo da parte le mutandine bagnate, infilando un dito, spingendolo mentre uso il pollice per stuzzicarla, dandole dei colpetti. Lei geme in fondo alla gola e ogni suono soffocato mi spinge a continuare. Dopo qualche minuto Alice sta cavalcando la mia mano, con le unghie ficcate nella mia schiena.

Alice si sposta. «Adesso. Ti voglio dentro.»

Non esito, strappandole le mutandine e sollevandola dal divano. La guido verso lo schienale, la piego sopra, rialzo il vestito ammucchiandoglielo intorno alla vita. Il mio cazzo spinge, grosso e duro contro i pantaloni.

«Ohhh!» esclama lei mentre lo libera. Ho troppa fretta per spogliarla completamente. «È proprio come... ah!»

Non potevo fare piano. Sono dentro ed è quello di cui avevo bisogno. Sbatto dentro di lei, con gli occhi che si chiudono per le intense sensazioni. Gesù, devo rallentare. Questa è Alice, la dolce, gentile Alice.

Lei arcua i fianchi spingendoli verso di me. «Più forte» ordina.

E io accelero. Non posso farne a meno. Non riesco a fermarmi. È selvaggio e animalesco e sudaticcio. Sto ansimando, cercando di prolungarlo. *Non ancora, non ancora.*

Passo una mano davanti a lei e la strofino, forte. Lei emette un grido e si contrae intorno a me, spingendomi ancora più vicino al baratro. Mi fermo, ancora dentro di lei in profondità, e mi concentro sul suo orgasmo, addolcendo il tocco, stuzzicandola finché è lei che mi prega, in una litania di richieste mormorate. «Lucas, per favore, adesso, adesso.»

Chiudo i denti sul tendine del suo collo mentre la copro, spingendo fino in fondo, con le dita che sfregano esattamente nel modo che so che la farà esplodere. Lei si irrigidisce, contraendosi intorno a me e quasi ruggisco il mio trionfo. Lei viene violentemente, ondulando sotto di me, con il suo corpo che mi strizza ritmicamente. Cazzo! La afferro più stretta e continuo a spingere, il mio fiato affannoso che si mescola con i suoi gemiti. E poi esplodo in un'ondata di piacere, lampi di luce che esplodono dietro le palpebre chiuse.

Apro lentamente gli occhi e mi raddrizzo, passando la mano sulla sua spina dorsale, fino alla nuca, stringendola. Lei è rilassata e languida. Non mi sono mai lasciato andare così con lei. Mi sono sempre concentrato sul suo piacere, cercando di trattarla meglio di quanto avessero fatto i suoi amanti in passato. Non volevo essere un animale che la usava senza pensarci.

Mi tiro fuori e la guardo, ancora piegata sullo schienale, stranamente silenziosa. Cazzo. Sono stato troppo rude?

Mi sposto per vederla meglio. Ha la testa girata dall'altra parte. «Alice?»

Lei si volta verso di me, con le guance rosa, gli occhi brillanti e sorride. A quel sorriso mi invade un'euforia, pura e dolce. Sono innamorato di lei. Deve essere vero se un suo sorriso può ridurmi così. Lei si raddrizza, si volta verso di me e ondeggia un po'. La tengo in equilibrio e lei mi mette le braccia intorno al collo.

Mi bacia. «È stato esattamente come nel mio libro *L'audacia del duca,* quando la prende sullo schienale del sofà.»

Per un attimo sono disorientato. Ha ragione, ma non è il motivo per cui l'ho fatto. Avevo solo dannatamente bisogno di lei. «Sono… sono stato troppo rude?»

Lei scuote la testa con un sorriso. «No. Per te è stato più bello così?»

«Mi piace in tutti i modi con te.»

Lei mi accarezza la barba. «Penso che dovresti lasciarti andare come vuoi. Non sono fragile.»

«Non volevo essere come gli uomini che ti avevano deluso in passato. Immagino che prendessero ciò che volevano e se ne andassero.»

«Sì, ma tu sai anche dare.» Mi dà un colpetto sulla guancia. «Inoltre loro volevano solo la posizione regolare.»

Sorrido. «Si chiama posizione del missionario.»

Lei alza gli occhi, fissando il soffitto, con le labbra arricciate. «Deve esserci una storia interessante dietro. Missionario. Devo fare qualche ricerca.» Mi guarda negli occhi. «Ti dispiace se torno alla mia storia?»

Spingo in fondo alla mente il pensiero deprimente che preferisca il suo laptop a me. Se è così, allora dovrò lavorare più duramente per aumentare il mio fascino. «In effetti sì. Ho qualcosa in mente per te.» Poi la prendo in braccio e la porto in camera.

Lei sospira, premendo la guancia contro il mio petto. *Questo. Questo è tutto ciò di cui ho bisogno.* Beh, forse solo un'altra cosa. «Verrai al cantiere con me per la visita? Mi aiuterebbe moltissimo.»

Alice mi traccia il bicipite con le dita. «Okay, un'altra volta come fidanzata e poi basta.»

In fondo alla mente mi risuona un campanello d'allarme. Che succederà una volta che il gioco sarà finito? Potremo avere un futuro? Oppure lei passerà al prossimo amante, la sua prossima ispirazione? Non mi sfugge l'ironia. Sono io quello che passa sempre alla prossima donna.

Non so come mi sia innamorato così profondamente e così in fretta. È passata poco più di una settimana. Forse è stata la sua vulnerabilità che mi ha attirato, il modo in cui si è appoggiata a me. Sono così raramente quello a cui si appoggia la gente. Ho coltivato la mia reputazione da festaiolo talmente a lungo che la gente non vede l'uomo di sostanza che c'è dietro.

Alice sì. E mi ha sostenuto nel mio lavoro. La sua fiducia in me è stata un enorme aiuto.

L'appoggio sul letto e lei mi apre le braccia, con un sorriso dolce, gentile che mi ghermisce il cuore. Finora avevo scelto donne ciniche, quelle più simili a me, quando ciò di cui avevo bisogno era l'esatto opposto.

La copro, accarezzandole il collo con le labbra, respirando il suo dolce profumo di fiori mentre lei chiude le braccia intorno a me. La donna fatta per me. Non sono mai stato più certo di qualcosa in vita mia.

Devo solo riuscire a farlo credere anche a lei.

Alice

Sono sulla Mercedes con Lucas sulla lunga strada che va dal palazzo al molo per incontrare Jules e il suo collega David, che arriveranno tra breve con il traghetto. Una guardia, Michael, anche se preferisco pensare a lui come Thor, è sul sedile anteriore, insieme all'autista. C'è un'altra Mercedes dietro a noi, per gli ospiti. Ci uniremo ad Anna e a Gabriel per la visita alla spa. Lucas vuole mostrare ai banchieri le installazioni in un vecchio magazzino accanto al molo, dove stanno sviluppando la linea di cosmetici. Spera di convertire alla produzione una parte maggiore degli edifici esistenti, oltre a costruire qualcosa di nuovo. Molti degli edifici precedentemente usati dai pescatori sono vuoti, a causa del declino della popolazione ittica.

Sono talmente nervosa da essere ridicola. Vorrei pensare che sia perché non ho più visto Gabriel dopo la cena di famiglia, dove aveva chiarito che Lucas avrebbe perso il suo posto nell'attività di famiglia se avessero scoperto che il nostro fidanzamento era finto. Ma la verità è che, in fondo in fondo, ho semplicemente paura. Lucas è stato… un sogno. Sin dal nostro litigio due giorni fa, mi è stato costantemente addosso, e non intendo in modo sessuale, anche se c'è stato anche quello. Voluttuosamente. Ma è stato anche estremamente affettuoso e ha sfoderato tutte le maniere principesche che avevo sognato. Gli ho perdonato l'inganno perché ha parlato veramente con il cuore, e le sue intenzioni verso di me erano buone. E il mio cuore incenerito sta battendo di nuovo a ogni suo sguardo, ogni contatto, ogni sorriso sghembo.

Mi sto innamorando di lui.

Il mio stupido cuore romantico ha ignorato ogni grammo di buonsenso che possiedo. Voglio essere dura e pratica. Realisticamente so di non essere pronta per amare di nuovo. E non so se lui provi quel tipo di sentimento profondo per me. Forse è così con tutte le donne ed è il motivo per cui è conosciuto per il suo fascino. Basta solo cercare il suo nome su Google per vedere tutte le donne che lo amano, le donne con cui è stato e quelle che sognano di stare con lui o che lo seguono ossessivamente online.

Fisso i graziosi cottage bianchi mentre passiamo, cercando di dare un senso al tempo passato con Lucas. Ho avuto ciò che cercavo, una storia e, finalmente, la magia è tornata, ho ripreso a scrivere. Avrò pronta la prima stesura entro la fine della settimana, appena in tempo per spedirla alla mia editor prima di partire per il firmacopie a Londra. Da Londra potrei tornare a casa, finire le revisioni e inviare la stesura finale. Oppure potrei restare nella mia suite a palazzo per le quattro settimane extra che Anna mi ha offerto gratuitamente. Certo che la vita a palazzo… Soddisfano ogni mia necessità, lasciandomi completamente libera di scrivere. Ma significa passare altro tempo con Lucas e non so se sia una mossa intelligente da parte mia impegolarmi ulteriormente con lo scapolo reale più ambito al mondo. Devo farmi furba quando si tratta di relazioni, entrarci piano piano, proteggere il mio cuore e avere pronto un piano di fuga.

Un piano di fuga? Poco romantico. Ovviamente ho ancora parecchie cicatrici sul mio cuore.

Lucas mi prende la mano, intrecciando le dita. «Sei terribilmente silenziosa.»

«Sono nervosa perché non so come andrà oggi» dico, dicendogli una parte della verità. «Non vorrei irritare ancora di più re Gabriel.»

«Segui semplicemente l'esempio del principe Lucas» mi

dice, con quel suo sorriso sghembo e gli occhi acquamarina che scintillano divertiti. Il mio cuore batte più forte e le farfalle nello stomaco prendono il volo e danzano. Tutte le terminazioni nervose si svegliano e si mettono all'erta. Come fa quel sorriso a provocare una reazione più forte ogni volta? Non è come se non l'avessi mai visto prima.

Mi concentro sui suoi occhi, i suoi stupendi occhi acquamarina. «Dopo la riunione, devo ritirarmi nella mia caverna per finire la prima stesura del libro. Ho solo tre giorni prima di partire per Londra e devo consegnarlo prima di partire. È una scadenza improrogabile per il mio editore.»

Lucas solleva le nostre mani unite e mi bacia le nocche, con gli occhi fissi nei miei. «È il tuo modo educato di dirmi che hai bisogno di spazio?»

Arrossisco, sentendomi colpevole. Penso che sia così, almeno in parte, perché sono spaventata e mi sto innamorando di lui e non so che cosa fare al proposito. «Ti manderò un messaggio alla fine di ogni giornata, quando il mio cervello sarà completamente fritto e senza più parole, se vorrai venirmi a trovare.»

Mi mette la mano sulla nuca, tirandomi vicino e mormorandomi sulle labbra: «Farò più che venire a trovarti, dolce Alice. Approfitterò di te.»

Mi manca di colpo il fiato e il polso batte più in fretta. Conosce tutti i miei punti deboli: vezzeggiativi romantici, linguaggio Regency, maniere principesche che non ho *mai* incontrato al di fuori di un libro e una prestanza sessuale che mi rende un demonio multi-orgasmico che vuole sempre di più.

Mi dà in fretta un bacio prima di spostarsi verso l'orecchio, con la voce come un brontolio roco: «E per "approfittarmi di te" intendo dire che ti scoperò fino a farti perdere la ragione e poi farò in modo che implori perché continui.» Rabbrividisco alle sue parole e poi lui diventa più esplicito, alimentando la mia immaginazione iperattiva finché riesco a raffigurarmelo in modo così vivido che pulso di desiderio, ho il fiato corto, la pelle che scotta. E non mi ha nemmeno toccato.

E poi Lucas mi tocca, la mano che scivola tra le mie gambe

nascosta dal vestito. Sobbalzo e gli spingo via la mano. «Lucas!» sibilo. Non siamo in una limousine con il divisorio alzato. È un'auto, e l'autista e la guardia del corpo sono *proprio lì*, sul sedile anteriore.

Lui sorride. «Che c'è?» E poi sussurra. «Ti aiuterebbe a rilassarti.»

L'auto si ferma e, senza voltarsi, l'autista annuncia: «Siamo arrivati, Altezza, signora.»

Lucas mi mette la mano sulla guancia e mi bacia. «Un'altra volta.» Sbircia fuori dal finestrino. «Il traghetto non è ancora arrivato. Possiamo fare una breve passeggiata accanto al molo.»

Mi aiuta a scendere dall'auto, mi prende la mano e mi guida verso un vialetto appena prima del molo. Thor ci segue e l'autista torna all'auto.

«Alice, rilassati» dice Lucas, stringendomi la mano. «Oggi andrà tutto liscio come l'olio.»

«Sono rilassata» dico seccamente.

«Forse dovremmo tornare alla privacy dell'auto» dice dandomi un'occhiata lasciva. «Posso chiedere all'autista di andare a fare una passeggiata.»

Scuoto la testa, con il polso che si impenna all'idea del suo modo di farmi rilassare. «Da quel punto di vista fingi che sia già a posto.» Siamo stati parecchio attivi a letto e mi oppongo a una scopata sul sedile posteriore di un'auto, alla luce del giorno. Almeno mi pongo qualche limite.

Lucas sogghigna e poi mi guida lungo un sentiero verso la spiaggia, tirandomi verso le onde ipnotiche. C'è una brezza fresca che porta il sapore salato dell'aria di mare. Qualcosa dentro di me si rilassa.

Lucas si ferma, mi mette le mani intorno alla vita stando dietro di me e io mi sciolgo nel suo abbraccio. «È una fortuna che il mare ti calmi, visto che siamo su un'isola.»

«Ho sempre desiderato vivere vicino all'acqua» gli confesso.

«Allora dovresti farlo.»

«Se i desideri fossero milioni di dollari...»

«Resta con me.»

«Cosa?»

Lui mi volta verso di sé. «Resta con me a Villroy.»

«Che cosa stai cercando di dirmi?» Faccio un passo indietro, con lo stomaco in subbuglio. «Che cosa stai cercando di dirmi?» ripeto. La mia voce è acuta e debole perché una parte di me lo sa e non posso accettarlo. Faccio un altro passo indietro e il tacco affonda nella sabbia, facendomi inciampare.

Lucas mi afferra per le braccia e mi riporta verso di sé. «Okay, calmati. Sembra che stia guardando un film dell'orrore. Non è così brutto.»

«Non sono pronta» riesco a dire, nonostante il groppo che ho in gola.

Lui mi gira di nuovo verso il mare, mettendomi le mani sulle spalle. «Respira. Guarda il mare e respira. Dimentica quello che ho detto. Sei la mia finta fidanzata e, dopo questa riunione, tornerai nella tua suite a finire la tua storia.»

Mi rilasso lentamente. Non so come, Lucas sa esattamente che cosa ho bisogno di sentire, anche quando è lui la causa dell'ansia.

Mi bacia il collo prima di dirmi piano all'orecchio: «Ma penso che oramai tu sappia di essere mia. Ti darò un po' di tempo per abituarti all'idea.»

Maschio arrogante e prepotente. Mi volto, dandogli un'occhiataccia. Il suo sorriso sghembo appare come da programma e i suoi occhi azzurro-verdi sono teneri. «Aspetterò, Alice.»

Ho le ginocchia molli. Apro la bocca e poi la richiudo, senza sapere se fulminarlo per la sua arroganza o ammettere che mi sto innamorando e sono terrorizzata. Forse lo sa. O forse sta solo presumendo che accetterò i suoi piani per tenermi. È possibile che sia innamorato di me?

Suona una sirena e guardiamo entrambi il traghetto che si sta avvicinando. «Comincia lo spettacolo» dice, afferrandomi la mano e mettendosela nell'incavo del gomito, mentre risaliamo dalla spiaggia.

Ho i nervi scossi. Dalla preoccupazione per la riunione di oggi a Lucas che mi propone di vivere a Villroy, non sono letteralmente più in grado di sopportare altro. Quindi lascio che vada avanti, seguendolo ciecamente verso le auto in attesa sulla strada accanto al molo. Un autista accompagnerà i nostri ospiti alla seconda auto. *I nostri ospiti?* I *suoi* ospiti.

«Lucas, quando dici che sono tua, è il tuo modo arrogante e prepotente di dire che ti piaccio tantissimo, o forse che...»

Lui si ferma e mi prende il volto tra le mani. «Io ti amo.»

«Oh!» I miei occhi si riempiono di lacrime e mi tremano le labbra. «Oh.» Sono talmente stupefatta che resto senza parole. Non mi ero aspettata un'aperta ammissione di sentimenti profondi, gli stessi in cui sto annegando da giorni.

Lucas mi bacia teneramente. «Aspetterò che tu mi raggiunga.»

Fisso il suo torace. «Sono già a quel punto e mi terrorizza.» Mi manca la voce e mi sento così scossa che non riesco a muovermi. Forse non voglio muovermi.

Lucas fa scivolare le mani dalle spalle giù fino ai gomiti e poi mi abbraccia, baciandomi appassionatamente. Gli metto le braccia intorno al collo, perdendomi nel bacio e in tutto ciò che mi fa provare. È il bacio che supera ogni altro bacio, e non voglio che finisca. Mai.

Anche quando la gente comincia a battere le mani e fischiare.

Anche quando la mano di Lucas mi afferra il sedere e mi preme contro di lui.

Anche quando sento il mio nome.

Aspettate. Conosco quella voce. Mi stacco da Lucas, mi volto e mi trovo davanti il mio peggior incubo: Mason.

E Riley.

Qui a Villroy.

Mi porto le mani al petto, ho il cuore che batte come un tamburo. Sudo freddo e il mio mondo si mette a girare, facendomi barcollare. Lucas mi afferra il braccio, tenendomi in piedi. Mi sta parlando ma non riesco a capire il significato delle parole.

Sbatto un paio di volte le palpebre, senza quasi credere ai miei occhi. Mason e Riley sono *qui* a Villroy. Che cosa ci fanno qui?

Distolgo gli occhi, cercando di pensare. Non dovrebbero

essere qui. Stanno intromettendosi nella luna di miele in solitario che ho pagato con i miei sudati guadagni. E stanno interrompendo il momento più romantico della mia vita!

Vedo rosso e quando finalmente parlo, c'è talmente tanto veleno nella mia voce che quasi non mi riconosco. «*Lo* ucciderò. Mason è qui e ha portato Riley.»

«Diavolo» dice Lucas. «Ti aiuterò a ucciderlo, ma non adesso. Vieni. Andiamo alla macchina. Jules e David sono già lì.»

Praticamente mi trascina via, con il braccio intorno alle mie spalle.

Sento i passi dietro di noi. «Aspetta!» urla Mason. «Alice, Riley deve parlare con te.»

«Vattene!» urlo girando la testa.

Lucas mi lascia andare, si volta e va minaccioso verso Mason. Riley è rimasto un po' indietro. Sembra disgustosamente carina con i suoi lunghi capelli neri raccolti in una coda di cavallo, una canottiera bianca, pantaloni arancio bruciato e sandali dal tacco alto. Scommetto che ha pagato lei i costosi biglietti aerei. La sua famiglia è piena di soldi.

Raggiungo Lucas giusto in tempo per sentirgli dire, con la voce autoritaria: «Voi due aspettate qui. Un'auto vi porterà a palazzo, dove poi aspetterete nel foyer finché Alice e io avremo tempo per voi.» Poi si rivolge a Thor: «Avvisa e fai in modo che ci siano due guardie con loro, in ogni momento.»

«Tu chi sei?» chiede Mason a Lucas, aggrottando le sopracciglia.

«Fai quello che ho detto» risponde Lucas seccamente, «altrimenti sarete scortati direttamente al traghetto e lascerete l'isola per sempre.»

Mason si rivolge a me: «Alice, che cosa sta succedendo? Hai portato un altro uomo nella nostra luna di miele?»

Lo guardo sbalordita. Che coraggio! Dopo quello che ha fatto?

Lucas afferra Mason per la camicia e lo tira vicino. «Non un'altra parola.» Gli dà uno spintone e Mason barcolla. «Io sono il principe di Villroy e il fidanzato di Alice.»

«Alice?» chiede Mason come se fosse completamente smarrito.

Lucas mi mette un braccio intorno alle spalle e mi guida verso l'auto. Sto tremando per la rabbia con la mente che macina tutto ciò che vorrei sputare addosso a Mason e Riley per aver osato presentarsi qui nel posto che doveva essere il mio rifugio lontano da tutto il dolore che mi avevano provocato.

Ma non c'è tempo per vomitare loro addosso tutto il veleno che ho dentro perché ci sono Jules e David.

Lucas sorride ed esclama: «*Bonjour!*» e altre parole calorose e allegre in francese. Io mi incollo un sorriso sulle labbra e non batto ciglio quando Lucas mi presenta a David dicendo che sono la sua fidanzata

I miei mondi si stanno scontrando e ci sono troppi fidanzati, veri e falsi perché il mio povero cuore possa sopportarlo.

16

―――――

Lucas

Lo ucciderò. Giuro su Dio. Proprio quando ero riuscito a penetrare le difese di Alice (mi ama, per qualche miracolo mi ama, perfino dopo la rottura traumatica che avrebbe chiuso il cuore di chiunque per tanto, tanto tempo), *lui* si fa vivo, rammentandole tutto il dolore che può comportare regalare il tuo cuore a qualcuno. Parliamo di un passo avanti e un gigantesco balzo indietro. È quasi catatonica al mio fianco durante la visita alla day-spa. Durante il viaggio in auto, le avevo suggerito di tornare nella sua stanza, per non imporle anche la pressione dell'incontro di lavoro. Avrei semplicemente detto che non si sentiva bene. Aveva rifiutato, dicendo recisamente: «No, sono una guerriera.» Come se definirsi tale potesse proteggerla. La conosco. È un'anima dolce, sensibile. E perfino una guerriera ha bisogno di un posto sicuro dove ritirarsi prima che si scateni l'inferno.

Che cazzo ci fa qui Mason? E, santiddio, perché ha portato con sé Riley, la cosiddetta miglior amica che ha pugnalato Alice alle spalle?

Sospiro. Anna sta facendo fare il tour della day-spa ai banchieri e il resto di noi li segue. Sembra che vada tutto bene. Sia Jules sia David sono impressionati da quanto abbiamo già fatto e il naturale entusiasmo di Anna li sta conquistando.

«Avete parlato di un possibile ristorante in aggiunta al bar della spa?» chiede David quando torniamo nel foyer. La conversazione è continuata in inglese dopo l'iniziale *Bonjour, Messieurs!* di Anna che li ha fatti rabbrividire. La sua pronuncia è atroce. Anche se, in sua difesa, devo dire che ha passato ben poco tempo con il suo insegnante di francese e Gabriel le insegna solo le parole sconce. È una cosa che mi ha confidato lei quando le ho chiesto delle sue lezioni un paio di mesi fa.

«Sì» risponde Anna. «Il ristorante offrirebbe pesce e frutti di mare freschi forniti dai nostri pescatori. Forse potremmo ingaggiare un cuoco francese. Sono i migliori.»

«Eh, sì, ci piace mangiare» dice amabilmente Jules.

«Lasciate che vi mostri dove dovrebbe sorgere il ristorante» dice Anna, indicando l'uscita laterale.

Usciamo tutti, guardando il terreno pianeggiante che dà sul mare. Subentra Gabriel, informandoli di quanto abbiamo già investito nel progetto, dal punto di vista finanziario e di ciò che riteniamo di ricavare, anche senza il ristorante.

«Sì» mormora David, dandomi un'occhiata. «Il vostro direttore finanziario ci ha già messo al corrente, fornendoci le cifre.»

Gabriel mi guarda, mi fa un lieve cenno di approvazione prima di spostare lo sguardo su Alice e poi distoglierlo in fretta. Non capisce perché Alice sia lì. Il fidanzamento è finto, ma l'amore è reale. E quando Alice sarà pronta, quando succederà, faremo il prossimo passo per rendere reale il fidanzamento. Non avevo mai pensato di poter essere eccitato davanti alla possibilità di un fidanzamento. Di solito trovavo repellente perfino l'idea del matrimonio. Prima della dolce Alice. Le prendo la mano, è gelata, nonostante la calda giornata di giugno. Sta fissando il mare, completamente rinchiusa in se stessa. Probabilmente ha cercato rifugio nella sua immaginazione.

Mi occuperò io del suo ex e poi l'aiuterò a superare il tutto. Non avrebbe dovuto essere costretta ad affrontare un'altra volta l'inferno del doppio tradimento. Mentalmente, penso alle varie possibilità che ho di affrontare il suo ex, ma nessuna di loro finisce senza violenza. Ho talmente voglia di prenderlo a pugni da sentirne il sapore. So che Alice non lo vorrebbe. Lei è un'anima non-violenta. Non ha mai nemmeno bloccato il suo numero sul telefono, con mio sommo dispiacere. Devo restare calmo e lucido, per il suo bene.

Torno ad ascoltare la conversazione proprio mentre Gabriel sta dicendo: «Vi prego, unitevi a noi a palazzo per il pranzo.»

«Certamente» dice Jules con un sorriso radioso. «Non ho mai visto la tua residenza ancestrale.»

David riesce finalmente a sorridere. «Se saremmo felicissimi.»

Alice mi afferra stretto il braccio e la sua occhiata allarmata mi ricorda che c'è un problema. Mason e Riley stanno aspettando nel foyer. Tutti i nostri ospiti passano da quella parte. «Chiamo e faccio spostare i nostri indesiderati ospiti» le sussurro all'orecchio.

Lei annuisce, rigida, pallida e nervosa. «Nelle segrete» sussurra.

Non sorride alla sua stessa battuta come farebbe normalmente, ma mi fa sentire meglio perché sembra stia tornando se stessa. Le bacio la guancia. Niente sorriso ancora, ma mi dà un'occhiata tenera.

Appena saliti in macchina, da soli, do istruzioni alle guardie di spostare immediatamente Mason e Riley nel salotto privato. Li voglio lì perché è a una bella distanza dalla sala da pranzo, quindi non c'è la possibilità che escano dalla stanza e ci vedano. Non mi interessa quanto dovranno aspettare.

Quando arriviamo nel cortile del palazzo, Alice e io aspettiamo per qualche istante in auto per avere la conferma che Mason e Riley sono nel salotto. Quando siamo sicuri, l'aiuto a scendere e la prendo a braccetto mentre attraversiamo il cortile.

Un servitore ci apre la porta ed entriamo con il resto del gruppo, chiacchierando allegramente.

«Stiamo andando nel nostro salotto privato per un drink» mi dice Gabriel. «Il pranzo sarà pronto solo tra un'ora.»

No! «Andiamo nel giardino pensile, invece» dico con calma. «È una bella giornata e sono sicuro che a Jules e David piacerà il panorama.» Mi rivolgo a loro. «Da lì si può vedere l'intera isola.»

«Forse dopo il pranzo» replica Gabriel. «Ho offerto il mio miglior scotch ai nostri ospiti, ed è in salotto.»

Cerco con tutte le mie forze di non far sentire il panico nella mia voce, perché so che con Mason presente, questo finto fidanzamento mi scoppierà in faccia e poi sarò veramente fuori dall'attività per sempre. Per non parlare dell'effetto che avrà su Alice. «Porteremo lo scotch sul tetto.»

Gabriel stringe gli occhi, guardandomi fisso. «Dovremo anche firmare dei documenti. Non voglio che ci siano carte che volano nel vento. Che cosa c'è che non va nel salotto?»

«Niente» dico. «Va tutto benissimo.»

Appena cominciamo a muoversi, supero tutti, sperando di trovare un servitore lungo la strada per far spostare Mason e Riley prima che arriviamo. Alice mi afferra la mano in una stretta mortale, rallentandomi e poi, prima che possa riferirle il mio piano di fermare un servitore, Jules arriva accanto a lei.

«Alice» dice, «mia moglie e le sue amiche sono rimaste entusiaste dei loro libri firmati. A Celeste piacerebbe incontrarti di nuovo, e anche altre sue amiche chiedono di te. Vieni mai a Parigi per i firmacopie?»

Alice sorride e risponde con vero calore nella voce, e sarebbe un sollievo se non stessi morendo dentro, cercando di evitare la catastrofe che ci aspetta. «Mi piacerebbe, ma non ho in programma un firmacopie a Parigi nel prossimo futuro.»

Non aspetto la risposta di Jules, invece tolgo la mano da quella di Alice e supero a grandi passi il gruppo per cercare un servitore. All'improvviso trovo Anna al mio fianco, che mi prende a braccetto. Si muove in fretta, le sue gambe lunghe tengono facilmente il passo con me. Non riesco a trovare il coraggio di staccarmi a forza da mia cognata, col suo pancione.

«Qualcuno è innamorato» mi prende in giro a voce bassa.

«Sì» dico, senza riuscire a reprimere il sorriso. «E anche lei.»

«Oh, Lucas! Sono così felice per entrambi.» Abbassa la voce. «Puoi dirlo, è tutto merito mio.»

«Più che altro merito del mio fascino irresistibile.»

Anna scoppia a ridere. «Alice mi piace. Veramente. Resterà qui a Villroy?»

«Non lo so. È ancora un po' ombrosa e il suo ex si è appena fatto vivo. È in quell'accidente di salotto e ho cercato di dirottare Gabriel, ma come al solito lui è stato irremovibile.»

Lei si ferma di colpo. «Gabriel?» dice. «Mi sento leggermente stordita. Penso che andrò a sdraiarmi.»

Gabriel quasi mi stende per correre al suo fianco. «Che c'è? È il bambino? Sei in travaglio?»

«No, niente del genere» dice lei in fretta. «Ho solo bisogno di riposare. Ti dispiacerebbe accompagnarmi nella nostra suite? Lucas può intrattenere i nostri ospiti fino al tuo ritorno.» Mi dà un'occhiata significativa. Accidenti se è brava.

«Certamente» dice Gabriel, mettendole un braccio intorno alla vita. «E chiamerò il medico perché ti controlli.»

«Niente medico» dice fermamente Anna.

Gabriel si congeda da Jules e David, promettendo di ritornare quando Anna si sarà sistemata. Insiste che la guardia li accompagni e resti fuori dalla sua porta. L'ama con una devozione feroce che sto cominciando a capire solo adesso. Lo osservo per un momento mentre guida Anna davanti a noi, svoltando verso le scale che portano alla loro suite. Hanno una conversazione intensa a voce bassa mentre camminano. Gabriel probabilmente è deciso a chiamare il medico e Anna è altrettanto decisa che non è necessario. Mi ha tolto dai guai e le sono debitore, e non solo per questo.

Raggiungo Jules, David e Alice. «Vi piacerebbe vedere i giardini? Sono appena oltre il cortile.»

«In effetti, avevo proprio voglia di quello scotch» dice Jules.

«Certo» mormoro. Ora che Gabriel e Anna sono andati

via, non ho modo di scappare a cercare un servitore senza che la cosa sia ovvia,

Jules è caloroso e cordiale e chiacchiera in francese con me, con David che interviene ogni tanto mentre Alice è completamente silenziosa. Potrei insistere di tornare all'inglese, per Alice, ma non credo che in questo momento sarebbe in grado di sostenere una conversazione. In salotto ci aspetta il disastro, lo sappiamo entrambi, e sembra che lei abbia voglia di scappare.

«Alice» dico, durante una breve pausa della conversazione, «preferiresti raggiungerci a pranzo tra un po'? So che hai una scadenza molto ravvicinata per la consegna del libro.»

Lei alza la testa di colpo. «Sì. Il mio cervello stava già immaginando gli scenari e non vedo l'ora di scrivere il tutto.»

«*L'auteure!*» esclama Jules. «Ovviamente devi esprimere la tua arte. Noi uomini berremo il nostro scotch mentre tu fai la tua magia.»

«Grazie!» Alice si affretta, e io quasi mi affloscio per il sollievo.

Ora non mi devo preoccupare che la scenata con Mason e Riley possa sconvolgere Alice. Chiederò semplicemente alle guardie appostate fuori dalla porta di scortarli di nuovo nel foyer e andrà tutto bene.

Quando arriviamo al salotto mi sento decisamente più allegro. Dopo tutto stiamo per firmare il prestito che speravo di ottenere e tutto va secondo i piani. Perfino meglio, ho trovato l'amore della mia vita.

Mi fermo davanti alle guardie, Louis e Claude. «Per favore, scortateli di nuovo nel foyer e aspettatemi lì.» Aspetto mentre le guardie vanno a recuperare Mason e Riley.

«Solo un momento» dico a Jules e David. «Ho un paio di ospiti inaspettati e, sfortunatamente, non credo che sarà una visita piacevole. Niente di serio, solo un malinteso di cui mi occuperò una volta completati i nostri affari.»

David aggrotta le sopracciglia. Jules sembra preoccupato, ma dice in fretta. «Certo.»

La porta del salotto si apre, Claude esce, Louis segue Mason e Riley. Appena mi vede, Mason esclama. «Ehi!

Abbiamo aspettato abbastanza! Non ho fatto tutta questa strada solo per girare a vuoto! Voglio vedere Alice. Dov'è?»

Si ferma davanti a me, guardandomi torvo nel tentativo di apparire minaccioso, ma so che tipo è. È un bugiardo e un traditore. È un codardo. «Che cosa ne hai fatto?»

Faccio un cenno alle guardie di non intervenire perché ho bisogno che capisca una cosa. «Lei è mia.»

Mason si agita ancora di più. Forse tutto sommato potrò prenderlo a pugni. «Dov'è Alice?» sbraita. «Ho il diritto di vedere la mia fidanzata!»

Riley si intromette, apparendo al suo fianco. «Lei non è più la tua fidanzata. Sono io!»

«Lei è la *mia* fidanzata» dico a denti stretti. «E voi dovete aspettare nel foyer.»

«Lucas, che cosa sta succedendo qui?» mi chiede Jules.

Chiudo gli occhi. Nella mia esasperazione, avevo quasi dimenticato che c'erano Jules e David.

«Ah!» sbraita Mason. «Non è possibile che Alice si sia fidanzata tanto in fretta. Il nostro fidanzamento è finito solo qualche settimana fa. Lei non fa mai le cose in fretta, lenta e cauta, ecco com'è Alice.»

Sto per intervenire difendendo il nostro fidanzamento affrettato, dicendo che si è trattato di amore a prima vista, che significherebbe solo modificare leggermente la verità, quando sento la voce di Alice dietro di me, un po' senza fiato.

«Mi sono persa.»

Mi volto, chiedendomi quanto abbia sentito.

Jules e David fanno un passo indietro, permettendo ad Alice di avvicinarsi.

Lei mi guarda negli occhi, con la voce più ferma. «Il palazzo è talmente grande che mi sono persa.» Guarda sopra la mia spalla. «Ho sentito la tua voce, Mason, e l'ho seguita per dirti questo: non so perché sei qui e non mi interessa. Ti avevo dato il mio cuore e tu non l'hai trattato con la cura che meritava. Mi hai pugnalato alle spalle, diritto attraverso il cuore e poi *hai rigirato il coltello…*» mostra i denti e rigira un coltello immaginario, «tradendomi con la mia migliore amica. In un solo, devastante, colpo mi hai portato via tutto ciò che significava qualcosa per me! Tu, Riley, la mia capacità di scrivere storie liete... tutto sparito.» Guarda il soffitto, sbattendo velocemente le palpebre e l'empatia fa bruciare gli occhi anche a me.

Lo fissa e io fisso lei, attento nel caso avesse bisogno di me. «Pensavo di morire» dice a bassa voce. «Ma non sono morta. Ho pianto, ho urlato contro l'ingiustizia e poi sono venuta qui, per trovare il rifugio di cui avevo disperatamente bisogno e sfuggire a tutto ciò che mi ricordava te o Riley.»

Mi guarda negli occhi. «Ho incontrato Lucas.» Sorride, il suo sorriso dolce e tenero e sento il petto e la gola che si stringono per l'emozione. «Ho trovato la mia ispirazione.» Si volta verso Mason, alzando la testa. «Ho ripreso a scrivere. E ho trovato l'amore con un uomo che mi tratta come merito. Ecco tutto.» Annuisce una volta, illuminandosi. «Tu e Riley ve ne dovete andare. Non c'è altro che devo dire a nessuno dei due, nient'altro che possa darvi, quindi addio.»

Sorrido un po'. Sono così maledettamente orgoglioso di lei. «È stato un discorso da guerriera.» Mi aveva detto di essere una guerriera la prima volta in cui ci siamo incontrati. Quando riusciva a malapena a reggere, cercando di fare la dura. Ora lo è diventata veramente.

«Grazie», esclama Alice felice.

«Riley deve parlare con te» dice Mason.

Mi volto e gli do un'occhiata di fuoco. Che cos'ha, un desiderio di morte?

Riley si affretta ad avvicinarsi. «Alice, mi sento malissimo per come sono andate le cose. Non volevo innamorarmi di lui. È successo e sono tanto, tanto dispiaciuta. Spero che un giorno potrai perdonarmi. Mi manchi tanto. Sei la famiglia che ho scelto e non posso sopportare l'idea che non ci sarai più nella mia vita.»

Alice stringe le labbra.

Mason interviene. «Alice, lei ti vuole bene. Non riesce a dormire di notte. È veramente distrutta. È il motivo per cui continuavo a chiamarti e a mandarti messaggi. Riley diceva che non volevi parlare con lei, ma ho pensato che se solo ti avessi spiegato quanto si sente male, ci avresti ripensato. So quanto siete legate.»

«Come *eravamo* legate» dice Alice.

«Mi dispiace veramente» dice Riley con la voce debole e gli occhi pieni di lacrime.

Fissiamo tutti Alice, aspettando la sua reazione.

Lei sospira. «Sai che cosa desidero?»

«Che cosa?» chiede Riley in tono speranzoso.

Alice risponde con la voce forte e chiara. «Desidero che tu e Mason scopriate che bugiardi mentitori siete entrambi. Riley, Mason tradirà e mentirà ancora. E, Mason, mi aspetto veramente che anche Riley faccia lo stesso. I bugiardi e i traditori non sono mai soddisfatti. Cercano sempre qualcosa di più, qualcosa di meglio, nel tentativo di riempire il vuoto che c'è in loro ma, sapete una cosa? Quel vuoto non si riempirà mai perché è una brutta ferita purulenta creata dalle vostre insicurezze e dal vostro carattere debole. Spero che vi facciate reciprocamente male quanto avete fatto male a me. Questo è ciò che desidero.» Si rivolge a Louis che sta pazientemente aspettando dietro a Riley. «Hercules, portali via!»

«Signora, mi chiamo Louis. E sono felice di farlo.» Accenna con la testa a Riley di uscire dalla stanza e lei obbedisce, con la testa e le spalle basse, sconfitta. Mason deve essere incoraggiato a seguirla dall'altra guardia che lo prende fermamente per il braccio.

Abbraccio Alice e le bacio la testa. «Ben fatto, cara la mia guerriera.»

Lei mi guarda, con il suo dolce sorriso sulle labbra. «Non riesco a credere di aver finalmente potuto dirlo. Prima ero talmente sotto shock che non ci riuscivo.»

Jules si schiarisce la voce.

«Oh, mi dispiace, Jules» dico. «Anche tu, David. Mi dispiace che abbiate dovuto assistere a questi problemi personali. Per favore, andiamo a bere quello scotch adesso.»

«*Au contraire*» dice David. «L'ho trovato affascinante.»

Jules annuisce. «Tu e Alice vi siete veramente fidanzati dopo esservi conosciuti solo per poche settimane?»

Guardo Alice, con una domanda negli occhi. Dopo tutto il

cataclisma emotivo dello scontro con Riley e Mason, vuole ancora essere la mia fidanzata? Questa volta voglio che sia sul serio.

Lei alza la mano mostrando l'anello con il rubino. «Sì.»

Ha la voce pacata, non precisamente abbattuta, ma la conosco, e non è veramente contenta della prospettiva. Sta solo spianandomi la strada per la transazione. Non è pronta per un fidanzamento. Devo essere paziente.

«Che cosa meravigliosa» dice Jules. «Una cosa romantica per una scrittrice di romance.»

Alice fissa l'anello. «Sì, è così.»

«Andiamo a bere quello scotch» dico in tono allegro e li porto verso il bar per versarlo. Alice cammina al mio fianco mentre Jules e David si accomodano sul divano di pelle bordò.

Verso il primo bicchiere e Alice lo afferra, buttandolo giù in un sorso. «Va tutto bene?» le chiedo.

«Devo tornare a scrivere» dice cupa. «Non ho intenzione di perdere il lavoro a causa di quei due. Devo finire la prima stesura.»

«Aspetta.» La tiro vicina, mettendole un braccio intorno alla vita e le mormoro all'orecchio: «Ti raggiungerò tra poco. Prenditi un po' di tempo. Questo è stato un vero calvario.»

Lei si mette sulla punta dei piedi e sussurra: «No, il Calvario è alle mie spalle. E adesso io guardo avanti.»

Devo ammirare la sua forza. «Okay. Chiamerò Christina perché ti accompagni nella tua suite.» Le bacio la guancia e aggiungo a bassa voce. «Grazie per tutto quello che hai fatto.»

Gabriel torna proprio in quel momento e si unisce a Jules e David. Io mi muovo meccanicamente, versando i drink e unendomi al brindisi, ma non ci metto il cuore.

È con Alice mentre è al mio fianco eppure sembra distante migliaia di chilometri.

Si è presa il mio cuore e posso solo sperare che resti con me. Sento lo stomaco sottosopra. In qualche modo, mi sento meno sicuro che prima dell'arrivo di Mason e Riley.

17

Alice

Ho passato gli ultimi tre giorni scrivendo come se stessi facendo una maratona e sono entusiasta perché la mia storia è a buon punto. Prima stesura finita. Brava me! Ce l'ho fatta! Ho rispettato la scadenza. Sorrido, clicco "Salva" ancora un paio di volte per scaramanzia e chiudo il documento. Poi clicco sulla mia email per mandarlo alla mia editor, con copia al suo capo. Ovviamente non è la versione finale, ma c'è ciò che conta. Lavoro di autrice assicurato. Beh, lo sarà quando consegnerò la stesura finale tra quattro settimane.

Mi alzo e mi stiracchio, poi vado verso il letto, allargo le braccia e mi lascio cadere. È sabato sera. Dovrei fare le valigie per il firmacopie di Londra, domani, ma voglio solo godermi questo momento. Non c'è niente che possa battere arrivare in fondo alla prima stesura. A parte scrivere *FINE*, cioè. Quello lo tengo per la versione finale.

Oh, dovrei mandare un messaggio a Quinn per darle la buona notizia. Mi sposto verso il comodino, prendo il telefono e le scrivo: *Prima stesura finita. Te l'ho appena inviata.*

Quinn risponde un momento dopo. È ancora presto a New York. *Ricevuta, la leggerò durante il fine settimana.*

Sii clemente, okay? È tutt'altro che perfetta. Normalmente, lei vedrebbe solo la versione finale, ma il ritardo nella consegna ha innervosito l'editore. Devo mandare la prima stesura e quella finale perché non annullino il contratto. In questo momento, la mia storia è una cosa brutta e sfrontata, ma è la *mia* cosa brutta e sfrontata. Solo io posso veramente amarla.

Quinn: *Non farò nemmeno commenti, mi limiterò a leggere.*

Sorrido e le mando un veloce *grazie*, con l'emoji carino di una faccina sorridente con gli occhiali, come me.

Lei risponde con una fila di libri, che è l'unico emoji che usa. Dopo tutto, Quinn è una dignitosissima, sofisticatissima newyorchese sui cinquanta. Ah-ah. Ho dovuto indicarle io l'emoji libro, ma se n'è appassionata subito.

Sospiro felice. Poi mando un messaggio a Lucas. *Ho finito la prima stesura. Potresti venire a giocherellare con i miei capelli e chiamarmi tesoro?*

Arrivo subito.

Sorrido. Non ha nemmeno battuto ciglio alla mia richiesta. Gli ho chiesto di giocherellare con i miei capelli qualche notte fa, quando ero ancora fresca dal confronto Mason-Riley oppure, come lo chiamerò da ora in poi: *Lo spettacolo della guerriera.* Perfino una guerriera può godersi il piacere calmante di qualcuno che giocherella con i suoi capelli. Lucas era un neofita, il concetto era nuovo per lui, ma ha imparato in fretta. E adesso che abbiamo finito di giocare al finto fidanzamento, gli ho chiesto di rimettere nel caveau l'anello col rubino, al suo posto. Confesso che è un sollievo. Una volta che sono entrati in gioco sentimenti veri, la parte del fidanzamento mi faceva sentire nel panico. Non sono pronta, semplicemente. Solo due settimane fa avrei dovuto camminare verso l'altare con un altro.

Mi metto seduta. Sono ancora in pigiama, una maglietta larga e shorts. Forse dovrei tentare di rendermi presentabile. Ovviamente, le ultime notti in cui ho chiesto a Lucas di venire, era già passata mezzanotte ed ero già a letto in pigiama, quindi non è che non mi abbia già visto così. Anche se mi ha tolto il pigiama un attimo dopo essere venuto a letto. Ma stasera è più presto, manca parecchio a mezzanotte. Vado all'armadio, pensando di indossare un vestito perché potrei effettivamente uscire dalla mia caverna.

È sabato e sono praticamente rinchiusa qui dentro da mercoledì.

Scelgo un abito a portafoglio azzurro che fa risaltare i miei occhi, lo getto sul letto e decido che sarebbe meglio farmi anche una doccia. L'ho già fatta questa mattina, ma avevo troppa fretta per lavarmi i capelli. Informo Lucas dei miei programmi in modo che sappia che mi serve un po' più di tempo. Appaiono i tre puntini, come se stesse scrivendo e poi, qualche momento dopo, sto guardando qualcosa che non mi aspettavo.

Sono io quello che gioca con i tuoi capelli, quindi dovrei essere io quello che li lava.

Sento il polso che batte forte. Sarebbe una prima volta. Lucas dormiva ancora mentre facevo la doccia al mattino. Quando ho una storia che mi brucia dentro, mi alzo presto, nella mente c'è la cacofonia delle voci dei vari personaggi che vogliono farsi sentire. Onoro sempre quel dono scrivendo immediatamente ciò che sento, ma non sempre è in linea con il punto in cui è la storia in quel momento, quindi faccio la doccia, mi carico di caffeina e torno a loro. Tutto questo per dire che il sesso in doccia è una novità per me con Lucas, con chiunque. Non che non l'abbia immaginato. Il mio ex non tentava nemmeno perché temeva di prendere freddo se avessi occupato tutto lo spazio sotto lo spruzzo. *È tutto tuo, Riley.*

Cerco di trovare qualcosa di sexy da mandargli in risposta, ma sono così presa a immaginare esattamente come funzionerà che non ci arrivo. Il fatto è che è una doccia per una persona, anche se ci sono un sedile e una doccetta a mano, quindi potrei mettermi cavalcioni su di lui sul sedile o forse restare in piedi con lui dietro oppure, conoscendo Lucas, lui vorrà dimostrare la sua forza e sollevarmi per fare sesso in piedi, ma così mi preoccuperei per la sua schiena. Per forte che sia, non sono così leggera. Mmm, ho bisogno di vedere.

Rimetto il telefono sul comodino e vado in bagno, esaminando la doccia. Forse dovrei aprire l'acqua in modo che sia bella calda e piena di vapore. L'ultima cosa che voglio è sentire Lucas che si lamenta di prendere freddo, come qualche rammollito che conosco. Apro l'acqua e riprendo a immaginari i miei scenari di posizioni sessuali da doccia. Quella doccetta a mano offre delle reali possibilità. E se…

«Tesoro.»

Sobbalzo e mi volto in fretta, con la mano alla gola. «Lucas, mi hai spaventato! Non puoi arrivarmi alle spalle così di soppiatto.»

Lui ride. «Non sono venuto di soppiatto. Ho bussato alla porta della camera e non mi hai sentito, poi ti ho chiamato più volte mentre venivo qua.» Sorride sornione. «Che cosa stavi immaginando nella tua mente perversa?»

Mi liscio i capelli, fingendo innocenza. «Chi dice che stavo immaginando cose sconce?»

Lui mi tira verso di sé, passando la mano sotto i capelli per afferrarmi la nuca. Le sue parole sono calde sulle mie labbra. «Quando mai non stai immaginando cose sconce?»

Non rispondo perché voglio il suo bacio più di quanto voglia fingere di star innocentemente preparando la doccia. Invece gli passo le mani intorno alla vita e alzo il volto.

Lui sorride contro le mie labbra e poi mi bacia, dapprima in modo gentile, uno sfiorare dolce avanti e indietro, un invito, per stuzzicarmi. Io apro la bocca sospirando e lui approfondisce il bacio, con la mano contro la schiena e le dita che mi riscaldano la pelle attraverso il tessuto sottile della maglietta. Mi cedono le ginocchia e gli metto le braccia intorno al collo, sciogliendomi contro di lui, persa nella nebbia di un bacio appassionato.

Lucas diventa più aggressivo, si avvolge i miei capelli intorno al polso, la bocca diventa famelica, una mano che scivola sul mio sedere e mi preme saldamente contro di lui in un gesto che dice *sei mia*. Vuole possedermi, tenermi, farmi sua per sempre. Lo vedo nei suoi occhi che ardono, lo sento nel suo tocco bollente, nella sua voce roca. E gli do tutto ciò che posso. E non mi trattengo, ma non gli prometto che sarà per sempre. E lui non lo chiede.

Interrompe il bacio, con gli occhi scuri di desiderio. «Togliti i vestiti.» La sua voce ha un lieve tocco di autorità.

Gli passo gli occhiali, mi tolgo la maglietta e riprendo gli occhiali, tenendoli in mano con la maglietta. «Sei il mio primo sesso nella doccia.»

Un sorriso gli illumina il volto. «Davvero?»

«Sì.» Appoggio la mia roba sul ripiano del bagno e mi volto. Fortunatamente si è spostato proprio dietro di me, quindi non devo cercare di trovarlo nella nebbia della mia vista sfocata. Lucas mi prende la mano e mi tira indietro, più vicino alla doccia. «Allora, stavo cercando di immaginare che posizione…» Smetto di parlare quando i miei shorts finiscono di colpo intorno alle caviglie.

Lucas è in ginocchio davanti a me e mi aiuta a toglierli. «Sapevo che stavi immaginando cose sconce. È una delle cose che mi piacciono di te.» Si china in avanti e mi bacia attraverso le mutandine. Mi bagno all'istante. «Dolce Alice» mormora lui, approvando, premendo un altro bacio bollente prima di agganciare l'elastico con le dita e sfilarmele.

Ho il fiato corto quando le sue mani scivolano lentamente all'interno delle cosce, seguite dalle labbra che lasciano una scia che brucia. Mi allarga con le dita e poi la lingua segue. «Lucas» gemo, arcuando i fianchi, le dita infilate tra i suoi capelli. Non c'è niente di meglio della bocca di Lucas su di me.

Mi afferra i fianchi con le mani forti, tenendomi ferma e sostenendo le mie ginocchia molli mentre mi reclama con la bocca famelica. Mi arrendo al piacere violento, la testa buttata indietro, gli occhi chiusi. È una squisita tortura sensuale, bloccata nella sua morsa, il suo fuoco che mi consuma, spingendomi sempre più vicina al precipizio. Respiro affannosamente mentre la pressione sale.

Mi sfugge un grido quando un'esplosione di piacere mi scuote, mandando ondate per tutto il corpo. Lui resta con me, alimentando il piacere fino a quando crollo.

Lucas si alza in piedi e mi bacia teneramente. La sua voce è ruvida mentre le sue mani mi accarezzano il seno. «Sei così bella, così sexy.»

Sorrido, accarezzando la sua barba morbida. «Sei un uomo meraviglioso.» Sono intontita dalle endorfine, sciolta e languida.

Lucas mi afferra la mano e mi bacia le nocche con gli occhi fissi nei miei. «È ora di fare la doccia» dice con la voce roca, tirandomi dentro il box doccia e chiudendo la porta di vetro.

«Allora, come funziona?» gli chiedo.

«Funziona benissimo» dice lui con un sorriso diabolico prima di inchiodarmi contro la parete e baciarmi fino a farmi perdere il fiato. Gli passo le mani sulla pelle scivolosa mentre l'acqua gli scorre addosso. Adoro il gioco dei muscoli della sua schiena. Lui si sposta, baciandomi la mandibola, poi il collo, mentre le mani continuano ad accarezzarmi, dal seno fin giù alla centrale del piacere. Ansimo quando le sue dita mi penetrano. Mi copre la bocca per un bacio imperioso. Io gli afferro le spalle, debole e drogata di desiderio. E poi le sue dita si spostano nel punto esatto in cui lo voglio, muovendosi in lenti, pigri cerchi. Mi arcuo contro la sua mano, e la sua bocca ingoia i miei gemiti mentre la pressione ricomincia a salire dentro di me.

Tremo, fremo, cerco...

E poi ci sono, di nuovo sull'orlo del precipizio. «Lucas» mormoro ansimante.

La sua voce è burbera al mio orecchio. «Non ancora.»

Mi solleva, prima che riprenda la lucidità, con la lingua che affonda nella mia bocca come lui sta affondando dentro di me, prendendomi fino in fondo, il desiderio finalmente soddisfatto. Mi affretto a mettergli gambe e braccia intorno mentre lui si spinge ferocemente, possedendomi. È mio. In questo momento è mio. Di colpo sono sull'orlo dell'orgasmo e il mio corpo si stringe intorno a lui.

Lui solleva la testa, tenendomi il volto, con gli occhi azzurro-verdi che bruciano nei miei e l'intensità aumenta.

Ho il respiro corto, ansimante. «Lucas» lo prego. Lui continua a tenermi la mano sul volto, gli occhi fissi nei miei mentre continua a spingere. L' orgasmo mi travolge, i miei fianchi si impennano selvaggiamente e poi anche lui mi raggiunge, stringendomi forte i fianchi mentre si lascia andare, crollando contro di me.

Appoggia la fronte sulla mia, la mano intorno al mio volto, la voce roca. «Di' che sei mia, Alice.»

Io chiudo gli occhi. «Lucas.» Non ha più detto che mi ama, dopo quella prima volta. Non ha bisogno di farlo. Lo sento, e lo sente anche lui. Solo, lui vuole più di questo. Vuole il "per sempre". Per me è troppo presto. Apro gli occhi. «Non sono pronta.»

Lucas stringe i denti e mi solleva, spostandomi sotto lo spruzzo e mi tira indietro i capelli, bagnandoli. Si prende cura di me anche quando non è completamente contento di me. Vorrei fare accelerare il tempo, arrivare in fretta ad avere un cuore guarito e pronto per aprirsi completamente, ma è impossibile. I miei sentimenti sono profondi. Guarisco lentamente.

Il suo tocco è attento, perfino dominatore e mi ricorda che ha dichiarato che sono sua. Mi lava i capelli e poi tutto il corpo, voltandomi da una parte all'altra sotto lo spruzzo. Ha un'espressione seria e i suoi occhi tradiscono la parte tenera di lui che soffre.

«Lucas. Mi dispiace.»

Lui mi bacia e mi mordicchia il labbro inferiore. «No. Non voglio che ti scusi. Ho detto che avrei aspettato che fossi pronta e sono stato impaziente.»

Prendo il sapone e gli lavo il petto. «Mi mancherai quando sarò a Londra domani.»

Lui sorride. «Tornerai il giorno dopo. Non riesci a sopportare ventiquattro ore senza di me?»

«Sei sicuro di non poter venire con me?»

«Te l'ho detto, ho degli affari da sbrigare.»

Faccio il broncio. «Di domenica?»

«Sono un principe, le porte si aprono quando lo dico io.»

«Immagino che sia vero.» Ed è ciò che gli dà quella punta di autorità, prerogativa della regalità. È sexy. Finisco di lavarlo e lo risciacquo davanti. Lui si volta, dandomi la schiena e procedo a lavarlo anche lì. «Vai a fare spese?»

«No.»

«Che cosa farai?»

Lui volta la testa verso di me. «Ho accettato di fare dei colloqui per i futuri dipendenti della spa.»

«Si tratta veramente di lavoro.»

«Ho giurato di essere sincero con te.»

Mi pungono gli occhi per le lacrime. «Sì, lo apprezzo.»

Premo la guancia sul suo petto, circondata dalle sue braccia forti, dal suo calore e dal suo amore. Perché non può bastare?

Alzo gli occhi su di lui. «Godiamoci ciò che abbiamo adesso, okay? Nessuna aspettativa né discorsi sul futuro.»

Lucas si stacca e chiude l'acqua, muovendosi a scatti mentre prende un asciugamano e me lo porge senza dire una parola. Rabbrividisco nonostante il calore dello spazio pieno di vapore. È impaziente e si sta trattenendo. È solo questione di tempo prima che decida di rinunciare. Me lo sento nelle ossa, eppure non riesco a superare le mie paure. Le cicatrici sono troppo fresche.

Lucas si avvolge un asciugamano intorno alla vita ed esce dalla doccia, con i muscoli tesi per la tensione.

«Lucas?» sussurro.

«Non sono arrabbiato» dice senza voltarsi. «Dammi solo un minuto.» Raccoglie tutti i suoi vestiti in un sol colpo.

«Non sei tu, sono io» dico, pressante. Non riesco a sopportare di ferirlo.

Lui si ferma per un attimo, poi scuote la testa. «Non dirlo.»

Deglutisco il groppo che mi si forma in gola mentre lui esce dalla stanza.

~

Lucas

Sono completamente sveglio alle tre del mattino. Alice dorme profondamente, rannicchiata sul fianco, con la schiena premuta contro di me. Sto facendo troppa pressione, ma non riesco a contenermi. Non ho mai provato un sentimento così forte per nessun'altra prima d'ora e l'incertezza del futuro mi sta facendo impazzire. Devo sapere che è mia. Voglio sposarla. Se solo avessi un segnale, qualcosa che mi dicesse che alla fine si impegnerà con me, allora potrei allentare la pressione.

Noto il suo laptop appoggiato sulla scrivania dall'altra parte della stanza. Le avevo chiesto se potevo leggere la sua storia. Dopo tutto ero io la sua ispirazione per quel libro, insieme al nostro finto fidanzamento. Mi aveva detto di non voler condividere con me la sua prima stesura.

Ma parla di me. Sono *io* il mascalzone. Se lo leggessi, saprei come vede dentro di sé il nostro futuro. Il futuro che lei è troppo vulnerabile per rivelarmi sarà certamente quello che ha assegnato ai suoi personaggi.

Non riesco a credere di essere arrivato a questo punto. È sbagliato curiosare.

È anche sbagliato farle troppa pressione, rischiare di spaventarla e farla scappare.

Lentamente, con cautela, scendo dal letto, prendo il laptop e lo porto con me nel soggiorno. Fa freddo lì, visto che indosso solo i boxer. Non voglio svegliarla cercando i vestiti dove li ho gettati, quindi torno in silenzio in camera, prendo una coperta dai piedi del letto, me la metto sulle spalle e controllo un'ultima volta che stia dormendo. È completamente andata. So che ha lavorato senza interruzioni per finire questa bozza, andando a letto tardi, stando con me per poi alzarsi presto e tornare a lavorare.

Tornato sul divano con il laptop alzo lo schermo e tocco un tasto. È acceso ma è protetto da una password. Scrivo "password" nel caso sia così facile. Niente da fare. Era stupido. A lei piacciono le parole. Avrà usato una delle sue parole preferite. Guerriera? No, quella è una cosa recente, credo. Regency? No, non quello. Mi strofino la barba, riflettendo. Qualcosa con l'amore.

Di colpo lo so: infatuato. Le piace questa parola. Ha fatto di me il suo fidanzato infatuato.

La scrivo e sullo schermo appare l'immagine di un uomo con un'ampia e fluttuante camicia bianca e calzoni aderenti. Sì! Non so chi sia quell'uomo, probabilmente un modello. Clicco per aprire i suoi file ed eccolo, proprio in cima. L'ha chiamato semplicemente "Mascalzone–prima stesura".

Clicco per aprirlo e comincio a leggere il mio futuro.

18

Lucas

Sono ancora sveglio, completamente vestito, seduto alla scrivania in camera accanto al suo laptop e la guardo dormire. Non ho dormito per niente la notte scorsa. Ho letto tutta la sua storia con un'orribile sensazione di terrore che mi cresceva nello stomaco man mano che il mascalzone riceveva il suo castigo. Mi ha fatto sembrare orribile, un uomo egoista e arrogante che seduce una donna vulnerabile a lui inferiore per condizione sociale. Quello non sono io, io la amo.

Finisce in modo orribile.

L'*unica* storia che ho ispirato, che mi raffigura come il mascalzone in un finto fidanzamento, finisce con il protagonista che perde tutto, incluso la donna che ama. Mi ha detto che i romance finiscono sempre bene, che c'è sempre un lieto fine per la coppia. È famosa per le sue storie liete! Non c'era niente di lieto o di felice in quella storia. Un cazzo di fine tragica, quando ci sono in ballo io.

Suona la sua sveglia. Alice toglie un braccio da sotto le coperte, la spegne e un attimo dopo si mette seduta sul letto, scostandosi i capelli dagli occhi mentre si guarda intorno. È nuda e il suo seno fantastico rimbalza quando si muove. Anche adesso, distrutto come sono da ciò che ha scritto, la desidero ancora. Lei cerca a tastoni gli occhiali sul comodino, se li infila e poi, finalmente, mi vede.

«Oggi ho il firmacopie a Londra» dice. «Ti sei alzato presto.»

«Non ho dormito.»

«Perché?»

Stringo le labbra. «Stavo pensando.»

Li aggrotta le sopracciglia. «Ooo-kay, vuoi dirmi che cosa stavi pensando?»

«No.» Vedo la sua maglietta sul pavimento, la prendo e gliela getto. «Mettitela.»

Lei esegue. «Grazie. Potresti far venire il caffè e dei muffin mentre io faccio la doccia e preparo la valigia?»

«Ai tuoi ordini» dico, tornando a sedermi e riprendendo a fissarla. Una parte di me crede che esaminarla attentamente mi darà un indizio su come funziona la sua misteriosa mente femminile.

Lei scuote la testa, borbottando: «Non so che cosa diavolo ti stia passando per la testa, ma lo farò io.» Chiama, fa la sua richiesta, afferra dei vestiti e corre in bagno.

Aspetto, continuando a pensare in modo ossessivo a quella storia orribile che vorrei non avere mai letto. Come ha potuto scrivere quella roba di me dopo il modo in cui l'ho trattata? Sono stato buono con lei. Mi sono sforzato più che con qualunque altra donna. Ieri sera l'ho perfino portata a fare una passeggiata sulla spiaggia e l'ho baciata al chiaro di luna. Okay. È stata lei a chiedermelo, ma l'ho fatto perché *voglio* essere l'uomo dei suoi sogni. Voglio essere quello che lei sceglie per sempre. E adesso è chiaro e palese che non la pensa allo stesso modo.

Poco dopo Alice esce dal bagno completamente vestita, con l'aspetto più sveglio. Si avvicina, con la voce bassa e incerta. «Lucas?» Sa che sono arrabbiato, e cerco di non esserlo. Lei non può farci niente se non prova gli stessi miei sentimenti.

«Ho letto la tua storia.»

Il suo sguardo guizza al laptop accanto a me e incrocia le braccia, stringendosele intorno. Si volta a guardarmi, con le sopracciglia aggrottate sopra i grandi occhi azzurri, con il dolore impresso nei suoi lineamenti. «Non riesco a credere che abbia letto la mia storia» sussurra.

Mi sento in colpa. L'ho ferita. Ma anche lei ha ferito me. «Beh, l'ho fatto. E adesso so che il mascalzone la prende in giro, fingendo di provare sentimenti veri per lei pur non avendo mai avuto intenzione di sposarla. Ora lei è rovinata e nessuno la sposerà più.» Non posso nascondere il mio tono accusatorio. Lei sa quanto voglio che si impegni con me, eppure non ci accetta, né nella vita reale né nel mondo letterario, che so essere il suo rifugio, il suo posto felice. E ha fatto di me il cattivo della storia.

Alice resta a bocca aperta, poi la richiude di scatto. «Mi dispiace, devo essermi persa la parte in cui ti davo il *permesso* di entrare nei miei file *privati* e leggere la storia che ti avevo specificatamente detto di non leggere. In effetti, quando mi hai chiesto di leggerla, le mie parole esatte sono state: "No, non voglio che tu legga la mia prima stesura." Oppure la parola *no* non vale per i principi?»

Mi alzo, guardandola furioso. «Il mascalzone alla fine la lascia e poi lei crea un piano diabolico che lo lascia in miseria. Questa non è una storia d'amore! È una fottuta tragedia.»

Lei non si tira indietro nonostante le mie parole dure. Invece, alza la testa. Sono orgoglioso di lei perché non cede e completamente esasperato allo stesso tempo. «Le storie d'amore possono finire in modo lieto o tragico.»

«No. Mi hai detto che scrivi romance, che finiscono sempre con la coppia insieme alla fine, eppure non l'hai scritto così questa volta. Perché?»

I suoi occhi azzurri lampeggiano, la voce trema per la forza della sua rabbia. «Parliamo del vero problema. Hai tradito la mia fiducia, di nuovo. Prima mi hai deliberatamente tenuto nascosto che Gabriel era contrario al fidanzamento, e ho permesso che te la cavassi grazie al tuo fascino, ma questa volta sei andato troppo in là. Hai aspettato che mi addormentassi per invadere la mia privacy perché sapevi che era sbagliato. Dov'è il tuo onore? Dov'è il tuo senso di integrità?

Mi hai detto di essere un uomo d'onore, ma le tue azioni mi dicono che non posso fidarmi di te.»

«Io sono un uomo d'onore!»

Lei sbuffa. «Come hai fatto ad arrivare ai miei documenti? Il laptop è protetto da password.»

Arriccio le labbra: «Infatuato. Chiunque ti conosca avrebbe potuto indovinarlo.»

Lei mi colpisce il petto con un dito. «Lo avresti potuto indovinare solo tu, perché ti ho chiamato in quel modo. Non ho mai definito nessun'altro così prima d'ora.»

«Che complimento per me» dico con la voce grondante sarcasmo. «Io ottengo il titolo di "infatuato" quando è solo un gioco, e adesso che è reale, non ottengo niente.»

Lei alza le mani esasperata. «Basta, non posso parlare con te adesso! Devo fare la valigia!» Toglie a forza la valigia dall'armadio, la porta verso il letto e ve la butta sopra. Poi comincia a impilare dentro i vestiti. Deve restare assente una sola notte eppure sta mettendoci tutto quello che ha. Se ne sta andando per sempre?

Sento l'acido bruciarmi lo stomaco. Sono ferito e furioso e mi sento un po' disperato. I principi non implorano, non si umiliano e non rincorrono le donne. Perché dovevo innamorarmi dell'unica donna che rifiuta di cedere?

«Vai» sbotta, andando verso il bagno, probabilmente per ritirare i suoi articoli da toilette.

Mi alzo, ma non posso andare. Ho bisogno di risposte. Ho bisogno di speranza. Mi siedo sul bordo del letto sfatto, appoggio i gomiti sulle ginocchia e mi prendo la testa tra le mani. Ho il cervello annebbiato, i nervi a fior di pelle e la stanchezza mi rende ancora più nervoso.

La sento, prima di vederla, che ripone il laptop nella custodia dall'altra parte della stanza e poi è vicina, il suo profumo floreale mi inonda mentre chiude la cerniera della valigia e la tira giù dal letto. Sento il petto che si stringe e la guardo negli occhi, timoroso.

Lei mi studia il viso e la sua espressione si addolcisce. «Lucas, mi hai veramente ferito. Avevi detto che saresti stato sempre sincero con me, eppure hai agito alle mie spalle. La fiducia per me è tutto e lo sai.»

Le ho dato il mio cuore e lei l'ha gettato via. «Ho dichiarato quello che ho fatto. Era onestà. Ora siediti accanto a me.»

Lei guarda il letto e poi me. «No.»

«Perché no?» riesco a dire a denti stretti.

«Perché sono arrabbiata con te e tu non hai il diritto di esserlo con me e darmi ordini.»

«Per favore» riesco a dire. «Voglio solo parlare.»

«Bene.» Si siede a una distanza ridicola. «Ma solo per un minuto. Devo andare al firmacopie.»

Mi sposto più vicino, deciso ad arrivare in fondo alla questione senza perdere la pazienza. «Alice, dimmi perché tu, famosa per le storie d'amore con un lieto fine, hai scritto questa storia, dove il mascalzone non si redime mai. È depresso e solo alla fine, spogliato di tutto ciò che per lui significa qualcosa.»

Lei mi guarda storto, accavallando le gambe e lisciando il vestito. «Non voglio parlare della mia storia con te. La prima stesura non è fatta per essere discussa o criticata. Deve solo essere un'esternazione, schietta e grezza.»

Sento la gola che si stringe. «Che rivela te e i tuoi sentimenti.»

Lei piega la testa di lato. «Sì, in un certo senso.»

«Ma dicevi che i tuoi lettori vogliono che i due finiscano insieme, che siano felici e innamorati. Devi sistemare la storia, cambiare il finale.»

«Non sta a te dirlo! Non mi interessa che la detesti. La storia è mia.» Espira bruscamente. «Il vero problema, qui, è come potrò mai fidarmi nuovamente di te quando continui ad agire alle mie spalle.»

Mi passo una mano sul volto. «Mi dispiace. Non guarderò più il tuo laptop. Vorrei non averlo mai fatto.»

Alice scuote la testa. «Non capisco perché volessi tanto leggerlo.»

Perché ho bisogno di risposte. Perché sono tuo, hai il mio cuore e voglio che tu sia mia. Non posso dirlo perché fa talmente male sapere che sono l'unico che la pensa così. «Perché ero curioso di sapere che cosa avessi fatto con il finto fidanzamento, dopo il nostro» dico alla fine. «E i tuoi lettori? La tua editor? Non ti interessa che cosa pensano? perché questa storia diventa veramente una tragedia.»

Lei fa un gesto indifferente. «Se la mia editor mi creerà dei problemi, aggiungerò un epilogo "cinque anni dopo". Quando, dopo aver goduto della sua indipendenza, Diana si innamorerà perdutamente del giardiniere.»

Di nuovo quella sensazione di soffocare. Se ne andrà, volterà pagina. «Il giardiniere non può essere interessante come il duca per lei.»

«A lei non interessano i titoli, solo il cuore di una persona.» È tornata a parlare Regency come quando pensa alle sue storie. Conosco le sue idiosincrasie e le amo, dalla prima all'ultima.

«E se il mascalzone avesse un buon cuore?» Insisto.

Alice scuote la testa. «Non è così. È un mascalzone fatto e finito, incorreggibile, non riformabile. L'ha illusa e l'ha rovinata.»

«Dov'è il lieto fine?» sbraito. «Ci deve essere un lieto fine! Scrivi un epilogo migliore.»

Gli occhi di Alice lampeggiano. «Perché ti interessa tanto il finale? Non sei tu lo scrittore!»

«Perché ti amo!»

Lei alza una mano. «Lucas, non posso. Non posso litigare per una storia che non avresti mai dovuto leggere, non posso...» Tira il fiato, tremante. «Non posso più stare con te. Non posso stare con qualcuno di cui non mi fido.»

Mi si stringe il petto, rendendomi difficile respirare. Vorrei discutere, dirle che può fidarsi di me, ma so di aver sbagliato. Proprio come so che lei non vede amore e impegno nel suo futuro con me.

Afferra la valigia ed esce. Un momento dopo, infila la testa nella stanza e urla con tutto il fiato che ha in gola: «E non ci sarà nessun epilogo con il giardiniere!»

Sbatto le palpebre, sorpreso dalla forza delle sue parole, come se mi importasse qualcosa del giardiniere.

Appena se ne va, ricado sul letto e mi copro con un braccio gli occhi che bruciano.

Poi mi rannicchio sul cuscino che odora ancora di lei e chiudo gli occhi, ma riesco ancora a vedere il suo sguardo ferito.

~

Alice

È finita tra me e Lucas. E va bene così. Davvero. Sto bene. Va. Tutto. Bene.

Senza la fiducia non c'è niente. E non ero pronta per una relazione importante, e lo sapeva bene, quindi… è meglio così. Mi appiccico un sorriso sulla faccia, fingendo di seguire la conversazione al grande tavolo rotondo, dove sto al momento godendomi un tè con pasticcini con le mie lettrici. L'ufficio inglese del mio editore ha organizzato un evento con i lettori di domenica pomeriggio al Langham hotel. Sono nel grande salone da ballo, insieme a duecento lettrici e due autrici di romanzi storici al loro debutto, che ho incontrato oggi per la prima volta. Dopo il tè, le altre due autrici, Sarah e Lauren, e io faremo a turno a leggere parti dei nostri libri e poi ci sarà il firmacopie. Questa sera dovrei cenare con il team inglese dell'editore, passare qui la notte e poi partire domani mattina. Ho i biglietti per tornare negli USA direttamente da qui per domani mattina. Era quello il programma, prima che Anna mi offrisse di restare sei settimane per scrivere il libro. Ora non so che cosa fare. Vorrei tornare al palazzo (non c'è niente di meglio dell'avere chi ti prepara i pasti mentre stai scrivendo), ma ora, con Lucas… non credo di poterlo fare.

Bevo un sorso di tè per mitigare la tensione che sento in gola. Perché ha dovuto fare proprio la cosa che mi ferisce di più al mondo? Oh, so che non è grave come se mi avesse tradito, sarebbe stato veramente un colpo basso, ma comunque ha violato la mia fiducia. È la seconda volta e non posso permettere che ce ne sia una terza. Stavo appena cominciando a fidarmi di lui abbastanza da aprire il mio cuore. Ora è chiaro che è il tipo di uomo che fa qualunque cosa serva ai suoi scopi, anche sapendo che è la cosa sbagliata. Immagino che avrei dovuto saperlo, dato che è esattamente ciò che era successo con il nostro finto fidanzamento. Gabriel (il suo re!) gli aveva detto di no e Lucas l'ha fatto comunque.

Che cosa c'è che non va negli uomini? Dov'è il loro senso dell'onore? Ecco perché preferisco i miei fidanzati libreschi vecchio stile. Rispettano un codice d'onore e fanno sempre la cosa giusta, tranne che in camera da letto, dove sono delizio-samente audaci. Lucas era una fantasia diventata realtà, da quel punto di vista. *Non pensare a Lucas!* È finita. Con la F maiuscola. Finita! Sono una donna forte e resiliente che…

«Alice?»

Sbatto lentamente gli occhi guardando la morettina sulla mia destra. Olivia. Sembra che stia aspettando una risposta. «Sì, Olivia. Scusa, mi sono distratta per un momento.»

Lei sorride gentilmente. «Oh, stavo solo dicendo che mi è dispiaciuto sapere di Mason. Stai bene? Non sei più stata presente sui social media. Non che io sia una stalker!»

Mason. Sentire il nome non mi dà quella fitta di dolore che provavo. Non so se sia perché l'ho finalmente affrontato e detto addio, oppure perché sono stata così concentrata sulla mia storia e su Lucas. *Ahi.* Ecco la fitta di dolore.

«Gli uomini fanno schifo» annuncio e le donne intorno al tavolo ridacchiano sorprese. «Eccetto i fidanzati libreschi.»

C'è un coro di approvazioni intorno al tavolo e sorrido. È la seconda volta che vengo a Londra per un evento con le lettrici e ho scoperto che sono meravigliose.

«Di che cosa parlerà il tuo prossimo libro?» chiede una donna bionda seduta al tavolo.

«William» dico. «Si intitolerà *Il mascalzone e la governante.*»

«Ooh!» esclamano diverse donne.

«William è un mascalzone, che meraviglia!»

«Mi piacciono i cattivi ragazzi!»

«Seduce la governante e sono obbligati a sposarsi per ragioni di decoro?» chiede Olivia.

Sette paia di occhi si fissano su di me. *No, alla fine lei è rovi-nata e anche lui.* Non posso dirlo. Innanzitutto non rivelo mai il finale. E, secondo, perché non sono riuscita a scrivere un lieto fine? Mi vedevo in Diana, eppure non sono riuscita a dare un lieto fine a me stessa. Lo speravo, ovviamente, ed è il motivo per cui ho pensato all'epilogo. Solo non sono riuscita a scrivere quella maledetta cosa. Forse, in fondo in fondo, non credo più che l'amore abbia sempre un lieto fine. È tanto più complicato, incasinato e imperfetto. La vera tragedia è non aver capito la verità sull'amore fino ad ora. Mi premo le dita contro le tempie quando il mal di testa comincia a pulsare

Sento un lieve tocco sulla spalla. È Olivia. «Stai bene? Vuoi andare a prendere un po' d'aria? C'è un cortile appena lì fuori.» Indica una porta in fondo alla stanza.

«No, sto bene, grazie» dico. «Sono solo un po' stanca.»

Mi rivolgono tutte occhiate comprensive e in qualche modo mi fanno sentire peggio. Sono fuori fase oggi, risultato del litigio di stamattina con Lucas. Devo farcela e andare avanti. *Sii una guerriera.*

«Torniamo alla domanda originale» dico alle donne, «non rivelo mai il finale, ma appena sarà finito, durante la luuuunga attesa prima della pubblicazione, comincerò a condividere dei frammenti sui social media. E se siete una delle adorabili lettrici che mi hanno mandato un messaggio di sostegno durante il mio calvario con voi-sapete-chi, vi ringrazio dal profondo del cuore. Mi avete veramente aiutato a sentirmi meno sola nel mio dolore.»

Mi fermo, colpita dall'idea del lutto, del dolore, appena conscia dei mormorii di sostegno. Immagino di poter paragonare a un lutto perdere Mason e Riley, e ora mi sento meglio perché c'è stato quell'addio, la sensazione di aver chiuso un capitolo. Sono veramente una donna forte, non dura, ma resiliente.

«Ho superato il peggio» dico. «Sto andando avanti e sono tornata a scrivere, in modo da darvi altre storie da leggere.»

«Udite, udite!» grida Olivia.

E poi fanno tutte un brindisi con le loro tazze di tè ed è una cosa carina. Mi rilasso e torno a godermi i piccoli sandwich, i pasticcini e la meravigliosa compagnia.

Una volta finito il tè, sparecchiano i tavoli e vado al tavolo d'onore con Sarah e Lauren. Sarah è americana, Lauren è inglese. C'è un podio con il microfono alla fine del tavolo, per la lettura.

«Sono così nervosa» sussurra Sarah. «Perché devo andare io per prima!»

«Mi scambierei di posto con te» dice Lauren a voce bassa, «ma non voglio nemmeno io andare per prima.»

Io dovrei essere l'ultima, perché la maggior parte delle lettrici è qui per me e l'editore vuol dare una chance alle nuove autrici di avere l'attenzione tutta per loro. «Ero nervosa anch'io la prima volta» sussurro. «Dovete solo ricordare che non si tratta di voi. L'importante sono i personaggi e le lettrici vogliono sentire che cosa stanno combinando.»

«È un bel modo di pensare» dice Sarah. «Ti ho già parlato della cotta che avevo per te? Per l'autrice, ovviamente.»

Rido. «Sì.» Prima dell'inizio, Sarah mi aveva chiesto di firmare la sua copia dei libri di Alice Segal e non la finiva più con i complimenti. Ho fatto anch'io lo stesso con i miei autori preferiti, quindi capisco la sua eccitazione. «E adesso che ho i vostri libri, non vedo l'ora di leggerli» dico a entrambe. «Appena avrò rispettato la scadenza.»

Sarah mi afferra il braccio. «Oh mio Dio, ho la mia prima scadenza. Sono così nervosa. Mi ci sono voluti cinque anni per scrivere il primo libro. Come fai a sopportare la pressione?»

Una voce dal podio attira la mia attenzione. È l'addetto stampa del nostro editore che saluta tutti.

«Mandami un'email» sussurro a Sarah. «Sono sempre felice di parlare di lavoro.» Lauren indica se stessa e io annuisco. «Anche tu.»

Dopo la presentazione di Sarah, l'ascolto leggere un lungo estratto della sua storia. Ha la voce un po' ansimante e si ferma parecchie volte per bere un sorso d'acqua, ma arriva in fondo senza svenire. Non dico di essere svenuta durante la mia prima lettura, solo che ci sono andata vicino.

Si sentono applausi educati e lei torna a sedersi, tracannando il resto dell'acqua. Lauren sale sul podio e la sua voce è abbastanza forte, quindi riporto l'attenzione al mio libro. È *L'audacia del duca* del quale leggerò un estratto. Mi piace leggere a voce alta la scena in cui si umilia perché è divertente, dato che il duca non ha mai fatto niente di così poco dignitoso in vita sua. L'ultima volta in cui sono stata qui avevo letto il mio libro più recente *La vittoria del visconte*, perché era appena uscito.

Lauren finisce e viene subito a sedersi. Ascolto l'addetto stampa che mi presenta e cerco di non agitarmi. È strano sentire qualcuno parlare di te mentre sei proprio lì, specialmente se si tratta del discorso pieno di complimenti di un addetto stampa.

Mi alzo quando finisce e l'applauso è assordante. Sorrido e vado sul podio. «Wow. Grazie. Tutto quello che ho dovuto fare è stato alzarmi in piedi e voi signore mi avete riservato un applauso scrosciante. Immagino di potermene andare.» Fingo di tornare al mio posto, mi fermo e scuoto la testa. Ridono tutti.

Torno al microfono. «Seriamente, grazie per il vostro caloroso benvenuto. È stata un'esperienza meravigliosa, con il tè e l'incontro con tutte voi e anche le nuove amiche, Sarah e Lauren. Non sono state meravigliose? Non vedo l'ora di leggere i loro libri. Vi conviene andare a vederle dopo e farvi firmare la vostra copia.»

Sarah e Lauren mi guardano felici e io sorrido. Ho ricevuto parecchio sostegno da autori e autrici più esperti quando stavo cominciando e sono felice di ripagare il debito.

Alzo *L'audacia del duca*. «Leggerò per voi una delle mie scene preferite. Potete immaginare qual è?»

«È sexy?» strilla qualcuno.

Rido. «Penso che sia meglio che leggiate quelle scene senza sentire la mia voce nella testa. Meglio sentire la voce suadente del duca.» Mi infilo i capelli dietro le orecchie e arrossisco, anche se l'ho scritta io. «Okay, cominciamo.» Apro il libro e comincio a leggere.

«Certo che mi piacerebbe accompagnarvi a fare spese.» La sua voce si abbassa a un sussurro sensuale. *«Dopo tutto, è stata colpa mia se avete perso il nastro.»*

«Perso? Probabilmente l'avete legato alla colonnina del vostro letto come souvenir!»

«Mi sembra un altro mascalzone!» tuona una voce maschile, sorprendendomi.

Alzo la testa di colpo e sussulto, con il cuore che si mette a battere forte.

Parecchie donne sussurrano, abbastanza forte da farsi sentire: «Il principe Lucas.»

Tutti gli occhi si concentrano su di lui, lì, in mezzo al salone da ballo, con un'elegante camicia azzurra e pantaloni grigi. Ha i capelli in disordine, come se ci avesse passato le dita molte volte, l'unico segno di un possibile disagio per il nostro litigio e la rottura di questa mattina. Non riesco a credere che sia qui.

«Per favore, continua» dice tranquillo, come se non fosse l'unico uomo in una stanza piena di donne che leggono romance.

I suoi occhi tradiscono il suo nervosismo, fissi nei miei con un'intensità feroce. Sta per fare una scenata? Sta già dando spettacolo!

«Per favore, signore, si segga» dico, aggiungendo una dose di buona educazione e un'altra di *non so chi sia quest'uomo*.

«Sì, signora» dice lui, fingendo deferenza e si siede su un tavolo vicino. Le guardie si spostano più vicino.

Mi liscio i capelli con la mano tremante, cercando disperatamente di tornare in carreggiata, «Scusate. Dov'ero rimasta?» Le parole davanti a me sono sfuocate e devo sbattere le palpebre per rimetterle a fuoco. «Ricomincerò semplicemente da capo.» Faccio un respiro profondo e ricomincio a leggere, con la voce non completamente ferma.

«Dovrebbe voltargli le spalle!» abbaia Lucas, di nuovo in piedi. «E poi dovrebbe lasciarlo. È quello che si merita un mascalzone.»

Stringo i denti, capendo la metafora. Non voglio litigare con lui, nemmeno metaforicamente, davanti a un pubblico. «No. Ha fatto una cosa sbagliata, approfittandosi di lei, e ora sta facendo ammenda.»

Lucas si avvicina e il mio cuore batte forsennatamente.

«Quindi si può sistemare *il suo* errore con un nastro. Ma l'altro mascalzone... lui non ha più niente.»

Nella sala si sente un basso mormorio. Maledizione. Le mie lettrici non sanno niente dell'altro mascalzone e non voglio che Lucas sveli niente.

«Basta parlare di mascalzoni» dico con fermezza. «Una delle storie non è ancora uscita.» Sorrido al pubblico. «Niente spoiler, giusto, signore?»

«Lei e il principe siete insieme?» urla una donna.

«No» dico io mentre Lucas contemporaneamente dice: «Sì.»

«Lucas!»

Lui viene verso di me, si ferma dall'altra parte del podio e la sua voce è abbastanza forte da arrivare fino in fondo alla sala. «Sono io il mascalzone. È così che mi hai chiamato una volta, quindi devi aver saputo che avrei fatto la cosa sbagliata, e mi dispiace.» La sua voce si spezza. «Non ti darò più, mai più, motivo di dubitare del mio onore.»

Tutti gli occhi si puntano su di me.

Sbatto le palpebre e ingoio il groppo che ho in gola. È qui, in piedi davanti a una folla di donne e si sta umiliando nel suo modo principesco, con il cuore in mano e io gli credo. «Okay, Lucas, accetto le tue scuse.»

Tutti gli occhi ora sono puntati su di lui, e un mormorio si diffonde nella sala. Si alzano i telefoni. Finirà sui social media. Merda.

«Grazie.» Gira intorno al podio per mettersi al mio fianco. «Cambierai il finale?» mi chiede con un tono così ostile che dimentico tutto eccetto la sua ira malriposta. Sono io quella che ha subito un torto!

«Non perché lo dici tu! È la mia storia, accidenti!»

Lui mi guarda furioso. «Quindi mi lascerai semplicemente lì, schiacciato sotto il tuo tallone, è così?»

Schiacciato sotto il tuo tallone. Sta mischiando il nostro litigio con la storia. Lo dice Diana nella storia: *Mi avete schiacciato sotto il vostro tallone e poi mi avete lasciato lì. Perché non dovrei fare lo stesso?* E poi capisco. Lucas pensa di essere William per me. Io ho riversato tutta la mia rabbia e la mia angoscia per Mason in questa storia. Mason è William, perlomeno una versione di lui. È fiction.

Mi allontano dal microfono in modo che la nostra conversazione non sia diffusa in tutto il mondo. «Volevo la bella scena del giardino nell'epilogo. Solo non ero pronta a scriverla. Il giardiniere è gentile e sensibile. Lui capisce i sentimenti delle donne. Ascolta e offre la sua amicizia, ed è il modo in cui cominciano le relazioni migliori.»

Lucas mi fissa a bocca aperta.

Ho gli occhi che bruciano, la gola stretta. «E speravo che, anche se le cose non erano perfette, anche se erano incasinate e complicate, sarebbero comunque stati felici insieme.»

Lucas mi afferra per le spalle, e dice, con la voce bassa e pressante: «Mi stai dicendo che io sono il giardiniere? L'uomo che lei ama e con cui vive felice per il resto della sua vita?»

Annuisco e mi sfugge una lacrima. «Ci siamo conosciuti nei giardini del palazzo.»

Lucas mi stringe a sé, forte. Nel salone si alzano gli urrah. Lo abbraccio anch'io, affondando la faccia nel suo petto.

Qualcuno dice al microfono. «Zitte, signore, lasciamo loro un momento.»

Restano tutte in silenzio. Mi sento in imbarazzo, lo ammetto un po' in ritardo, e cerco di staccarmi, ma Lucas non ne vuole sapere. Gli sono mancata. E lui è mancato a me.

Mi sussurra all'orecchio. «Mi dispiace di avere letto la storia senza il tuo permesso. Volevo capire quali erano i tuoi sentimenti ed ero terribilmente impaziente.» Si tira indietro e mi prende il volto tra le mani. «Per favore, perdonami Alice. Non mi sono mai sentito così prima, non ho mai veramente amato nessun'altra.»

«Oh, Lucas, ti perdono. Non devi continuare a strisciare… mmm, a chiedere scusa.»

«I principi non strisciano.» Mi mette le mani intorno alla vita, tirandomi vicino. «Voglio sposarti e so che non sei pronta. Aspetterò. Giuro che posso essere più paziente, purché tu resti al mio fianco.»

Una voce femminile dice: «Io prenderei almeno in considerazione di sposare il principe Lucas.»

Mi guardo intorno e mi rendo conto che molte delle donne del pubblico si sono avvicinate lentamente, per vedere meglio il nostro tableau, di sicuro interessante.

Lucas annuisce enfaticamente: «È ciò che vogliono le tue lettrici. Dici sempre che vuoi che siano contente delle tue storie.»

Sorrido. «Tu non sei una delle mie storie, anche se sei un giardiniere travestito da mascalzone. Sei molto di più. Riempi tutte le caselle con i tuoi gesti principeschi, sei un amico strepitoso e un animale a letto.»

Lucas mi rivolge il suo sorriso sghembo e i suoi occhi sono dolci e teneri. Un'ondata di affetto mi spinge a buttargli le braccia intorno al collo e a baciarlo.

Dalle donne si leva un *urrah!*

Lucas non le delude, baciandomi appassionatamente. Quando finalmente torniamo a galla per respirare, appoggia la fronte sulla mia, con gli occhi fissi nei miei, intensi. «Ti amo.»

«Ti amo anch'io» riesco a dire nonostante il groppo in gola. «Tantissimo.»

I suoi occhi luccicano e stringe le labbra come se stesse trattenendo le lacrime.

Nella stanza si leva un boato di approvazioni, urrah, fischi e applausi così forti che mi viene quasi voglia di fare un inchino. Solo che non è un'esibizione, è la mia vita vera e so che voglio che ci sia Lucas nel mio futuro.

Lucas passa al comando, da principe qual è. «Sedetevi, signore. È ora che ascoltiate questa scena recitata da un uomo di sangue nobile.» Tende la mano verso di me con un sorriso e mi guida verso il podio. «Tu, ovviamente, darai la voce all'eroina.»

Non posso fare a meno di sorridere. Lui rispetta il mio lavoro di scrittrice di romance e gli piacciono i miei libri, diversamente dalla maggior parte degli uomini, e rispetta e ama me. Non avrei potuto immaginare un uomo migliore per me e non è poco, visto che i miei eroi sono tutti roba da svenire. Lucas è il mio uomo da amare, e, per una volta, migliore della mia immaginazione.

Lo raggiungo sul podio e cominciamo, con le nostre voci che battibeccano, flirtano e giocano con un sottofondo di vera tensione sessuale. Lui mi guarda con gli occhi brucianti e io arrossisco reagendo al suo sguardo.

Finiamo e lui mi prende la mano mentre il pubblico applaude.

Finalmente ho trovato il mio eroe, il principe di Villroy, colui a cui appartiene il mio cuore.

EPILOGO

Quattro settimane dopo...

Lucas

Alice è qui e qui resterà, e non potrei essere più felice. Buffo come solo un piccolo cambiamento di prospettiva, sapere che in cuor suo mi vede più come il giardiniere che il mascalzone, reputazione che ho coltivato a lungo, abbia fatto miracoli per la mia pazienza. Ovviamente la sua dichiarazione d'amore pubblica è servita parecchio. Internet è esplosa sul nostro Lieto Fine, come lo chiama Alice, e le sue lettrici hanno diffuso la voce che sono io il mascalzone della sua prossima storia. Adorano il fatto che sia basata su una vera storia d'amore. Il suo editore si è affrettato a mettere il libro in pre-ordine e ha promesso che accelererà l'uscita. Ovviamente questo ha dato una fortissima spinta ad Alice che ha riscritto il libro in una frenesia di notti in bianco, dando al mascalzone il cuore del giardiniere, in modo che potesse alla fine avere il suo lieto fine. Come me. No, non ho letto il libro di nascosto. Lo so solo perché Alice mi ha parlato dei suoi piani prima di cominciare le revisioni. Sto rispettando la sua privacy e il suo modo di lavorare. Non le ho nemmeno chiesto di sposarmi. Sto aspettando (pazientemente) di ricevere il segnale che è pronta.

Mi guardo intorno nella mia suite a palazzo, cercando di vederla con gli occhi di Alice. Ha consegnato il libro alla sua editor questa mattina e questo pomeriggio si è trasferita da me. I mobili sono perlopiù antichi, di mogano, nella camera da letto e più contemporanei in soggiorno, con poltrone di pelle e tavoli di vetro. Non molto femminili. Non ho mai vissuto con una donna prima d'ora, né l'ho mai desiderato. Tutto ciò che lei ha con sé sono una valigia e il suo laptop.

«Puoi aggiungere il tuo tocco personale» le dico. «Tutto quello che vuoi, forse qualcosa da casa tua.» Torneremo presto nell'Oregon per conoscere i suoi genitori e per fare in modo che lei possa imballare la sua roba e svuotare il suo appartamento.

Alice mi rivolge il suo sorriso dolce e il mio cuore batte più forte. Non so se mi abituerò mai a quei sorrisi dolci come raggi di sole puntati direttamente sul mio cuore. «Ho qualcosa che viene da casa, un regalo per te.»

«Davvero?»

Lei annuisce e fruga nella valigia, tirandone fuori un anello con un piccolo smeraldo. «È troppo grande per il mio dito, da quando ho perso peso e avevo intenzione di farlo restringere, ma ho deciso che preferisco che lo abbia tu.» Me lo porge.

Chiudo le dita intorno al regalo, senza sapere che cosa significhi o che cosa farne. È un anello da donna ed è troppo piccolo per le mie dita. «Grazie.»

Lei mi accarezza la barba con un'espressione divertita. «È la mia pietra zodiacale. L'ho comprato quando ho pubblicato il mio primo libro, per farmi un regalo e ora vorrei che lo avessi tu, come un anello di pre-fidanzamento, un simbolo del mio impegno di fidanzarci in futuro. Spero che ti piaccia più del tradizionale anello fatto di capelli intrecciati.» Sorride. «Ricordi che lo facevano nel periodo Regency? L'uomo portava un anello fatto con i capelli intrecciati della sua amata.»

«Lo ricordo» mormoro fissando il regalo prezioso e poi lei,

appena in grado di parlare per l'emozione che mi chiude la gola. «Lo indosserò ogni giorno, su una catenina d'oro, come promemoria costante del tuo amore.»

Alice mi bacia, mettendomi le braccia intorno alla vita. «Sono tua, Lucas. E tu sei mio.»

Parole più dolci non furono mai dette.

«Sei mia» dico con la gola stretta, abbracciandola e strofinando il naso contro la sua nuca.

«Dolce Lucas.»

Mi raddrizzo e la bacio teneramente. «Dolce Alice.»

I suoi occhi azzurri si illuminano e le labbra si curvano in un sorriso segreto e sexy. «Approfitta di me.»

Le sorrido, diabolico e mi lancio. Lei ride e corre verso il letto. La raggiungo, la copro e bacio le sue labbra sorridenti. Lei mi afferra la testa per un bacio appassionato e il desiderio esplode come fuoco nelle mie vene. Le tolgo il vestito, praticamente strappandoglielo di dosso, mentre le sue mani mi accarezzano dappertutto e la sua bocca torna contro la mia.

Mi tiro indietro solo quel tanto che serve per spogliarmi. «Nuda, subito.»

Lei si toglie in fretta reggiseno e mutandine, gettandole di lato. Quasi ci scontriamo nella foga di unirci pelle a pelle. Ci stiamo perdendo l'uno nell'altro. Potremmo ucciderci a vicenda in quella frenesia di baci, morsi e carezze. Morirei felice.

E ora Alice sta allargando le gambe, tirandomi vicino, facendomi fretta. «Adesso, Lucas, adesso.»

Scivolo nel suo paradiso e gemo, un lungo gemito basso. La guardo negli occhi, condividendo un respiro. «Ti amo.»

Le sue dita si stringono sulla mia nuca. «Ti amo anch'io. Tanto, tantissimo. Sei il mio regalo.»

Chiudo gli occhi che bruciano, ho la gola stretta. Sono il terzogenito e questo significa che per la corona non ero importante. Tutto ciò che ho mai voluto era di far parte del retaggio di questo regno e ora è così. Ma questo è molto più potente. Questo è *tutto*. Alice mi ama incondizionatamente solo perché sono io.

La bacio con tenerezza. «Tu sei il mio dono, Alice. Sei la mia vita.»

Le mi bacia appassionatamente, arcuando i fianchi per ricevermi in profondità. «Ho bisogno di te.»

Io mi muovo lentamente e in profondità senza mai smettere di guardarla negli occhi. È diverso adesso. Mi sento diverso, meno frenetico, c'è meno urgenza. Alice è mia e voglio adorarla, fare l'amore con lei.

Lei mi schiaffeggia il sedere. «Scopami più forte.»

Sorrido e poi faccio quello che la signora chiede perché sono un mascalzone con un cuore gentile. Lei ansima e boccheggia e ripete il mio nome in una cantilena e poi affonda le unghie nelle mie spalle, con il corpo che si stringe intorno a me e la testa gettata indietro, e io la mando oltre il baratro, spinto dalle sue dolci grida. Spingo ancora un paio di volte e poi mi lascio andare in un'esplosione di piacere che mi sconvolge, offuscando il mondo intorno a me in una nebbia di passione e amore.

Crollo sopra di lei, premendole le labbra sul collo. Lei mi tiene stretto e sono soddisfatto.

«Il tuo amore per me mi ha fatto credere di nuovo nel lieto fine» sussurra.

Sento la gola stretta. Questa donna lancia continuamente frecce direttamente nel mio cuore. Non ho mai avuto scampo. E ne sono felice.

Alzo la testa e lei mi sorride dolcemente. «Il tuo sorriso mi dà gioia, il fatto che abbia creduto in me mi ha dato le ali e il tuo amore, tesoro, mi ha dato il mondo.»

Le si riempiono gli occhi di lacrime. «E dicevi che gli uomini non declamano poesie al culmine della passione. Era bella.»

«Io non declamo poesie» dico indignato. «Era il post-orgasmo che parlava.»

Lei mi abbraccia stretto. «Allora mi aspetto molti altri post-orgasmi con te.»

«Il nostro futuro è pieno d'amore, risate e *molti* post-orgasmi felici.»

Alice mi spintona le spalle. «Devo prendere il mio laptop. Questa roba è oro!»

Le metto una mano sul viso. «Sono felice di essere la tua ispirazione; comunque ho altro in programma per te.» Mi abbasso su di lei, scivolando verso il basso e lasciando una scia di baci.

Per attirare Alice lontano dal suo laptop devo fare in modo che la realtà sia migliore di ogni fantasia. E passerò il resto della mia vita a fare esattamente quello.

Non perdetevi il prossimo libro della serie: *Royal Player - Oscar*, nel quale Oscar sarà colpito dal fulmine.

Royal Player - Oscar

Polly

Sono una moderna principessa ventitreenne, legata a regole più adatte al medioevo. La declinante salute di mio padre significa che sarò presto regina, ma, essendo una donna, non potrò regnare da sola. Potrò reclamare il mio diritto di nascita solo sposando l'uomo scelto per me: un ricco uomo d'affari utile al regno.

I miei genitori non cedono. Se non obbedirò, il mio posto sarà preso dal mio giovane cugino, semplicemente perché è un uomo.

Sono io quella che deve piegarsi, o andarmene e perdere tutto: la mia famiglia, i miei diritti, la mia isola.

Non ho mai incontrato un uomo che mi abbia tentato abbastanza da rischiare un regno… e poi ho conosciuto *lui.*

Oscar

Io sono quello bello. Se dovete decidere quale sono in mezzo al clan dei Rourke, è così che farete. Mi infastidisce il fatto che non ci si aspetti niente dal quartogenito, a parte far lampeggiare il mio meraviglioso sorriso per la stampa? Forse.

Mi piacerebbe essere necessario almeno a una persona che mi veda come la chiave per qualcosa s'importante? Sì.

E poi incontro *lei.*

Solo che il fulmine mi ha colpito, sì, ma per la donna sbagliata. Lei è a Villroy per un breve periodo prima di dover tornare a casa e sposare l'uomo scelto dai suoi genitori. Se non lo farà, perderà il suo diritto di nascita.

Se mi importasse veramente di Polly, me ne andrei. Ma ho la forza di resistere alla donna più perfetta che abbia conosciuto?

Iscrivetevi alla mia newsletter per non perdervi le nuove uscite: Kyliegilmore.com/ITnewsletter

ALTRI LIBRI DI KYLIE GILMORE

I Rourke - Versione italiana

Royal Catch - Gabriel (Vol. 1)

Royal Hottie - Phillip (Vol. 2)

Royal Darling - Emma (Vol. 3)

Royal Charmer - Lucas (Vol. 4)

Royal Player - Oscar (Vol. 5)

Royal Shark - Adrian (Vol. 6)

Nota: Per ora disponibili solo nella versione inglese.

Happy Endings Book Club Series

Hidden Hollywood (Vol. 1)

Inviting Trouble (Vol. 2)

So Revealing (Vol. 3)

Formal Arrangement (Vol. 4)

Bad Boy Done Wrong (Vol. 5)

Mess With Me (Vol. 6)

Resisting Fate (Vol. 7)

Chance of Romance (Vol. 8)

Wicked Flirt (Vol. 9)

An Inconvenient Plan (Vol. 10)

A Happy Endings Wedding (Vol. 11)

The Clover Park Series

The Opposite of Wild (Vol. 1)

Daisy Does It All (Vol. 2)

Bad Taste in Men (Vol. 3)

Kissing Santa (Vol. 4)

Restless Harmony (Vol. 5)

Not My Romeo (Vol. 6)

Rev Me Up (Vol. 7)

An Ambitious Engagement (Vol. 8)

Clutch Player (Vol. 9)

A Tempting Friendship (Vol. 10)

Clover Park Bride (A Clover Park Short)

A Valentine's Day Gift (Vol.11)

Maggie Meets Her Match (Vol.12)

Maggie Meets Her Match (Book 12)

The Clover Park STUDS Series

Almost Over It (Vol. 1)

Almost Married (Vol. 2)

Almost Fate (Vol. 3)

Almost in Love (Vol. 4)

Almost Romance (Vol. 5)

Almost Hitched (Vol. 6)

L'AUTRICE

Kylie Gilmore è l'autrice Bestseller di USA Today delle serie: I Rourke; The happy endings Book Club; The Clover Park e The Clover Park STUDS. Scrive romanzi rosa umoristici che vi faranno ridere, piangere e allungare le mani per prendere un bel bicchiere d'acqua.

Kylie vive a New York con la sua famiglia, due gatti e un cane picchiatello Quando non sta scrivendo, tenendo a bada i figli o prendendo debitamente appunti alle conferenze per gli scrittori, potete trovarla a flettere i muscoli per arrivare fino all'armadietto in alto, dove c'è la sua scorta segreta di cioccolato.